CW00469930

Sawako Ariyoshi

Les dames
de Kimoto

Traduit du japonais par Yoko Sim
avec la collaboration d'Anne-Marie Soulac

Mercure de France

Titre original :

KINOKAWA

© 1959, 1964 by Tamao Ariyoshi. First published in Japan
in 1959 by Chuokoronsha and republished in 1964
by Shinchosha Publishing Co., Ltd.
French translation rights arranged with Tamao Ariyoshi
through Japan Foreign-Rights Centre.

Ce texte est paru pour la première fois en 1983
aux Éditions Stock.

Sawako Ariyoshi est une femme de lettres japonaise. Née en 1931 à Wakayama, et morte à Tokyo en 1984, elle est considérée comme l'une des plus prestigieuses romancières japonaises contemporaines, et une grande féministe grâce à ses écrits. Elle est l'auteure de plusieurs pièces de théâtre, mais son œuvre reste dominée par la vingtaine de romans qu'elle a publiés, dont quatre ont été traduits en français à ce jour, à savoir *Kaé ou Les deux rivales* (1981), *Les dames de Kimoto* (1983) – qui s'est vendu à plus de trois millions d'exemplaires au Japon –, *Le crépuscule de Shigezo* (1986) et *Le miroir des courtisanes* (1994).

PREMIÈRE PARTIE

Tenant sa petite-fille Hana par la main, Toyono gravissait l'escalier de pierre d'une démarche décidée qui surprenait chez une femme de cet âge. Elle allait avoir soixante-seize ans et, renouant avec une habitude abandonnée depuis longtemps, elle avait fait venir, trois jours auparavant, une coiffeuse de Wakayama : ses cheveux blancs gonflés sur les côtés et relevés en arrière en un volumineux chignon – arrangement un peu trop jeune pour elle – soulignaient ce que la journée avait d'exceptionnel. Sa chevelure épaisse et luisante gardait la trace de la beauté qu'elle avait eue autrefois, avant de perdre sa couleur de jais. Toyono, vêtue pour cette visite solennelle de deux kimonos superposés à petits motifs réguliers, semblait aider la jeune fille à monter les marches plutôt que s'appuyer sur elle. L'allure imposante de la Dame de Kimoto s'expliquait parce qu'en ce jour sa petite-fille quittait définitivement la demeure familiale pour se marier.

Le mont Kudo était encore voilé par les brumes matinales de ce début de printemps. La main serrée dans celle de sa grand-mère, Hana franchissait

11

les dernières marches de pierre. Elle aussi était coiffée avec recherche – une coiffure de mariée aux coques luisantes – et l'éclat rosé de son teint de jeune fille transparaissait sous l'austère maquillage blanc. Elle portait un kimono de cérémonie de crêpe de soie violet à très longues manches, et le gland de métal accroché à la pochette glissée entre les pans croisés du kimono tintait légèrement à chaque pas. Hana était si tendue qu'elle vibrait au bruit. L'étreinte de la main autour de la sienne lui rappelait que, maintenant qu'elle allait être admise comme bru dans une nouvelle famille, elle cesserait d'appartenir à celle où elle avait vécu les vingt années de son existence. Elle lui disait aussi la tristesse et le regret de sa grand-mère qui devait se résoudre à la laisser partir.

Le prieur du temple Jison, averti la veille de leur visite, les attendait devant le pavillon consacré à Miroku. Il n'avait pas revêtu sa robe sacerdotale car Toyono avait précisé qu'elles ne venaient pas assister à son office. Il s'inclina avec déférence devant l'aïeule d'une famille qui, depuis des générations, manifestait un intérêt bienveillant à la trésorerie de son temple.

— Je vous présente, madame, mes respectueuses félicitations en cet heureux jour, se hâta-t-il de dire.

— Je vous en remercie. Pardonnez-moi de venir si tôt, répondit Toyono.

Il les informa que les portes du pavillon étaient ouvertes et qu'il leur suffirait de taper dans leurs mains si elles avaient besoin de quoi que ce soit. Puis il prit congé et s'éloigna en direction de ses appartements, au nord, laissant Toyono en tête à tête avec la mariée, comme elle en avait exprimé le vœu la veille.

Toyono le suivit des yeux un instant puis se tourna lentement vers sa petite-fille. Elle dut lever la tête pour la regarder car Hana était nettement plus grande qu'elle. L'air satisfait, elle l'entraîna vers le pavillon, où était aussi vénérée la mère du Grand Maître Kôbô.

— Les femmes ne sont pas autorisées à monter jusqu'au sommet du mont Kôya, elles doivent s'arrêter au temple Jison. C'est pour cette raison que cet endroit s'appelle le Kôya des Femmes, n'est-ce pas, Hana ?

— Oui, grand-mère.

— Connais-tu l'histoire qui raconte comment le Grand Maître est apparu en rêve au Grand Bonze Kishin et lui a dit : « Plutôt que de s'incliner dix fois devant moi, on devrait vénérer neuf fois ma mère. »

— Pas en détail.

— Si un sage comme Kôbô vouait un tel respect à sa mère, cela nous met toutes dans l'obligation d'en mériter autant, tu ne crois pas ?

— Vous avez raison, grand-mère.

Elles s'arrêtèrent à l'entrée du temple. Toyono ferma les yeux et joignit les mains en silence. Hana imita son geste, mais d'innombrables objets accrochés aux piliers devant la façade attirèrent son attention, si bien qu'elle oublia de fermer les yeux. C'étaient des tampons d'ouate recouverts d'une soie fine et solide serrée au centre par des petits plis qui lui donnaient la forme d'un sein. Ils symbolisaient l'accouchement facile, l'abondance du lait maternel et la bonne croissance du nouveau-né, que souhaitent les femmes enceintes. Il y en avait de toutes les tailles, depuis l'ex-voto grandeur nature jusqu'à la miniature de trois centimètres ; certains étaient tout neufs, d'une blancheur éclatante ; d'autres passés et patinés par les intempéries. Hana avait vu ces charmes depuis son enfance mais, en ce jour de son mariage, ils la fascinaient car elle savait que le temps viendrait pour elle d'en accrocher un parmi les autres, comme l'avaient fait sa mère enceinte d'elle et, avant elle, Toyono elle-même alors qu'elle portait le père de Hana.

Hana avait fréquenté l'école de jeunes filles de Wakayama. On lui avait inculqué le code moral confucéen à l'usage des femmes, l'*Onnadaïgaku*. Elle était convaincue que le rôle des femmes était d'assurer dans le mariage la descendance de la famille du mari. Sa propre mère étant morte presque aussitôt après sa naissance, elle avait été élevée par sa grand-mère Toyono. Le jour du mariage de Hana, Toyono avait voulu être seule avec elle au temple pour faire ses dévotions. Hana avait le sentiment de comprendre sa grand-mère. Cependant, encore vierge, elle n'avait aucune prière à formuler devant cet autel, objet du culte des femmes enceintes. Hana ferma les yeux. Elle voulait simplement communier en pensée avec Toyono, debout à côté d'elle.

— Le prieur nous a autorisées à pénétrer dans le pavillon. Veux-tu que nous y allions ?

— Oui, grand-mère.

Ayant retiré leurs socques, Toyono et Hana entrèrent dans le pavillon et s'assirent sur le tatami devant l'autel, jambes repliées sous elles, mains jointes pour la prière. À droite de l'autel, il y avait un portrait du Grand Maître Kôbô et, à gauche, un portrait de sa mère. La légende voulait que tous les deux fussent l'œuvre de Kôbô lui-même : sur l'un il s'était peint en regardant son image reflétée par les eaux du lac sur le mont Kôya où il avait fait retraite, et l'autre était un mandala qu'il avait entrepris après avoir, en rêve, vu sa mère morte lui apparaître sous les traits du Bodhisattva Miroku. Comme presque tout ce qu'elle savait, Hana avait appris cela de sa grand-mère.

— Je crois que je n'ai plus de conseils à te donner, dit Toyono à voix basse, le regard fixé sur sa petite-fille. Prends bien soin de toi.

— Oui, grand-mère.

— Tu pars bien loin, je ne te verrai plus beaucoup. Je n'ai plus rien de spécial à te dire, mais je t'ai demandé de m'accompagner ici parce que je voulais être seule avec toi.

Depuis le matin Toyono s'adressait à sa petite-fille avec plus de recherche et de cérémonie qu'à l'ordinaire, comme si elle la considérait déjà comme un membre d'une famille étrangère. Mais peut-être Toyono exprimait-elle ainsi le sentiment de la terrible solitude qui l'attendait maintenant qu'elle allait être séparée de sa chère Hana. Celle-ci, consciente du regard posé sur elle, gardait le silence. Toyono avait toujours adoré sa petite-fille, au point qu'elle n'avait jamais jusque-là consenti à être séparée d'elle. La rumeur locale voulait que la Dame de Kimoto n'ait jamais aimé son fils Nobutaka, ni son petit-fils Masataka. On disait qu'elle avait concentré toute son affection sur Hana.

Toyono s'était même imposé de vivre en ville afin de permettre à Hana de recevoir une éducation de haut niveau, exceptionnelle chez les jeunes filles de l'époque. Hana avait bénéficié des mêmes avantages que son frère aîné Masataka. Tout le monde pensait que Toyono avait l'intention de faire prendre le nom de Kimoto au futur mari de la jeune fille ; autrement pourquoi aurait-elle été gratifiée d'études si poussées ? On rappelait aussi que Toyono elle-même avait pu hériter de ses parents parce qu'ils avaient donné leur nom à leur gendre. Certainement Toyono voulait pour sa petite-fille, qui était non seulement belle mais intelligente et bonne, un mari sans égal dans tout le pays. Toyono avait en effet pensé un moment à adopter un gendre. Elle se rappelait la vie étriquée, pleine de gêne et de crainte, qu'avait menée près d'elle sa bru Mio, la mère de Hana, morte si jeune. Elle aurait voulu épargner à Hana ce genre d'existence. Toyono était fille unique et ses parents s'étaient beaucoup occupés de son éducation. Elle souhaitait pour Hana une formation analogue à la sienne afin qu'elle puisse avoir une vie aussi riche et satisfaisante qu'elle-même. La lignée des Kimoto lui semblait avoir atteint en Hana son plein épanouissement. Elle pouvait être satisfaite de ses efforts. Hana avait obtenu, tant dans l'art de la cérémonie du thé que dans la pratique du koto un diplôme l'autorisant à enseigner. Sa calligraphie était d'une grâce savante. Toyono lui avait aussi appris le savoir-vivre, l'étiquette et l'art de la conversation. Hana était une jeune fille vraiment accomplie ; aussi était-il naturel que les prétendants à sa main soient nombreux et que des offres de mariage arrivent de toutes parts, à des lieues à la ronde.

Mais Toyono, jusqu'à présent, avait toujours refusé. Elle n'avait jamais suggéré de faire adopter le nom de Kimoto à un futur gendre afin de créer une branche collatérale, elle s'était simplement arrangée pour trouver un prétexte lui permettant d'écarter le candidat. C'était en général une question touchant à la position sociale de la famille qu'elle invoquait. Quand la famille Ôhsawa, vieille lignée du village du temple Jison, avait demandé la main de Hana pour le fils cadet, Toyono s'y était opposée sous prétexte que, la grand-mère du prétendant étant sa propre sœur à elle, Toyono, les jeunes gens étaient cousins, donc le lien du sang était trop étroit. Nobutaka, qui était pourtant le chef de la famille Kimoto, était de nature conciliante et trop plein de respect pour sa mère pour exiger les prérogatives qui normalement auraient dû lui revenir. Il n'avait pas osé s'opposer à la volonté de sa mère ni même lui demander si elle avait réellement l'intention d'adopter un gendre.

> *Le Kishû, où coule le fleuve Ki,*
> *Est un pays très boisé.*
> *Vous qui y cherchez une femme*
> *Prenez la plus belle des fleurs ;*
> *La demoiselle Kimoto du mont Kudo*
> *Qui éclipse toutes les autres.*

Les petites filles chantaient cette chanson en jouant à la balle, ou bien elle servait de berceuse. La musique en était ancienne et les paroles s'étaient transmises de génération en génération. Mais le nom de la jeune demoiselle ainsi glorifiée était celui de la beauté du moment. Toyono se rappelait fort bien le dépit qu'elle avait éprouvé, dans son jeune temps, en entendant le nom d'une certaine Sakaesan de Sudanoshô dont elle avait été jalouse sans l'avoir jamais vue. Elle-même n'était pas laide mais elle n'avait jamais pu rivaliser avec cette inconnue. Hana vengeait aujourd'hui cette vieille blessure d'amour-propre et Toyono reportait sur elle toutes ses espérances. Elle avait tant d'affection pour sa petite-fille que, même si quelqu'un de la famille du shogun avait eu des visées sur elle, elle aurait hésité à la laisser partir. En réalité, elle adorait Hana et, en conséquence, elle ne parvenait pas à décider d'un avenir pour elle. En attendant, la chanson avait répandu la réputation de Hana bien au-delà des environs du mont Kudo.

En 1897, alors que Hana approchait de sa vingtième année, deux demandes en mariage parvinrent simultanément aux Kimoto. La première venait d'une branche cadette des Suda, la famille qui autrefois avait possédé Sudanoshô et qui était maintenant l'une des plus riches de la région. La demande avait été présentée par les Niu, de lointains cousins des Kimoto. Malgré toute sa beauté, Sakae-san, de Sudanoshô, qui était fille de paysan, n'avait épousé qu'un domestique des Suda alors qu'à présent c'était le clan Suda lui-même qui sollicitait la main de Hana.

— Mère, décidez-vous enfin ! Hana prend de l'âge. Bientôt elle aura passé celui du mariage.

Nobutaka cherchait ainsi à influencer sa mère

avec diplomatie mais fermeté. À l'époque, il était courant que les jeunes filles fussent déjà mariées à quatorze ou quinze ans. Depuis qu'elle en avait plus de dix-huit, Hana était devenue une source de préoccupation pour les siens. Cette fois, Nobutaka était bien résolu à ne pas laisser l'affection de Toyono pour Hana menacer l'avenir de la jeune fille. Néanmoins, une fois encore, Toyono s'opposa au mariage.

— Il est impossible de laisser Hana aller vivre chez les Suda.

— Mais pourquoi?

— Réfléchis un peu. Les eaux du fleuve Ki coulent d'est en ouest. Pour aller chez les Suda, Hana devrait remonter le cours du fleuve, ce que les femmes ne doivent faire en aucun cas lors de leur mariage. Jamais je ne permettrai à Hana d'épouser un Suda.

— Soyez raisonnable, mère.

— Je le suis justement. Ma mère venait de Yoshimo. Ta mère, de Yamato. Toutes deux ont suivi le fil de l'eau. S'opposer aux forces naturelles est un crime.

— Comment pouvez-vous dire des choses pareilles? Songez-vous à ce qu'elle deviendra si nous ne lui trouvons pas rapidement un bon parti?

— Bien sûr. J'en suis parfaitement consciente. Hana ira chez les Matani.

La désinvolture avec laquelle elle lui annonçait la nouvelle laissa Nobutaka abasourdi. Les Kimoto avaient reçu une proposition de mariage de la famille Matani qui résidait à Musota, beaucoup plus bas en aval du fleuve. C'était la famille Kita, de Ryûmon, qui s'était chargée de transmettre la demande.

Moins de huit jours plus tard, tous les villages des alentours étaient au courant du projet. Certains le trouvaient étrange car, comme partout, les habitants des villages plus haut sur le fleuve se tenaient pour supérieurs à ceux de l'aval. Musota était dans la basse vallée et n'avait pas le prestige de Kudoyama. Malgré tout, la famille Matani était la plus importante de Musota et on ne pouvait parler de mésalliance, d'autant plus que c'était pour le fils aîné qu'on demandait la main de Hana. Tout le monde considérait néanmoins que ce n'était pas un parti digne de la Demoiselle de Kimoto.

Nobutaka sentit qu'il était de son devoir de chef de la famille Kimoto de s'opposer à la décision de sa mère.

— Mais c'est absurde, mère ! Vous ne pouvez pas la refuser aux Suda si c'est pour la marier au jeune Matani.

— Pourquoi pas ? Le fait qu'elle va épouser le fils Matani n'a rien à voir avec la proposition des Suda.

— Bien. Considérons séparément les deux offres. Mais ne devons-nous pas rejeter la demande des Matani pour la même raison qui nous a fait refuser toutes les précédentes ?

— Et pourquoi donc ?

— Leur prestige n'est pas égal au nôtre.

— Pourquoi ?

— Comment, pourquoi ? Il suffit de comparer les villages de Kudoyama et de Musota pour s'en convaincre.

— Nobutaka-san, tu as beau être encore jeune, tu parles comme un vieil homme.

Toyono, reprochant à son fils d'être conservateur, attira son attention sur le fait que Hana épousait le fils Matani et non la position sociale de sa famille.

— Toi, qui as envoyé ton fils et ta fille faire leurs études à Wakayama, je ne peux pas croire que tu n'aies pas entendu parler de Matani Keisaku. Après avoir achevé ses études dans une grande école de Tokyo, il est devenu l'adjoint de son père Tahei, le maire du village. Maintenant, à vingt-quatre ans, c'est lui le maire. Tu pourrais chercher longtemps le long du fleuve Ki un homme aussi remarquable, un mari plus convenable pour Hana. Après tout, le prestige d'une lignée repose sur la valeur du chef de famille.

Nobutaka, pris de court, ne trouva rien à répondre aux arguments de sa mère. Étant lui-même le maire de Kudoyama, il avait en effet entendu parler de Matani Keisaku comme d'un homme d'avenir débordant d'énergie. Malgré cela, il pensait que contracter une alliance avec la prestigieuse famille Suda était plus intéressant que d'avoir pour gendre le maire d'un petit village. Contrairement à son habitude, il s'obstina à discuter.

— Vous qui croyez que les jeunes mariées ne doivent pas remonter les eaux du fleuve, pourquoi ne pas croire aussi qu'elles ne doivent pas les traverser, de peur que le courant ne coupe le lien familial ? Vous rappelez-vous ce qui est arrivé à votre oncle qui avait épousé une veuve de l'autre côté du fleuve ?

Il faisait allusion à l'un de ses grands-oncles maternels qui avait fondé une branche cadette de la famille Kimoto. Du jour où il avait été chercher pour son fils une femme de l'autre côté du fleuve, les malheurs s'étaient abattus sur les siens, et tous les membres de sa branche de la famille avaient disparu les uns après les autres.

— Tout cela est arrivé parce que la mariée est venue de Myoji à Kudoyama. Tu n'ignores pas le poème «Frère-Sœur» – «Imoseyama» – n'est-ce pas? La montagne mâle, Seyama, se trouve à Kasedanoshô et Imoyama, la montagne femelle, est juste en face, de notre côté. Cette rive est donc féminine, et l'autre masculine. La branche collatérale de mon oncle a inversé les données, tandis que l'union d'un homme de l'autre rive avec une femme de celle-ci ne peut pas entraîner de malheur puisqu'elle obéit à la nature.

Toyono trouvait toujours des arguments plus adroits que ceux de son fils. Même si ses théories étaient boiteuses, il lui fallait, coûte que coûte, avoir le dernier mot. Elle était née en 1822, soit la cinquième année de l'ère Bunsei, et il lui fallait toujours introduire dans la conversation la restauration de l'ère Meiji de 1868. Pour clore la discussion, elle dit:

— Le Japon a cessé d'être un pays féodal. Il n'y a plus de raison pour que les femmes se laissent entraver dans leurs projets d'avenir par des considérations superstitieuses.

Nobutaka, regrettant toujours le parti qui lui paraissait le meilleur, consulta secrètement sa fille pour savoir ce qu'elle souhaitait. Hana avait reçu une éducation qui lui permettait de réfléchir et de s'exprimer clairement. Elle répondit sans aucune hésitation, regardant son père bien en face :

— J'aimerais mieux entrer dans la famille Matani parce que Musota est plus près de Wakayama que Suda.

Toyono, mise au courant de la conversation par Toku, la domestique au service de Hana, ne put réprimer un rire étouffé, satisfait et moqueur. Les années passées par Hana à Wakayama n'avaient pas été perdues. Il parut évident à Toyono que sa petite-fille avait entendu parler de Matani Keisaku. Elle s'en réjouit.

Les femmes imposèrent donc leur choix au chef de famille. Mais, après l'échange rituel d'objets scellant les fiançailles, deux années furent nécessaires pour les préparatifs du mariage. Toyono emmena tout d'abord Hana et Toku à Kyoto pour y commander ce qu'il fallait pour le trousseau et la dot. Une année au moins était indispensable pour préparer la véritable laque de Kyoto – depuis l'application de la première couche jusqu'aux ultimes finitions. Toyono choisit soigneusement la qualité de la laque et la nature des dessins à la poudre d'or qui devaient orner le palanquin, le koto, le miroir et les coffres de Hana. Elle conduisit aussi sa petite-fille chez les grands maîtres de la cérémonie du thé et de l'école d'arrangement floral. Nobutaka fut très surpris de voir sa mère, qui avait toujours eu des goûts simples et le sens de l'économie pour les dépenses familiales, se transformer en une femme si éprise de faste. Il soupirait en pensant que le vieux dicton qui prétend que marier trois filles mène à la ruine avait raison. Toyono, qui n'avait pas eu une cérémonie de mariage aussi somptueuse qu'elle aurait pu l'être, ses parents ayant adopté leur gendre, voulait prendre sa revanche en préparant pour sa petite-fille une procession nuptiale magnifique.

Parce qu'ensuite elle ne pourrait plus vivre avec Hana, Toyono resta plus de trois mois à Kyoto avec sa petite-fille, visitant tous les jours avec elle des temples et des jardins célèbres pour leur beauté et leur histoire. Un jour qu'elles contemplaient les feuilles rouges d'un érable dans le jardin Ryôanji, Toyono se tourna vers Hana pour exprimer son admiration. Elle choisit ce moment pour dire avec conviction :

— J'impose malgré moi une très longue attente à ton futur époux, mais Keisaku-san est un homme exceptionnel, il n'a pas eu un mot de reproche. Tu peux l'épouser sans appréhension.

Deux automnes étaient passés depuis que Toyono avait décidé ce mariage et elle essayait de se persuader qu'elle avait bien choisi. Hana s'inclina profondément en signe de gratitude. Toyono, les yeux mi-clos, comme aveuglée par une lumière éblouissante, regarda les hautes coques luisantes de la coiffure de Hana. Puis elle rajusta le col des deux kimonos superposés de la jeune fille :

— Comme tu es ravissante ! dit-elle. Elle avait les larmes aux yeux.

Hana retint son souffle pour ne pas laisser voir son émotion.

Il n'y avait plus rien à ajouter et, effectivement, Toyono ne dit plus rien. Depuis plus de vingt ans, sa vie et celle de Hana ne faisaient qu'un. Mais à présent, elles ne seraient plus jamais unies, pas même dans le tombeau familial. Hana se sentait étroitement liée à sa grand-mère. La conscience de leur commun destin féminin les rapprochait plus que jamais.

Les brumes du matin se dissipaient lentement et le soleil répandait ses pâles rayons.

— Regarde le fleuve. Quelle couleur splendide !

Les eaux scintillantes, d'un bleu vert, s'étendaient devant les deux femmes qui, sorties du pavillon Miroku, se préparaient à descendre l'escalier de pierre à l'est du temple.

— Que c'est beau ! s'exclama Hana.

— Que c'est beau ! reprit Toyono.

Se tenant par la main, les deux femmes descendirent l'escalier au bas duquel on les attendait. Les barques étaient prêtes pour le départ. Une foule d'habitants des villages du mont Kudo et du temple Jison étaient venus saluer la petite-fille de la Dame de Kimoto.

La coiffeuse se précipita pour lisser les cheveux de la mariée. Toku alla ouvrir la porte du palanquin qu'on avait posé sur l'embarcadère. Déjà, à cette époque, on utilisait le pousse-pousse mais on avait eu recours au palanquin par respect pour le rang de la famille.

— Voilà… Le moment est venu de t'exprimer mes vœux les plus sincères, dit cérémonieusement Toyono.

Hana, le souffle coupé par l'émotion, s'inclina

profondément en silence. Puis, relevant ses longues manches de lourde soie, elle se glissa dans le palanquin. Toku posa avec soin une poupée sur les genoux de la mariée ; c'était la coutume que la bru arrive dans sa nouvelle famille, une poupée dans les bras.

Les deux porteurs, qu'on avait spécialement fait venir de Wakayama, soulevèrent le palanquin avec un cri et le déposèrent au milieu du bateau, à l'amarre à quai.

— Qu'elle est jolie ! dit l'un.

— On dirait un tableau, murmura l'autre.

Ces chuchotements furent couverts par les cris des bateliers qui échangeaient des appels. Les barques quittèrent l'embarcadère l'une après l'autre. Sur la première les Kita, qui s'étaient entremis pour le mariage, se blottissaient comme deux tourtereaux au milieu des cadeaux empilés. Sur la seconde Toku, fardée de manière inhabituelle, se tenait debout raide de nervosité à côté du palanquin de sa maîtresse. Le pays de Ki est connu pour son climat tempéré, mais l'air de ce matin de mars était encore frais, surtout sur les eaux du fleuve, et les servantes, dans leur kimono de pongé frappé du blason familial et ceint d'un obi assorti, devaient être transies.

Dans le troisième et le quatrième bateau avaient pris place Nobutaka et Masataka, le frère aîné de Hana, ainsi que les cousins Kimoto et Niu : et tous, dès que leur embarcation eut quitté la rive, se mirent à bavarder. Les serviteurs s'entassaient dans le dernier bateau.

Nobutaka n'avait aucune raison de ne pas prendre

pour argent comptant les propos flatteurs des membres aînés de la branche collatérale. Il était encore sous l'effet des innombrables coupes de saké du banquet de la veille. Son visage, déjà plutôt rougeaud d'habitude et encore plus coloré ce matin, s'épanouissait en larges sourires et, en plaisantant, il répondit :

— Eh, oui ! On n'oubliera pas de sitôt les Kimoto de Kudoyama.

Malgré l'apparence calme de ses eaux limpides reflétant le bleu du ciel, le Ki était rapide et il entraînait les cinq barques sans que les bateliers eussent à faire d'effort. À une époque où les processions de mariage se composaient d'une file de pousse-pousse, ce cortège de cinq barques transportant une mariée dissimulée dans un palanquin avait de quoi attirer les spectateurs sur la rive par sa pompe inhabituelle.

— Toku ! appela Hana.

Toku s'empressa de faire glisser la porte laquée du palanquin comme le lui demandait sa maîtresse, de façon à laisser une étroite ouverture. Elle regretta de ne pas avoir pensé à le faire plus tôt, alors que Toyono suivait d'un regard intense le palanquin s'éloignant de l'embarcadère.

— Cela vous suffit-il ?

— Oui, merci.

Maintenant qu'elle apercevait par l'entrebâillement la verdure rafraîchissante de la rive gauche, Hana pouvait enfin respirer librement, délivrée de la tension qui l'oppressait. Il y avait une petite fenêtre découpée dans une paroi du palanquin, mais son treillis de roseaux ne laissait passer que chichement la lumière et gênait la vue. La silhouette de sa grand-mère avait depuis longtemps disparu de son champ de vision limité. Quoique plus détendue, elle se sentait mal à l'aise dans cette position inconfortable, suspendue entre ciel et eau.

La poupée, sur ses genoux, représentait un garçon habillé d'un kimono et d'une veste de soie *habutae,* ceint d'une étroite ceinture et chaussé de *tabi*[1] blancs, comme les hommes du cortège, et qui semblait contempler Hana de ses yeux qui ne cillaient pas dans un visage de porcelaine blanche et lisse, à la lèvre inférieure légèrement plus charnue. La poupée habillée en garçon, que la mariée apportait à la famille qui la recevait comme bru, symbolisait les préceptes inculqués à toutes les jeunes filles, selon lesquels le devoir de toute épouse était de procréer et de veiller à la prospérité de la famille de son mari.

La poupée serrée sur son cœur, Hana essaya d'imaginer les enfants qu'elle aurait. Elle se rappelait que, chaque fois qu'elle refusait un parti, Toyono, le regard fixé sur elle, répétait qu'il fallait bien réfléchir car le rôle de la femme était de mettre des enfants au monde. Sans doute voulait-elle dire qu'il fallait choisir avec soin l'homme qui serait le père des enfants. Dans ce mariage arrangé par les aînés des deux familles, les futurs conjoints ne s'étaient vus qu'une seule fois deux ans auparavant, mais Hana s'en remettait entièrement au jugement de sa grand-mère. Dans l'ombre protec-

1. Sortes de chaussettes à pouce séparé. (*Toutes les notes sont des traducteurs.*)

trice de Toyono, Hana – tenace comme le bouton de la fleur du prunier d'hiver – en était venue à vouer à Keisaku une admiration candide proche de l'adoration. Dans son palanquin emporté au fil de l'eau, sa poupée dans les bras, elle prenait vraiment conscience d'avoir quitté les siens.

Sur la rive gauche du fleuve des femmes qui portaient des corbeilles de bambou vert pleines de linge au bout d'une longue perche bavardaient en montrant du doigt ce cortège nuptial d'un luxe inhabituel.

— Ah ! voilà les gens des Kaseda qui nous attendent !

— Oui, c'est bien eux.

Toku et les porteurs avaient repéré les livrées de circonstance aux blasons démesurés des silhouettes qui se tenaient sur l'embarcadère des Kaseda pour les accueillir. Le cortège devait s'arrêter là pour une collation et des rafraîchissements. Le soleil n'était pas encore au zénith. Les Kaseda avaient ouvert la maison nouvellement construite, près du fleuve, pour qu'ils puissent tous se reposer. La maîtresse de maison, venue à leur rencontre, s'extasia sur la beauté de Hana et sur le goût exquis de son kimono à longues manches.

— C'est sûrement votre grand-mère qui a choisi ce motif. Il représente les quatre plantes nobles : orchis, bambou, prunier et chrysanthème, n'est-ce pas ?

Hana, ayant bu délicatement le thé pâle qu'on lui avait servi, demanda d'une petite voix :

— Voit-on d'ici la montagne Frère?

— Comment?

Hana dut expliquer qu'à Kasedanoshô, il devait y avoir une montagne dite Frère.

— Vous voulez probablement parler du mont Narutaka? dit Mme Kaseda.

— Non, madame, je crois qu'il s'agit d'une montagne plus petite.

Mme Kaseda ne manifestant pas l'envie de poursuivre la conversation, Hana se rappela que, pendant son voyage de noces, la mariée ne devait pas se montrer trop loquace et n'insista pas. La famille Kaseda avait beau ne pas être d'un rang vraiment inférieur au sien, les femmes n'y avaient pas le goût de se cultiver comme chez les Kimoto. Hana pensa qu'il serait prétentieux de sa part d'expliquer à Mme Kaseda les raisons de sa question en lui citant les poèmes d'où la légende des montagnes Frère et Sœur était tirée. Dans sa déception, sa séparation d'avec Toyono prit une douloureuse réalité.

Vers midi le cortège atteignit Kokawa où les Kojima servirent le déjeuner. Le village abritait le temple Kokawa, troisième étape sur la route du pèlerinage vers les provinces de l'ouest; la prospérité et l'animation y régnaient. L'arrivée du cortège n'y fit donc pas grande impression mais, de là, Hana put voir le mont Ryûmon qui se dressait majestueusement dans le ciel vers le sud. Cette montagne, surnommée le Fuji du pays de Ki, était couronnée de neige et ses pentes s'estompaient doucement dans le lointain.

— Comme on voit bien le mont Ryûmon! s'écria Toku.

— C'est parce qu'il fait un temps magnifique, répondit Mme Kita, toute fière de son appartenance à la région. C'est ce qu'on appelle le beau ciel du pays du soleil levant.

À dire vrai, le ciel n'était pas aussi pur que par certains matins d'hiver. Le précoce printemps avait déjà apporté des nuages diaphanes comme la bourre de soie dont on fait les voiles des mariées, et le froid du matin avait cédé la place à un air tiède.

Un peu après 3 heures, le cortège atteignit le village d'Iwade. Là les attendaient les Yoshi, récemment enrichis par la prospérité qui avait suivi la guerre sino-japonaise de 1894. Ravis de compter parmi ceux chez qui la mariée – une Kimoto de Kudoyama ! – faisait une halte, ils lui réservèrent un accueil chaleureux auquel participa tout le village. Il ne vint pas à l'esprit de Hana que Toyono pouvait avoir une raison spéciale de choisir uniquement les anciennes familles de la rive droite – ce qui ne l'empêcha pas de remarquer qu'au fur et à mesure qu'on descendait le fleuve, si les familles étaient plus prospères, la terre, elle, devenait plus pauvre. Elle découvrit aussi que chaque région avait une atmosphère particulière et elle se demanda quelle serait celle de Musota où elle allait vivre sa vie de femme mariée.

À la nuit tombante, les serviteurs des Kimoto allumèrent des lanternes de papier huilé jaune sur lesquelles se détachait en noir le blason familial. On aurait dit une guirlande lumineuse posée sur le bord des barques.

À Musota, la foule se pressait sur la rive. On voyait de loin le cognassier du blason des Matani, qui ornait les lanternes, danser dans le crépuscule finissant. Bientôt les blasons des deux familles se mêlèrent et les serviteurs se mirent à chanter :

> *Le jeune pin*
> *Qui bourgeonne au printemps*
> *Aura des branches foisonnantes d'aiguilles*

Les serviteurs des deux maisons reprirent la chanson sur un rythme absurdement lent en s'avançant avec précaution sur le chemin mal éclairé. Enfin la procession atteignit la maison des Matani, à Agenogaito. On avait défait les neuf coffres de la mariée et disposé les meubles et les pièces du trousseau dans diverses salles dont on avait laissé les portes grandes ouvertes. Les Matani, qui attendaient pour recevoir la mariée, conduisirent Hana, à peine descendue de son palanquin, dans une petite pièce où, avec l'aide de Toku et de Saki, elle devait s'habiller pour le banquet de noces. La poupée Ichimatsu fut placée dans l'alcôve de la grande pièce de devant.

Quand la mariée fut prête, ayant passé sur son kimono blanc de soie façonnée une longue robe blanche à la lourde traîne, Saki poussa un soupir :

— J'ai aidé à habiller bien des mariées dans ma vie, dit-elle, mais celle-ci est la plus belle que j'aie jamais vue.

Toku, contemplant sa maîtresse avec ravissement, répondit fièrement :

— C'est naturel ! N'est-elle pas la Demoiselle dont il est question dans la chanson que chantent tous les enfants ?

Ces deux femmes qui n'étaient plus toutes jeunes et n'avaient jamais connu pour leur propre compte un tel faste nuptial semblaient regretter de devoir cacher le beau visage de Hana et ne fixèrent le voile sur son front qu'à contrecœur.

L'échange des coupes se fit dans la pièce principale du fond de la maison. Ce furent les Kita, à l'origine de cette alliance en leur qualité d'intermédiaires, qui servirent aux époux le saké rituel par lequel était confirmée leur union. Matani Tahei et sa femme Yasu échangèrent ensuite la coupe nuptiale avec Hana, consacrant ainsi officiellement leur nouvelle parenté, et Nobutaka fit de même avec Keisaku. Mme Kita, avec son capuchon turquoise et sa robe de dessus bleu ciel, donnait une impression d'élégance raffinée à laquelle Hana fut sensible et qui l'aida à retrouver son sang-froid. Elle porta son regard sur Keisaku à travers la soie qui la masquait. Le jeune homme la contemplait fixement, droit dans les yeux, ses épaules carrées se découpant dans la lumière des lampes. Hana sentit le sang lui monter au visage. Elle pensa que le peu de saké qu'elle avait bu et qui lui avait glacé la gorge lui brûlait maintenant la poitrine.

Hana, débarrassée de son voile, fut installée sur le siège de la mariée dans la grande pièce de devant. À l'apparition des époux, le banquet auquel n'assistaient que les hommes s'anima soudain et l'on se mit à échanger des coupes partout dans la salle. Les geishas que l'on avait fait venir de Wakayama papillonnaient autour des trente-huit convives.

Dès que la mariée se fut éclipsée pour un premier

changement de costume obligatoire, les invités qui
jusque-là s'en étaient tenus à des formules officielles de félicitations à haute voix commencèrent
à échanger discrètement leurs impressions :

— Comme elle est ravissante !

— Keisaku a eu bien raison d'attendre.

— Elle paraît tranquille pour une fille si instruite.

— C'est bien une Kimoto. Elle a de la classe.

Le costume de « retour aux couleurs » dans lequel
Hana fit sa rentrée se composait d'une robe de
brocart gris argent ornée d'un motif de fleurs de
prunier roses dans le style des peintures de Kôrin,
et d'un kimono de satin broché d'or. Les geishas,
émerveillées par la somptuosité du costume, en
oublièrent un instant leur rôle qui était de meu-
bler les silences.

— Frère aîné, faites-moi la grâce de m'offrir
une coupe de saké, dit Kôsaku, le frère cadet de
Keisaku, devançant tous les invités pour prendre
place devant les mariés. Dans son ivresse, Kôsaku
négligeait de respecter les usages ; les Matani en
pâlirent. Mais Keisaku, souriant avec calme, tendit
sa coupe à son frère. Une geisha s'empressa de la
remplir de saké.

On avait couvert les bols laqués dans lesquels
était servi le consommé de palourdes qui inaugu-
rait traditionnellement les repas de fête. Sur la
table apparaissait maintenant une succession de
plats, tandis que l'effet du saké commençait à se
faire sentir. Quand, de nouveau, la mariée quitta
la salle pour aller se changer, un invité chuchota à
l'oreille de Kôsaku :

— Vous devez envier votre frère ?

— Et pourquoi donc ? demanda Kôsaku qui pâlit, tandis que les veines saillaient sur son front.

L'homme, regrettant d'avoir parlé trop vite, essaya de se rattraper en disant :

— Oh ! pour rien ! Simplement parce que je trouve la mariée tellement belle…

Kôsaku avala d'un trait le contenu de sa coupe et la tendit pour qu'on la remplisse de nouveau :

— Qu'est-ce qu'elle a de si extraordinaire ?…

Il crachait les mots. De nouveau, il vida sa coupe d'un trait.

Une geisha jouait sur le shamisen des airs appropriés à la fête. Mais les geishas n'étaient guère à l'aise avec tous ces propriétaires terriens, elles qui avaient l'habitude d'avoir affaire à des commerçants.

Lorsque Hana, qui avait commencé la soirée entièrement vêtue de blanc et s'était changée plusieurs fois pour des costumes de plus en plus sombres, s'en fut enfin passer le kimono noir d'apparat de la femme mariée orné au bord de l'ourlet de motifs de couleur, symbole du lien entre époux qui va se resserrant avec l'âge, la nuit était bien avancée et les convives nettement ivres. Comme elle regagnait son siège, le jeune frère, toujours assis en face de Keisaku, lui demanda brusquement :

— Est-il vrai que vous ayez fréquenté l'école secondaire ?

— Oui, monsieur, répondit Hana d'un ton posé et assuré qui sembla surprendre le jeune homme.

Il hocha la tête avec une gravité d'ivrogne et

repoussa la mèche qui lui tombait sur le front, puis il dit du ton d'un homme qui, dans une société secrète, met en garde un nouvel initié :

— Même une femme instruite a besoin d'être éclairée. Je dois vous prévenir que votre mari est un homme de valeur. Prenez-en bien soin. Si vous vous conduisez mal avec lui, vous aurez affaire à moi.

— Doucement, doucement !

Keisaku l'arrêta d'un geste en riant et adressa à Hana un sourire embarrassé. Elle en frémit de plaisir. C'était la première fois que, spontanément, il se tournait vers elle. Elle crut voir là la preuve qu'elle pouvait vraiment avoir confiance en lui. Une mariée, dans de telles circonstances, ne pouvait que garder le silence et le regard rivé au sol. Hana remarqua le blason des Matani qui ornait le bol laqué contenant la soupe à laquelle elle n'avait pas touché. Elle songea vaguement que chaque famille avait le sien. Sur la doublure des vêtements qu'elle avait portés au cours de cette journée, celui des Matani était resté en blanc. Elle se souvenait du soupir plaintif qu'avait poussé Toyono le jour où les coupons de soie avaient été livrés. Elle avait trouvé ce blason inélégant et, d'après elle, quelle qu'en fût la dimension, il ne convenait pas à un kimono de femme.

Les Kita invitèrent discrètement la mariée, puis le marié, à quitter leur siège. Mais l'un des Matani qui avait observé la manœuvre lança en guise de plaisanterie :

— Courage, Keisaku-san, allez-y !

Ces paroles choquèrent les Kimoto qui, depuis un moment déjà, s'irritaient du manque de tenue des Matani. Nobutaka était indigné. Les Matani, chez lesquels il s'était présenté en grande pompe, étaient aussi éloignés des Suda que la fange l'est de la voûte du ciel. Tahei, le père de Keisaku, les cheveux relevés en un chignon, les yeux étirés par l'ivresse, souriait nonchalamment. Pour Nobutaka, Tahei n'était qu'un rustre attaché à la glèbe. De tout temps, les propriétaires des terres de montagne avaient regardé avec dédain ceux des terres à riz, et Nobutaka ne faisait pas exception à la règle. Il se dit que, si Toyono qui tenait tellement à ce qu'on respectât les convenances avait assisté à ce banquet, elle aurait sûrement regretté d'avoir accepté un tel parti. Nobutaka pensa que, puisque Toyono devait venir le lendemain faire visite à la mariée, elle aurait mieux fait de les accompagner. Pour la première fois de sa vie il éprouva quelque ressentiment à l'égard de sa mère qui avait pris sa décision sans tenir compte de son avis. Mais il était trop tard maintenant. Keisaku et Hana étaient en train d'échanger les coupes du serment devant la couche nuptiale étalée dans la grande pièce du fond. Sur la tablette servant d'autel on avait déposé les offrandes de pruneaux de Kôshû et de calmar séché. Les Kita apportèrent la coupe rituelle aux mariés.

— Nos plus vives félicitations et, à présent, repo-sez-vous bien !

Hana ne conserva des événements qui suivirent le départ des Kita que des lambeaux de souvenirs. Étant donné l'éducation qu'elle avait reçue, le fait qu'elle se trouvait pour la première fois seule avec une personne du sexe opposé était déjà une situation traumatisante. Serrée dans les bras de Keisaku, le corps figé, elle ne pensa même pas à l'estampe d'Utamaro où l'on voyait des personnages dans des postures bizarres, que sa grand-mère avait glissée dans son porte-mouchoirs en précisant qu'il s'agissait d'un talisman. Pour résister à la douleur, elle pressa sa nuque sur son oreiller de bois, prenant bien soin de ne pas déranger l'ordonnance de sa coiffure. Même en pareille circonstance, son éducation lui imposait de préserver les apparences.

Quant à Keisaku il avait, à vingt-six ans, trop peu l'expérience des femmes pour tenir compte de la réaction de Hana, dont la beauté virginale le bouleversait.

— Je t'ai attendue si longtemps !

Ce fut la seule phrase que put saisir Hana sur les lèvres de Keisaku quand, le souffle court, il eut apaisé sa passion. Elle-même n'avait droit qu'au silence pour exprimer sa gêne ou son plaisir : c'était le lot des femmes. Les yeux clos dans les ténèbres, elle s'étonna que son angoisse ne se fût pas clairement manifestée.

La coutume du pays voulait que, le lendemain de la nuit de noces, les femmes des deux familles viennent féliciter la mariée. La veille, au cours du banquet réservé aux hommes, elle n'avait pu que garder en silence la tête baissée face à ces inconnus mais maintenant, à chaque présentation, elle levait les yeux pour essayer de bien fixer dans sa mémoire les noms et les visages. Ses visiteuses, favorablement impressionnées, lui trouvèrent l'air très intelligent. Yasu, sa belle-mère, resta à ses côtés pour compléter son information sur toutes ces personnes.

Les dames des diverses branches de la famille des Kimoto venues saluer la mariée étaient toutes vêtues de deux kimonos superposés à petits dessins réguliers. Elles s'étonnèrent de voir Hana assise près de sa belle-mère aussi tranquillement que si elle avait toujours vécu dans la famille Matani. La cousine de Toyono avait un message à lui transmettre :

— Madame votre grand-mère ne pourra pas venir assister au banquet.

Toyono avait pris prétexte de son âge pour ne pas participer au banquet qui réunissait les femmes après leur visite à la mariée. Ainsi, Toyono ne paraîtrait pas, même à ce festin réservé aux seules femmes.

— Je vous prie de bien vouloir lui transmettre tous mes vœux de meilleure santé.

La cousine de Toyono, comme la belle-mère de Hana, fut surprise par l'absence de toute nuance de sentiment dans cette réponse polie et conventionnelle. Sachant quelle affection intense lui avait témoignée sa grand-mère, on s'était attendu à ce qu'elle manifeste son regret de manière plus intime.

— Elle voulait sans doute éviter de froisser sa belle-mère.

— Elle est peut-être extrêmement réservée.

— Sa grand-mère a dû lui inculquer des principes très stricts.

Tels furent les avis qu'émirent le lendemain les invitées du banquet, mises au courant de l'incident, tout en admirant l'élégance de Hana vêtue d'une robe de dessus jaune-vert avec des aiguilles et des pommes de pin tissées en relief.

— Regardez, elle porte un kimono rouge.

— Quelle exquise créature. On dirait une poupée !

La doublure de la robe était de satin rouge et la traîne façonnée épaisse de demi pouces. Le kimono de dessous était du même satin écarlate qui donnait au teint clair du visage de Hana un reflet rosé particulièrement seyant à une jeune épousée candide et heureuse.

— Arriver avec une dot suffisante pour remplir neuf coffres, épouser un homme de la qualité de Keisaku-san et être aussi belle ! Comme elle a de la chance ! commentèrent les femmes en la félicitant.

La coutume du pays voulait aussi que les jeunes époux rendent visite, le cinquième jour, aux parents de la mariée, mais cette visite avait été annulée à la demande de Toyono en raison de la distance séparant Musota de Kudosan. Toyono aurait donc dû avoir un motif supplémentaire pour venir voir sa petite-fille le lendemain de son mariage, si bien que son absence avait amené certaines personnes à se poser des questions. Toku, la servante qui avait accompagné Hana depuis son départ de chez les Kimoto, avait dit : « Je me demande à quoi peut penser Madame… » Elle paraissait particulièrement triste quand Saki, la coiffeuse qui était restée cinq jours pour l'aider à habiller Hana, fut sur le point de partir.

— Oh ! Saki-san, est-il déjà temps pour vous de nous quitter ?

— Oui, n'oubliez surtout pas de me rendre visite s'il vous arrive de venir en ville.

— Merci. Saki-san, ne trouvez-vous pas que c'est bizarre ?

— De quoi parlez-vous ?

— Eh bien, alors que je me sens déjà très malheureuse à l'idée de ne plus vous voir, Madame Hana n'a même pas prononcé le nom de sa grand-mère ni parlé de Kudoyama.

— Mais c'est la plus belle période de sa vie ! répondit Saki en riant. Nous le savons bien, vous et moi.

— Malgré tout, quand on n'est entouré que de gens qu'on connaît depuis si peu de temps, on doit penser avec nostalgie à sa maison natale !

C'est ainsi que Toku se lamentait en accompagnant Saki jusqu'au pont. Ce pont venait tout juste d'être construit en aval d'un petit barrage et il fallait acquitter un droit de péage d'un rin, ce qui avait valu au pont le surnom d'Un Rin. Les eaux du Ki, jaillissant du barrage, faisaient un vacarme qui contrastait avec l'habituel calme du fleuve.

À son retour, Toki entendit les notes d'un air de koto qui lui parvenaient à travers l'écran de plantes vertes de la grande pièce du fond. Elle s'avança, arborant un large sourire de supériorité qui s'adressait à tous ceux, hommes et femmes, qui s'affairaient dans l'enceinte de la maison des Matani. Sa maîtresse était sans doute la seule bru de Musota à exceller dans les arts d'agrément. Elle avait hâte de trouver l'occasion de dire à tout un chacun que Hana était diplômée de koto de l'école Yamada. Elle-même était très fière d'être au service des Kimoto. Elle aurait volontiers répandu le bruit que Hana avait été pressentie par une famille bien plus prestigieuse. Si elle avait su écouter le koto avec son cœur, Toku aurait compris ce qu'éprouvait Hana. Mais Toku n'avait pas l'oreille musicale.

Tout en enlevant les onglets de ses doigts, Hana se reprochait de s'être accordé ce moment de loisir si peu de temps après son mariage. Il ne lui serait pas venu à l'idée de mettre en question les principes d'une conduite féminine réglée par «les trois obéissances et les sept motifs de répudiation». Pour déterminée qu'elle fût à accomplir son devoir en assimilant les habitudes de la famille qui l'avait acceptée pour bru, elle n'était pas encore arrivée à définir son rôle précis dans la vie de la maison.

Keisaku, maire du village d'Isao, incarnait tout l'espoir des habitants. Il avait fait ses études à Tokyo et avait un certain idéal. Même les plus bornés des anciens du village l'écoutaient. Ses journées étaient bien remplies. Quoique propriétaire terrien lui-même, il consacrait tout son temps libre à rendre visite aux paysans pour les mettre au fait des nouvelles méthodes d'agriculture et les intéresser aux légumes récemment introduits dans le pays, comme la tomate, allant jusqu'à construire derrière sa maison une serre qu'il invitait même les habitants des villages voisins à venir voir. Ses activités auraient suffi à occuper plusieurs personnes.

Quant au rôle de Hana, il consistait à se lever et à s'habiller avant le réveil de son mari pour lui servir le petit déjeuner qu'il prenait en lisant une revue ou un livre anglais. Après son départ, elle n'avait plus rien à faire. Tahei, son beau-père, passait le plus clair de son temps à somnoler au soleil et sa belle-mère, Yasu, s'employait à assembler et à coudre des morceaux de tissu. Tahei se chargeait de recevoir les visiteurs quand il s'en présentait. Yasu venait dire quelques banalités puis se remettait à son ouvrage. Leur bru ne trouvait aucune occupation précise à prendre en charge. Le ménage et la lessive étaient du ressort de Toku et sa belle-mère régnait sur la cuisine. Hana souffrait de ces loisirs forcés et elle se sentait frustrée de ne pouvoir affirmer son utilité dans la maison des Matani. Keisaku rentrait épuisé d'avoir passé sa journée à discourir. Il était, certes, aussi doux avec Hana qu'elle pouvait le souhaiter, mais il ne semblait guère se soucier de savoir à quoi sa jeune femme pouvait s'occuper.

— Voulez-vous que je joue du koto ? lui proposait-elle parfois timidement lorsque, sortant du bain, il lisait des journaux.

À ces moments-là Keisaku, qui n'était pas habitué à ce genre de divertissement, regardait sa femme avec des yeux ronds et, gentiment, lui faisait remarquer qu'il était déjà tard.

Le koto, malgré le superbe dessin à la poudre d'or qui l'ornait, n'attirait l'attention de personne dans cette maison.

— C'est un trésor méconnu ! gémissait Toku.

Bien sûr, elle était elle-même incapable d'apprécier la musique raffinée du koto, mais l'influence de sa maîtresse Toyono l'avait rendue fière de l'éducation de Hana. Personne ici en effet ne paraissait à même d'apprécier les mélodies jouées sur l'instrument. Toku exprimait sa déception en des termes chargés d'un mépris implicite pour les Matani. Hana ne répondait pas.

Un jour Kôsaku, qui avait entendu Toku, cria de la cuisine :

— Qu'est-ce que tu as dit ? Répète !

— Comme vous voulez, Monsieur ! dit Toku. À Kudoyama, les maîtres ne se dérangeraient pas en personne. Ils n'entrent jamais dans la cuisine.

Toku était agacée de voir Kôsaku venir en personne puiser de l'eau quand il avait soif. Il aurait suffi qu'il frappe dans ses mains pour qu'elle lui apporte du thé. À son sens, le frère de l'héritier du nom devait tenir son rang.

— Ce que tu dis est idiot. Nous ne sommes pas des nobles. Nous n'avons pas de servantes qui accourent pour satisfaire nos moindres désirs.

— Je le ferais volontiers !

— Le thé que tu m'apporterais, je ne le trouverais pas bon.

Hana s'abstint d'intervenir. Elle savait que Toku n'avait pas de mauvaises intentions, qu'elle aspirait simplement à retrouver une atmosphère du genre de celle qui régnait chez les Kimoto. Ce n'était rien d'autre que de la vanité.

— Toku-san !

La servante accourut et s'agenouilla devant Hana, les mains à plat sur le sol. Hana, plaçant une feuille de papier roulée dans une enveloppe, dit :

— Je voudrais que tu me fasses une commission à Kudoyama.

Il s'agissait simplement de porter une lettre à Toyono. Mais Hana ordonna à Toku d'emporter avec elle le plus possible de ses possessions pour un séjour d'une certaine durée.

— Mademoiselle ne va pas se sentir trop seule ? demanda Toku, déconcertée.

Le visage impassible de Hana signifia qu'il n'y avait pas à discuter.

— Je n'ai pas très envie de partir, mais ma maîtresse ne veut pas envoyer cette lettre par la poste. Il faut que j'y aille moi-même, expliqua Toku, gémissante, aux autres servantes en quittant la maison des Matani.

Ses appréhensions étaient justifiées. Quand Toyono eut terminé la lecture de la lettre, joliment calligraphiée, elle dit avec un rire satisfait :

— Tu es congédiée.

— Comment ? Mais que me reproche-t-on ?

Tout en s'efforçant de consoler la fidèle servante, Toyono continuait à sourire :

— Puisque Hana te congédie, tu vas pouvoir revenir chez nous. C'est moins grave que si tu avais été renvoyée en disgrâce par un mari. Tu ne seras pas fâchée de te retrouver parmi les gens de Kimoto, n'est-ce pas ? Mais dis-moi plutôt – Hana n'attend-elle pas encore d'enfant ?

— Mademoiselle a eu ses règles tout au début de ce mois.

On était en été. Le grand plaqueminier au milieu du jardin répandait une ombre si épaisse, si rafraîchissante qu'on aurait dit un océan bleu dans l'après-midi radieux. Toyono, le regard plongé dans la fraîcheur, avait perdu sa gaieté :

— Je vois, dit-elle.

Plus que son premier arrière-petit-enfant, elle attendait la venue de Hana qui, dès qu'elle serait enceinte, ne manquerait pas d'aller offrir un sein miniature symbolique au pavillon Miroku du temple de Jison.

— Ne boude pas. Raconte-moi plutôt tout ce qui s'est passé le jour du mariage, dit Toyono comme si elle prenait soudain conscience de la présence de Toku.

«Je suis navrée qu'une erreur se soit glissée dans les préparatifs du mariage, pourtant menés avec tant de soin ! J'ai bien reçu ce que tu m'as renvoyé. Avec mes sincères salutations. »

Au reçu de cette lettre de sa grand-mère, Hana eut envie de rire. Mais elle garda un visage impassible quand elle la montra à Keisaku.

— Son absence ne te gêne pas trop ?

— Je peux facilement me charger de ses tâches. Jamais je n'aurai vraiment l'impression de vivre à Musota s'il y a quelqu'un comme Toku qui fasse tout.

Keisaku la regarda, l'air un peu surpris, mais ne dit mot. Il s'était remis au travail très vite après le mariage et y consacrait ses journées. La nuit, son jeune corps cherchait avec passion celui de Hana, mais jamais il ne parlait à sa femme de ce qu'il faisait quand il n'était pas avec elle. Son comportement paraissait normal à Hana et elle n'en souffrait pas.

— Il fait chaud ce soir, ne trouves-tu pas?

— Oui, on aimerait bien voir tomber quelques gouttes de pluie.

Keisaku lança un bref coup d'œil à sa femme par-dessus son journal. Justement il s'inquiétait pour ses cultures avec cette longue sécheresse. Mais, tout frappé qu'il ait été par ces propos, il replia son journal et changea de conversation:

— Connais-tu les Yoshii d'Iwade?

— Oui, répondit Hana, embarrassée à l'idée d'expliquer qu'elle s'était arrêtée à Iwade le jour de son mariage.

— Ils envisagent d'arranger un mariage avec la fille des Handa de Nishidegaito.

— S'agit-il des Yoshii de la branche principale?

— Non, il est question d'un cousin. Mais les deux partis ont l'air bien assortis. L'affaire semble en bonne voie.

— C'est une bonne nouvelle.

Hana pensa brusquement à la remarque de Toyono sur la fiancée qui ne devait pas aller à contre-courant du Ki pour se marier. Mais le rôle d'une épouse lui enjoignant de ne pas s'opposer à son mari, elle ne dit rien.

— Il nous faudra penser à chercher un bon parti pour Kôsaku.

— Oui, vous avez raison.

Hana se souvint qu'il y avait une fille, de trois ans plus jeune qu'elle, dans une branche collatérale de la famille Ôhsawa qui habitait le village du temple de Jison. Hana ne pouvait guère s'entremettre elle-même car Toyono avait refusé le fils Ôhsawa pour elle. Si, en revanche, quelqu'un d'autre se

47

chargeait de transmettre une demande, la branche collatérale serait certainement ravie qu'on lui propose Kôsaku comme gendre possible.

Keisaku, toujours prompt à agir, délégua quelqu'un pour parler aux Ôhsawa. Mais on n'était pas pressé dans ce pays du Ki. La réponse ne parvint qu'à la fin de l'année. Les Ôhsawa voyaient la chose d'un bon œil. Toyono, qui avait eu vent de l'affaire, l'approuvait. Hana fut couverte de louanges et acquit la réputation d'une dame qui aimait à rendre service.

Devant ses parents, Keisaku dit sans préambule à Hana :

— Tu en parleras à Kôsaku.

La belle-mère de Hana approuva :

— Oui, vous, il vous écoutera.

Tahei était trop fier de son fils aîné pour faire la moindre objection à ses décisions. Hana s'inclina poliment, acceptant la tâche. Elle pensa que la famille, consciente de ses relations difficiles avec Kôsaku, essayait simplement d'arranger les choses avec tact en la chargeant de cette mission. Toku avait sans doute été à l'origine de la mésentente et de l'attitude peu aimable de Kôsaku envers l'épouse de son frère aîné. Il fallait ajouter que les autres membres de la famille semblaient toujours prendre leurs distances avec Kôsaku. Hana n'avait pas idée de la raison de cette froideur. Alors que Keisaku, qui était un homme d'action, ne cessait de courir d'un endroit à un autre, Kôsaku, lui, malgré ses fonctions de secrétaire de mairie, passait le plus clair de son temps à lire à la maison. Il recevait très souvent des colis de livres très divers, de Tokyo.

Hana, élevée par Toyono qui adorait la lecture, avait été tout heureuse de trouver quelqu'un de ce genre chez les Matani. Apercevant un jour Kôsaku sur la véranda, avec entre les mains le *Recueil des poèmes anciens et modernes,* elle lui avait posé la question : « Composez-vous aussi des poèmes Waka ? » Mais il n'avait pas daigné répondre.

Keisaku, lui aussi, faisait venir des livres de Tokyo, mais c'étaient des ouvrages spécialisés traitant d'agriculture et d'élevage. Hana ne se sentait pas du tout attirée par les volumes d'économie et de politique qui garnissaient ses rayonnages. Pour lutter contre l'ennui, elle aurait eu envie de demander à Kôsaku des livres de poètes modernes, comme Kitamura Tokoku. Mais, quand elle s'y était risquée, Kôsaku avait répliqué sèchement qu'il n'aimait pas prêter ses livres.

Il lui fallait bien admettre que Kôsaku lui en voulait personnellement. Aussi, quand son mari la chargea d'aller, la première, parler à Kôsaku du parti envisagé, trouva-t-elle la mission difficile. Mais, comme le devoir de la femme était de ne pas accentuer les mésententes familiales, elle aborda Kôsaku et, en termes fort soigneusement choisis, l'informa du projet. Kôsaku l'écouta attentivement sans l'interrompre.

— C'est bien des Ôhsawa de la branche collatérale du village du temple Jison qu'il est question ? demanda-t-il finalement.

— Comment a-t-il réagi ?
— Il m'a écoutée jusqu'au bout.

— Il n'a pas refusé tout de suite?

— Non, mon ami.

Keisaku approuva d'un hochement de tête et demanda à Hana d'écrire une lettre, dans toutes les formes, à Toyono. L'affaire n'était pas encore officielle mais il fallait qu'il donne une indication de l'intérêt de la famille pour ce mariage. Hana, un peu soulagée, pensa que, mis en présence de la jeune personne lors d'une rencontre préparée, Kôsaku changerait sans doute d'attitude. La jeune fille, non seulement était d'une maison respectable, mais elle était physiquement agréable et d'une gentillesse exceptionnelle.

La réponse de Toyono arriva, accompagnée de ses vœux de nouvel an. La position sociale de la famille et le caractère de la jeune fille conviendraient parfaitement à Kôsaku. Elle se réjouissait beaucoup des nouveaux liens qui se créeraient entre cette partie de la province et Musota. En conclusion, elle disait que comme la mariée descendrait le cours du fleuve rien ne s'opposait à cette union. Toyono avait une telle maîtrise d'elle-même qu'elle ne faisait aucune allusion à son désir de revoir Hana, pas plus qu'à sa solitude depuis leur séparation.

L'échange de cadeaux de fiançailles entre les Handa et les Yoshii eut lieu pendant les fêtes du nouvel an. Tahei avait hâte de voir aussi Kôsaku fiancé officiellement. Malgré cela, Keisaku déclara qu'il n'y avait pas de raison de se presser, alors qu'il avait été à l'origine de toute l'affaire. Hana, qui assistait à leur conversation, commença à avoir des doutes.

— Kôsaku ne serait pas si entêté si j'avais partagé les biens de la famille il y a des années, dit Tahei. Il risque d'y avoir des disputes entre frères quand il faudra le faire après ma mort.

Hana prit conscience, pour la première fois, que lorsque Kôsaku se marierait il devrait se séparer de la branche principale de la famille. C'était là le sort normal d'un cadet mais Hana n'avait qu'un frère unique, plus âgé, si bien qu'elle n'avait jamais eu l'expérience dans sa famille de problèmes de cet ordre.

— Hana propose que nous demandions à son père d'arranger un banquet pour nous permettre de faire connaissance de la fille des Ôhsawa, dit Keisaku tout en dégustant le potage rituel aux haricots rouges au petit déjeuner du 15 janvier.

Quand elle habitait chez les Kimoto, Hana avait eu l'habitude de prendre ses repas trois fois par jour avec Toyono car c'était l'usage chez les siens que les femmes ne mangent pas avec les hommes. Mais, chez les Matani, toute la famille se réunissait pour le petit déjeuner : Tahei, Yasu, Keisaku, Kôsaku et Hana. Chaque personne avait devant elle un plateau individuel de laque noire, et Kiyo, la servante, qui avait une quarantaine d'années, veillait aux besoins de tous. Keisaku et Kôsaku étaient les deux derniers-nés de cinq enfants. Avant que les trois filles aînées fussent mariées, Kiyo s'occupait de huit personnes, car le père de Tahei avait vécu jusqu'à un âge avancé. C'était la plus efficace des trois servantes de la maison et, bien entendu, il y avait eu des heurts entre elle et Toku avant le retour de celle-ci à Kudosan.

Kôsaku, qui avalait bruyamment son potage, posa un regard furieux sur le plateau que lui tendait Kiyo.

— Non, merci, je n'en veux pas ! dit-il.

— Qu'est-ce que tu as, Kôsaku ?

— Vous parlez d'une entrevue, père ?

— Exactement.

— Je n'y consens qu'à condition de pouvoir dire non en fin de compte.

À l'époque, dans ces arrangements entre deux familles, un refus signifié à l'issue d'une entrevue était une grande offense à la famille servant d'intermédiaire et de plus, pouvait nuire à l'avenir de la jeune fille qui en restait marquée. La hargne qui se révélait dans l'attitude de Kôsaku glaça Hana.

— On ne décide pas d'une entrevue dans de telles dispositions, dit Keisaku. Personne ne peut rien reprocher aux Ôhsawa et, comme l'a expliqué Hana, la fille est très bien à tous points de vue.

Keisaku s'exprimait avec douceur. À vingt-sept ans, s'il avait une excellente réputation de maire s'acquittant au mieux de ses lourdes tâches, c'était en raison de sa nature franche et ouverte et du peu de cas qu'il faisait des détails futiles. Mais Kôsaku était obstiné :

— Ces Ôhsawa sont bien les membres d'une branche collatérale ?

— C'est exact.

— Ils n'ont pas les moyens de m'envoyer une fille avec une dot emplissant neuf coffres, en un grand défilé nuptial avec un palanquin et cinq bateaux. Tout au plus y aura-t-il cinq coffres et une procession de pousse-pousse le long de la rive.

C'est normal, puisque après tout je représente moi aussi une branche collatérale, non?

Incapable de se contenir davantage, Tahei cria:

— Kôsaku, arrête tes sottises! On dirait que tu ne comprends pas les sentiments de ton frère.

Hana n'avait jamais entendu son beau-père élever la voix. Elle posa ses baguettes. Elle avait l'impression que la nourriture formait une boule dans sa gorge.

— Les sentiments de mon frère? Les sentiments du maire, du diplômé de Tokyo qui a épousé la Demoiselle de Kudosan et héritera des biens des Matani ne sont pas difficiles à comprendre, même pour moi.

— Imbécile!

Kôsaku se leva pour quitter la pièce. Sur le seuil, il se retourna pour dire d'une voix très basse qui semblait souligner de manière insultante ce que son père venait de crier:

— Heureusement que l'aîné n'est pas un imbécile!

Keisaku regarda s'éloigner son frère cadet avec une profonde tristesse. Les poings de Tahei tremblaient. Yasu, ne sachant que faire, observa son mari puis suivit des yeux Kôsaku en train de disparaître par la porte. Hana fut prise d'une sorte de hoquet et Kiyo partit en courant chercher un torchon à la cuisine.

— Excusez-moi, dit Hana, la manche de son kimono pressée sur sa bouche.

Consciente des regards de son beau-père et de son mari fixés sur elle, sans s'excuser davantage elle s'enfuit jusqu'aux toilettes, incapable de s'arrêter de vomir. Son estomac refusait de garder ce qu'elle avait mangé.

Hana ne s'était pas doutée une seconde que la procession de mariage à laquelle Toyono avait si affectueusement et si magnifiquement apporté tous ses soins avait été un affront pour l'amour-propre du cadet des Matani. Le sort normal du cadet, qui l'obligeait à quitter le foyer pour fonder une branche collatérale dès qu'il avait atteint sa majorité, n'avait pas été accepté de bon cœur par Kôsaku : l'idée du destin qui l'attendait avait aigri et assombri son caractère. Cette découverte était une surprise pour Hana qui, contrairement aux autres filles qui devaient se résigner à occuper une position inférieure à celle de leurs frères, n'avait eu à souffrir d'aucune ségrégation : elle avait reçu la même éducation que le sien et avait été l'objet de l'affection intense de sa grand-mère.

Keisaku remarqua que Hana continuait, encore plusieurs jours après cet incident, à avoir mauvaise mine. Un soir où ils se trouvaient seuls dans la pièce aux six tatamis voisine de la salle de séjour, il lui dit avec douceur :

— Tu es encore tourmentée par ce qu'a dit Kôsaku ?

— Je ne peux pas m'en empêcher. Et puis je ne sais pas comment m'excuser auprès de père. J'ai honte d'avoir été malade à table.

— Ne t'inquiète pas de ça.

— Kôsaku s'est vexé de ce que je prenne l'initiative. Et je ne m'en suis même pas aperçue. Quelle sotte je fais !

— Essaie de ne plus y penser. J'ai l'intention de

lui donner une partie plus importante des biens.
Je veux aussi abolir la règle qui oblige la branche
collatérale à prendre le nom de Handa ; je me propose de lui céder le titre honorifique de Tchôkui.

— Lui céder le titre de Tchôkui ?

— Oui. Dans cette région, nous sommes les seuls
à descendre en ligne directe d'anciens samouraïs.
Je lui donnerai le titre. Moi, je m'en passerai très
bien.

Hana l'écoutait avec stupeur. Il était impensable
en 1900 qu'une famille de la branche collatérale
héritât d'un titre honorifique aux dépens de la
branche principale. Elle qui avait été élevée dans
le respect strict des traditions trouvait cette mesure
inconvenante. Saisie, elle se releva brusquement.
Une vague de nausée lui monta aux lèvres et elle
porta la main à sa bouche.

— Serais-tu enceinte ? demanda Keisaku, la dévi-
sageant.

Hana rougit sous le regard de son mari. L'idée
lui en était bien venue, mais par humilité elle se
recoucha sans mot dire.

— Quelle chaleur moite il fait cette nuit ! murmura Keisaku tout en rejetant sa couverture de
coton ouaté pour se pencher sur sa femme.

L'hiver avait été exceptionnellement doux dans
le pays du Ki et il était difficile de croire que l'on
devait s'occuper des préparatifs du nouvel an, tout
proche. Dans les provinces, on s'en tenait encore
à la coutume et on célébrait le nouvel an de l'ancienne année lunaire, bien que le calendrier solaire
eût été adopté officiellement en 1872. À Musota,
les Matani étaient à peu près les seuls à fêter le jour

de l'an en même temps qu'à l'école primaire. Les habitants du village d'Isao, pour la plupart des paysans, comptaient les saisons suivant l'ordonnance des travaux des champs. Les anciens venaient donc présenter leurs vœux à Tahei et à Yasu en février. On leur servait des rafraîchissements.

— C'est le nouvel an des anciens, dit Tahei en riant.

Il toussa, découvrant des gencives dégarnies.

— Il ne nous en reste peut-être plus beaucoup à voir passer ! ajouta-t-il.

En dépit de la douceur du temps, il souffrait d'un mauvais rhume contracté avant le nouvel an officiel. Et ses soixante-dix ans le supportaient mal. Il avait beaucoup vieilli depuis quelque temps.

Peu après le nouvel an, les journaux annoncèrent les fiançailles du prince héritier. On avait officiellement informé le *kujô* Michitaka que sa quatrième fille, Sadako, avait été choisie comme épouse pour le prince. Hana lut et relut l'article, sincèrement heureuse du bonheur de la famille impériale. Maintenant elle était certaine d'attendre un enfant et elle avait une vision nettement optimiste des choses. Elle se sentait entourée des soins les plus attentifs par les Matani. Yasu, qui jusque-là avait paru ne pas réussir à se familiariser avec la façon de parler élégante et le comportement, d'un raffinement exquis, de sa belle-fille, ne la quittait plus tout au long de la journée. Le fossé qui séparait la femme âgée, mère de plusieurs enfants, de la jeune épousée avait été franchi.

— Vous devriez aller à Kudosan prier au temple Jison pour un heureux accouchement. Le temple

Daido à Musota accueille surtout les malades des yeux, dit Yasu avec bonté.

Hana accepta volontiers la proposition de sa belle-mère, tout heureuse de retrouver sa famille, qu'elle n'avait pas revue depuis son mariage. Elle partit donc au mois de mai pour la maison des Kimoto, accompagnée par Kiyo.

Leur voyage tint beaucoup de la flânerie car Hana, par prudence, réglait leur rythme en fonction du temps qu'il faisait et de son état. Le spectacle de la beauté du fleuve dont les eaux reflétaient le bleu limpide du ciel l'enchantait.

Toyono, qui était sortie pour accueillir sa petite-fille, fut réduite au silence par sa mauvaise mine.

— Ce sera sans doute un garçon, finit-elle par dire après l'avoir observée un moment.

Puis, comme s'il n'y avait pas eu une année de séparation entre elles, les deux femmes sentirent que le lien d'antan n'avait rien perdu de sa force – ce lien qui unissait la Dame de Kimoto à sa petite-fille.

Hana ne parvenait pas à imaginer comment Toyono qui n'avait vécu que pour elle avait réussi à combler le vide laissé par son absence. Et Toyono ne voulait pas en parler. Éprouvant de nouveau la joie de se sentir ensemble, les deux femmes simplement reprirent leurs anciennes habitudes.

— Voulez-vous que je vous lise le journal, grand-mère ?

— Volontiers, Hana. Même avec des lunettes, j'ai de plus en plus de mal à y arriver.

Hana, ayant ouvert le numéro du 11 mai, commença à lire la première page :

«En ce début d'été, au ciel sans nuages et aux brises parfumées, les grues dans les pins, à la grille du palais impérial, saluent de leurs appels joyeux cette heureuse cérémonie.»

Hana, arrêtant le fil sans heurt de sa lecture, leva les yeux pour découvrir le regard de sa grand-mère fixé sur son profil. Les deux femmes échangèrent un sourire, puis Hana reprit:

«Son Altesse impériale, le prince héritier, a fait son apparition en uniforme de commandant de l'armée de terre, constellé de décorations. À 7 h 30, dans l'antichambre du Pavillon de la Sagesse, il a revêtu la grande tenue traditionnelle pour les céré-monies de cour. Ensuite, avec sa future épouse, le prince héritier a accompli les rites de purification. Puis, précédé du grand chambellan Sannomiya, le prince s'est avancé vers l'autel du Pavillon de la Sagesse, suivi du chambellan Maruo, du palais du prince, qui portait haut, de ses deux mains, le sabre Tsubokiri. La princesse a fait son entrée de son côté, précédée par le chef du secrétariat du prince héritier, Tanaka, et suivie de ses dames d'atours, Yoshimi et Shôgenji. Puis, elle s'est diri-gée vers l'autel…»

Hana lisait sans hésitation, malgré l'abondance dans le texte des caractères savants correspondant aux charges à la Cour. Son timbre de voix juvénile ne révélait rien d'une grossesse déjà parvenue au cinquième mois. Toyono, les yeux fermés, perdue semblait-il dans l'évocation des fastes de la céré-monie impériale, cherchait à imaginer le mariage de sa petite-fille auquel elle n'avait pas assisté. Elle avait veillé à ce que Hana reçoive la meilleure des éducations possible et ne s'était épargné aucune peine pour elle ; elle continuait à croire que pour elle rien n'avait pu être trop beau.

À une grand-mère qui avait cette conviction Hana ne pouvait parler de la réaction de Kôsaku. Elle était très soulagée que Toyono, ne lui ait pas demandé pourquoi le projet de mariage entre Kôsaku et la fille des Ôhsawa n'avait pas eu de suite. Elle était bien décidée à ne pas aborder le sujet, le seul but de sa visite étant son pèlerinage au temple de Jison, et les « charmes » en forme de sein qu'elle devait y porter.

— Donne-moi mon écritoire, s'il te plaît.

— Oui, grand-mère, dit Hana qui partit chercher l'écritoire laquée, au dessin d'or, posée sur la table de lecture de Toyono. Elle revint s'asseoir sur la véranda ensoleillée et commença à préparer l'encre.

C'est alors que le panneau coulissant fut ouvert et que la voix de Nobutaka se fit entendre. Lui qui, d'ordinaire, dédaignait plutôt l'appartement des femmes venait se plaindre d'être privé de la compagnie de sa fille qu'il retrouvait après une si longue séparation.

— Mère, dit-il, ne gardez pas Hana pour vous toute seule. Après tout, je suis son père !

— Je ne l'ignore pas. Je l'enverrai tout à l'heure dans ta salle de travail. Sois patient.

Nobutaka fit un pas en direction de Hana :

— C'est pour quoi, cette encre ?

— Ce n'est pas une affaire d'homme. Laisse-nous, dit Toyono d'un ton réprobateur qui décida son fils à s'éclipser, décontenancé.

Hana sortit la miniature en forme de sein qu'elle avait enfouie en toute hâte dans la manche de son kimono. Toyono, prenant son pinceau, écrivit dessus d'un trait bien noir : Hana, vingt-trois ans.

De nouveau, comme l'an passé, les deux femmes gravirent côte à côte les marches de pierre du temple Jison. Elles étaient assistées par Toku pour Toyono, et par Kiyo pour Hana. Il était presque midi quand elles parvinrent devant le pavillon Miroku.

Ce fut Kiyo, la plus grande, qui fut chargée d'accrocher les charmes en forme de sein en haut d'un pilier du pavillon. L'offrande de Hana ressortait en blanc éblouissant, dans le soleil radieux du mois de mai, parmi les autres déjà ternies et fanées par les intempéries. Toyono et Hana joignirent les mains et formulèrent leurs vœux en silence.

— On va demander une amulette au prieur, dit Toyono.

Toku partit en courant vers les dépendances où il habitait. Elle trouvait intolérable que Kiyo, qui faisait partie de la maison des Matani, fût si proche de Hana. Kiyo, de son côté, faisait étalage devant Toku de sa situation privilégiée, arrangeant sans nécessité l'encolure des kimonos superposés de Hana et jetant un regard de triomphe en direction de Toku quand Hana lui demandait quelque chose. Devant la rivalité des servantes Hana prenait conscience du fait que maintenant elle était vraiment un membre à part entière de la famille Matani. Sa belle-mère avait beau lui avoir donné l'autorisation de séjourner chez sa grand-mère aussi longtemps qu'il lui plairait, Hana décida qu'elle retournerait dès le lendemain chez son mari.

Nobutaka fut terriblement déçu et fit de son mieux pour persuader sa fille de rester plus longtemps. Toyono pinça les lèvres, l'air sombre. Sans doute était-elle blessée, elle aussi, mais elle savait trop combien sa petite-fille tenait à ses décisions pour tenter de l'en faire changer.

La saison du repiquage du riz commença le mois suivant et, avec le changement de lune, des pluies incessantes se déversèrent sur le nord de la province du Ki.

— Quel ennui, cette pluie ! dit Keisaku, lassé de la voir tomber.

Cependant, quand arriva le mois d'août, il avait fait tellement chaud que la terre souffrait de la sécheresse. Tout le monde se lamentait sur les excentricités du climat.

À Tokyo, le 25 août de cette année-là, Itô Hirobumi annonça la création d'un nouveau parti politique – le Rikken Seiyû-Kai, parti des adeptes d'un gouvernement constitutionnel – qui était en préparation depuis longtemps. Keisaku accueillit la nouvelle avec des débordements de joie et lut à haute voix le manifeste du marquis Itô. Hana ne pouvait s'empêcher de sourire en voyant son mari qui, un moment, serrait le journal sur son cœur, heureux comme un enfant auquel on a donné un jouet tout neuf, et l'instant d'après se faisait un souci épouvantable pour les paysans, à cause du mauvais temps.

— Je ferai de notre enfant un homme politique, déclara Keisaku dans un élan d'enthousiasme.

— Alors, il faut que ce soit un garçon.

— Bien sûr que ce sera un garçon. J'ai déjà choisi son nom.

— Vraiment ?

— Oui, je l'appellerai Seiichirô, Matani Seiichirô. C'est un nom magnifique pour un homme politique, n'est-ce pas ?

Quand, le 3 octobre, naquit Matani Seiichirô, la vigueur de son premier cri combla les espoirs de Keisaku. Tout le monde trouva que l'accouchement avait été facile pour un premier enfant, sauf Hana qui ne fut pas de cet avis. Elle n'avait eu à l'avance pratiquement aucune information sur ce que devait être un accouchement. Elle avait épuisé toutes les forces disponibles en elle pour donner naissance à cette nouvelle vie.

La sage-femme de Musota oublia d'annoncer, comme le voulait la coutume, que le nouveau-né était un vrai joyau mais, en revanche, elle se répandit à tous les échos en commentaires sur la beauté de la mère aussitôt après l'accouchement.

Indifférente aux réjouissances qui célébraient la naissance de ce premier fils chez les Matani, la pluie, pendant ce temps, n'avait pas cessé de tomber depuis la fin du mois précédent. C'était l'automne, saison fraîche et mélancolique. Le jour de son mariage, la fille des Handa, de Nishidegaito, quitta, sous la pluie, la maison de ses parents. Hana, encore tenue de garder le lit, apprit que la dot de la mariée emplissait trois coffres qu'il avait fallu couvrir de papier huilé pour qu'ils ne soient pas mouillés. Keisaku assista au banquet de mariage, mais Hana ne put, le lendemain, rendre visite à la mariée selon l'usage.

Le soir, quand son mari vint la rejoindre, portant fièrement son fils dans les bras, Hana lui demanda :

— Comment s'est passée la cérémonie chez les Yoshii ?

Keisaku, soudain, eut l'air préoccupé et ne répondit rien. Hana, ne voulant pas répéter la question, observa le profil de son mari. Au bout d'un moment, sans un mot, il sortit de la pièce.

En revenant d'Iwade, Keisaku avait remarqué que les eaux du Ki montaient de manière anormale et c'était là ce qui le tourmentait. Passant un imperméable, il prit la route menant au fleuve et monta sur la digue. Dans le paysage noyé par la pluie le reflet des eaux avait quelque chose de sinistre. Le fleuve gondait aux pieds de Keisaku. Bien qu'il fût persuadé que la digue pouvait résister à la pression du courant, il scrutait avec inquiétude le cours en amont.

— Holà, holà !

Une voix d'homme se faisait entendre, venant de la direction du fleuve. Sans être sûr que l'appel ne fût pas le fruit de son imagination, Keisaku répondit par un cri. Il vit alors une ombre se détacher des ténèbres.

— Qui est là ?

— Vous êtes bien Matani Keisaku ?

— Oui, c'est moi. Mais vous, qui êtes-vous ? Oh ! c'est toi, Shigé !

— Que faites-vous dehors par ce temps ?

— La montée des eaux m'inquiète. Je suis venu voir.

— Moi aussi. La pluie redouble depuis tout à l'heure. Mais je crois que le village d'Isao ne risque rien.

Shigé s'approcha du jeune maire pour scruter son visage. Il se sentit rassuré à l'idée que Keisaku était aussi digne de confiance que l'avait été son père.

Le regard toujours fixé sur le fleuve, Keisaku se répéta que tout irait bien. Mais il aperçut une forme emportée par le courant.

— Regarde, Shigé. Est-ce que ce n'est pas du bois ?

— Oui, c'est dangereux. C'est peut-être le barrage d'Iwade qui a cédé.

Shigé exagérait sans doute mais Keisaku connaissait la situation. Si le bois commençait à descendre de l'amont, ni les ponts ni le barrage ne pourraient tenir longtemps. On était sans défense contre cette calamité naturelle, mais les hommes de Musota pouvaient au moins tenter quelque chose.

— Shigé, cours jusqu'à Sonobé, veux-tu ! Dis aux hommes jeunes de venir ici avec des crochets de pompiers. Moi, je vais prévenir les gens de Musota et de Nôgawa.

— Entendu, je m'en occupe.

Ils se séparèrent, l'un courant vers l'est, l'autre vers l'ouest. Tous deux disparurent dans la pluie et les ténèbres.

Pendant la nuit, le fleuve Ki sortit de son lit et ravagea les bourgades sur ses rives. À Isao, les jeunes gens firent tout leur possible pour repêcher les troncs d'arbres emportés par le flot, mais ils ne purent sauver ni le barrage ni les ponts de Musota.

Heureusement, le village lui-même était construit sur une hauteur, et surtout Keisaku, quand il avait été élu maire trois ans plus tôt, avait fait construire une digue. Le village fut donc épargné.

Dès l'aube, le lendemain, la rumeur courut que c'était Iwade, situé dans une cuvette, qui avait le plus souffert de l'inondation.

— Plusieurs maisons ont été emportées par les eaux et on compte pas mal de disparus.

— D'après ce que j'ai entendu dire, il y aurait des morts.

Keisaku tenta d'organiser les secours mais le groupe de jeunes gens ne put partir que dans l'après-midi quand la pluie eut cessé. La mère de la jeune mariée, folle d'inquiétude, se joignit à eux malgré tous les efforts que l'on fit pour la retenir.

— Le marié est sain et sauf mais, quand il est revenu à lui, sa femme n'était plus à son côté.

— Quand l'eau arrive, il est trop tard pour faire autre chose que pousser un cri.

— La pauvre petite ! Elle ne connaissait pas les lieux.

— La pauvre ! À peine mariée depuis dix jours ! J'imagine ce que doivent éprouver ses parents…

En écoutant les femmes de la maison se lamenter sur le sort de la fille des Handa, Hana se rappela les paroles de Toyono : jamais une jeune fille ne devait remonter le courant du fleuve Ki pour aller se marier. Elle regrettait à présent de ne pas avoir parlé de cela à Keisaku malgré sa conviction qu'étant donné le peu d'attention que Keisaku prêtait aux superstitions la jeune femme serait partie pour Iwade de toute façon.

Le jour de son mariage à elle, au printemps, les eaux du Ki coulaient, tranquilles et réconfortantes. Elles étaient d'un bleu doux et intense quand elle les avait longées au début de l'été. Hana avait peine à imaginer la violence meurtrière dont ce même fleuve était capable. Harcelée par le remords de ne pas être intervenue, elle en arrivait à douter de la valeur du précepte traditionnel enjoignant à l'épouse la soumission et le silence.

— Seiichirô, tu seras un grand homme politique, n'est-ce pas?

Keisaku travaillait, du matin jusqu'à la nuit, à s'occuper des dégâts causés par l'inondation mais, le soir lorsqu'il retrouvait son fils, il semblait oublier les fatigues de la journée. Il lui arrivait de réveiller l'enfant endormi et, mettant son visage tout près de celui du bébé dont les yeux ne voyaient pas encore, il s'écriait, surexcité par tout ce qu'il avait fait dans la journée :

— Seiichirô, dépêche-toi de grandir !

La rapidité de décision de Keisaku au moment de l'inondation avait rendu son nom célèbre. On admirait beaucoup la façon dont il avait secouru les habitants d'Iwade.

Cependant Hana intervenait parfois pour empêcher son mari de prendre son fils dans ses bras :

— Faites attention ! Vous allez l'énerver. Il ne faut pas réveiller brusquement un bébé.

— Laisse-moi. C'est mon fils, après tout !

— Non, laissez-le dormir.

Keisaku dévisageait sa femme avec surprise.

Elle était toujours belle et élégante, mais celle qui n'avait été qu'obéissance le désapprouvait à présent, sans ambiguïté possible, d'un mot ou d'un regard.

Les Matani se débattaient au milieu d'un tourbillon de complications, familiales et autres, quand Hana se trouva enceinte de son deuxième enfant. Tahei, qui avait souhaité voir Kôsaku fonder une branche collatérale de son vivant pour alléger les charges de Keisaku, n'avait pu mener à bien ce projet. Il était mort deux ans plus tôt, à l'âge de soixante-douze ans. Au moment de ses funérailles, Seiichirô qui avait alors trois ans s'était fait remarquer en rampant sur le sol couvert de tatamis parmi les assistants décontenancés de le voir mordre dans les gâteaux de pâte de riz posés en offrande sur la table funéraire.

— Laissez-le manger ce qu'il veut, avait dit Kôsaku d'une voix froide et détachée qui avait mis Hana mal à l'aise.

Pour le cadet de la famille qui devait bientôt quitter la maison avec une part minime de l'héritage, peut-être était-il inévitable d'éprouver de la jalousie à l'égard du neveu – destiné, lui, à prendre possession des biens de la famille ?

Ce fut quelques mois plus tard, peu après le jour de l'an calme et endeuillé, que Kôsaku proposa de lui-même, sur un ton assez peu amène, d'aller s'établir ailleurs :

— Père ne voulait pas que j'hérite tant que je resterais célibataire. Mais j'aurai bientôt vingt-huit ans. Je suis sans aucun doute trop vieux à présent pour trouver une fille sans frère dont la famille m'adopterait. Si une guerre éclatait entre la Russie et le Japon, je serais enrôlé dans l'armée. Je ne sais pas quelle part d'héritage tu comptes me donner, mais j'aimerais que tu me fasses au moins construire une maison.

— Oui, moi aussi j'y ai pensé. Où veux-tu avoir ta maison ? dit Keisaku, passant immédiatement à l'aspect concret des choses.

— Dans la région d'Okunogaito.

— En bas de la montagne du lac suspendu ? Bonne idée, c'est un endroit salubre qui conviendrait à ta santé.

Kôsaku lança à Hana un regard perçant, comme pour s'assurer qu'elle savait que c'étaient des ennuis pulmonaires qui l'avaient contraint à interrompre ses études et à vivre dans l'oisiveté aux dépens de ses parents.

— Pendant que nous y sommes, au sujet du partage des biens…

Yasu, qui semblait endormie, ouvrit largement ses petits yeux pour regarder fixement son fils aîné. Ils étaient injectés de sang et elle se plaignait souvent que sa vue baissait. Ceux de Hana, tournés aussi vers Keisaku, avaient une expression un peu inquiète.

— Demande-moi tout ce que tu désires, Kôsaku, dit son frère d'un ton tout à fait naturel. Je te donnerai ce que tu voudras.

Tandis que les deux femmes restaient muettes de surprise, Kôsaku se mordit la lèvre inférieure, révélant ses petites dents régulières :

— J'aimerais mieux les montagnes que les rizières.

— Les montagnes, donc – c'est bien de toi! Lesquelles?

— Toutes.

Il y eut un silence, puis Keisaku reprit:

— Bon, d'accord. Et puis?

— Donne-moi juste assez de rizières pour ma consommation personnelle.

— Dans ce cas je te donne la terre qui s'étend du bas du domaine Matani proprement dit jusqu'au sanctuaire Tenjin. Ce sont les familles Hachirô et Kuma qui la cultivent.

— Tu me donnes la moins fertile, répondit Kôsaku, de méchante humeur malgré la générosité de son frère.

Mais Keisaku n'y prêta aucune attention.

— Quoi d'autre? demanda-t-il, ayant déjà remis aux mains de son frère un tiers des biens de la famille.

— Rien, c'est tout. Après cela je demande qu'on me laisse tranquille, rien d'autre.

— Bon, je voudrais te proposer quelque chose. Tu vas fonder une branche collatérale du nom de Matani. Au lieu de t'appeler Handa, tu garderas ton nom. Qu'en penses-tu?

La coutume voulait que toutes les branches collatérales des Matani portent le nom de Handa. Keisaku proposait de renoncer à cette règle. Kôsaku ne s'en montra nullement ému.

— Comme tu voudras, dit-il.

— Je te propose aussi d'hériter du titre honorifique de Tchôkui.

Ce fut Yasu qui réagit le plus violemment.

— Keisaku-san! Tchôkui est réservé à la branche

principale de la famille. Si ton père était en vie, il s'y opposerait.

Hana était d'accord avec sa belle-mère, qu'elle approuvait silencieusement. Une branche collatérale pouvait-elle priver la famille de l'héritier non seulement de ses montagnes mais encore de son titre honorifique ? Était-il admissible que le principal héritier se dépouille ainsi lui-même ?

Kôsaku scrutait le visage des femmes pour y découvrir leurs sentiments. Il se tourna vers son frère et dit d'un ton brusque :

— Non ! À quoi bon ce titre de samouraï pour un cadet ? Je me contenterai du rang qui est le mien.

Sans adresser un mot de remerciement à son aîné pour sa sollicitude, il se leva, signifiant que l'affaire était réglée. Il s'inclina devant Hana avec une politesse exagérée, la priant de ne pas se tourmenter, et quitta la pièce. Malgré toute son indulgence, Keisaku parut indigné de la désinvolture qu'il affichait.

— Quel idiot ! Peut-on être tordu à ce point ? laissa échapper Keisaku quand il fut seul avec sa femme.

— Je suis bien de votre avis.

Émue par cette colère inhabituelle, Hana se garda d'exprimer sa désapprobation et s'employa à calmer la fureur de son mari.

— Il se prend pour un martyr ! On croirait, à l'entendre, qu'être le cadet, c'est appartenir à une classe maltraitée. Il ne sait donc pas que, parmi les héritiers, il y en a qui n'ont rien à donner en partage !

— Bien sûr.

— Le second fils des Yamamoto, de Miyanomae, a émigré en Amérique. Ce n'est pas le nôtre qui aurait ce courage. Et de quoi se plaint-il ? Même si la guerre éclatait, l'armée n'aurait que faire d'un homme de si faible constitution. S'il se portait volontaire, on le refuserait. Quel enfantillage !

Hana l'écoutait avec stupeur vociférer contre son frère, alors que jamais il ne lui aurait parlé sur ce ton. Elle l'observait qui, ayant retiré sa veste *haori*, dénouait sa ceinture avec colère et piétinait de rage en passant son kimono de nuit. C'est lui qui se conduisait comme un enfant ! Elle pensa alors à son fils Seiichirô qui commençait à manifester un caractère difficile et qui entrait en fureur à la moindre contrariété. Le rapprochement la fit sourire. Elle ramassa en silence les vêtements de son mari épars sur les tatamis, les plia soigneusement et les rangea sur un grand plateau en osier laqué.

— Hana !

— Oui, mon ami ?

— Viens te coucher.

Machinalement Hana retirait le peigne qui maintenait ses cheveux et lissait les mèches sur ses tempes. Elle était toujours impeccablement coiffée et, pour une femme mariée depuis cinq ans, elle avait une nuque parfaite. Les villageois de Musota ne l'appelaient que « la Dame ». Seule l'épouse du chef de la famille Matani avait droit à ce titre. Hana était un peu gênée de se l'entendre appliquer devant Yasu, sa belle-mère ; mais, maintenant que Tahei avait disparu, Keisaku était incontestablement le chef de famille. Et elle était sa femme. C'est

71

d'ailleurs elle qui, à présent, avait la direction des affaires intérieures de la maison, elle régnait à la place de Yasu qui s'effaçait discrètement. Si la belle-mère n'était pas toujours à l'aise avec cette bru aux manières si raffinées, elle savait ne rien avoir à lui apprendre. Timide et bonne, Yasu, du jour où elle avait décidé de céder ses prérogatives à Hana, avait consacré son temps à vieillir avec bonne grâce. Aussi les habituels conflits entre la mère du jeune maître et son épouse étaient-ils inconnus chez les Matani. Au village, on mettait cette concorde au compte de l'intelligence de Hana.

— Une fois que Kôsaku aura quitté la maison, tu n'auras plus à souffrir de son attitude hostile. Maintenant que les montagnes vont lui appartenir, je me sens soulagé d'avoir pris cette décision, dit Keisaku.

— J'ai été vraiment surprise. D'abord en l'entendant vous demander toute cette terre, et plus encore quand vous la lui avez accordée.

— Même si je n'avais plus de terres, il me resterait toutes mes facultés intellectuelles. Et n'est-ce pas à elles que je dois l'importance qu'on me reconnaît en tant que maire de ce village ?

Ce que suggérait Keisaku était exact. Bien qu'il eût à peine trente ans, il passait pour l'homme dont on attendait le plus, non seulement au village d'Isao, mais dans tout le canton d'Ama. Les fonctionnaires de l'administration préfectorale de Wakayama venaient prendre son avis sur les affaires locales. Ils ne lui avaient pas caché qu'ils auraient bien voulu qu'il pose sa candidature à l'assemblée préfectorale.

— Peut-être entrerai-je dans la politique avant mon fils…

— Oui… peut-être.

— Qu'est-ce que tu as en tête?

— Oh! rien.

— Mais si, dis-le!

— Pour vous lancer dans la politique il vous faut des fonds. Où les prendrez-vous si vous donnez toutes vos terres?

Ces propos déconcertèrent Keisaku. Effectivement il fallait de l'argent pour faire de la politique et certains propriétaires terriens vendaient, qui ses montagnes, qui ses rizières pour s'en procurer. Hana ramenait Keisaku à une réalité dont il n'avait pas une conscience claire. Il se mordit les lèvres en s'entendant ainsi rappeler à l'ordre.

— De toute façon, il n'y avait pas une fortune en montagnes. Et puis ne pourrait-on dire que je détiens tout le canton d'Ama?

— Rien que le canton d'Ama?

— Comment cela? demanda Keisaku.

Le visage de Hana lui apparut, souriant, dans la lumière dorée de la lampe.

— Je croyais, moi, que la préfecture de Wakayama tout entière revenait à Matani Keisaku.

— Oh! Hana! s'écria Keisaku, ému d'entendre Hana formuler ainsi l'espoir qu'elle mettait en lui.

Il murmura à plusieurs reprises le nom de sa femme, la serrant contre lui. Sa décision était prise; il se porterait candidat aux élections de l'assemblée préfectorale. Hana, s'abandonnant, passive, à l'étreinte vigoureuse de ses bras, sentit que quelque chose prenait forme en lui. Elle se souvint des paroles de Toyono, disant que le prestige d'une maison ne dépendait que de la personnalité du maître. Hana avait la certitude que Keisaku justifierait la confiance que Toyono avait mise en lui. Il était promis à un grand destin.

— Hana!

— Oui?

— Kôsaku me fait pitié, le pauvre. J'ai bien fait de lui donner les montagnes, n'est-ce pas?

— Oui, bien entendu.

Tandis que Hana, le croyant endormi, s'écartait de lui, il se remit à parler:

— En réalité, Kôsaku aurait préféré rester avec nous dans cette maison. Je le sais. Il est amoureux de toi.

— Comment pouvez-vous dire une chose pareille?

— C'est normal qu'il réagisse comme il le fait. Moi j'ai la bonne part: je t'ai comme épouse! Je peux bien lui céder les meilleures terres...

Couché sur le dos, les yeux fermés, il parlait à mi-voix. Ces paroles dites, sans doute enfin en paix avec lui-même, Keisaku glissa dans le sommeil. Bientôt Hana entendit une respiration lente et régulière. Keisaku avait un nez proéminent et une grande bouche, son visage était hâlé par le soleil. Hana le regarda dormir d'un sommeil paisible, la pomme d'Adam de temps à autre frémissant convulsivement. Rêvait-il?

Hana remonta la mèche de la lampe. Il n'était plus question de dormir. Elle était bouleversée par ce que Keisaku venait de lui révéler avec un tel détachement: Kôsaku amoureux d'elle! Elle ne pouvait y croire. Elle n'avait pas pris au sérieux les bavardages des servantes, prétendant que c'était depuis son arrivée que le caractère de Kôsaku était devenu impossible. Elle n'aurait jamais pu imaginer pareille explication à sa hargne. Il n'était guère probable que Keisaku en fût arrivé à cette conclusion ce soir seulement. L'idée que son mari avait gardé si longtemps le silence troublait Hana. Elle essaya de se rappeler tout ce qui s'était passé entre Kôsaku et elle depuis son arrivée, dans l'espoir d'enlever toute vraisemblance aux propos de Keisaku. Mais plus elle cherchait à se persuader de l'indifférence de Kôsaku, plus son désarroi augmentait. Kôsaku s'était toujours montré d'une froideur exagérée avec elle. Il l'évitait, ignorant délibérément son existence. Pourquoi ne pouvait-il se comporter de manière normale en sa présence ?

Elle était entrée dans la famille Matani cinq ans auparavant. Elle avait maintenant vingt-six ans et elle était la mère d'un garçon de trois ans. La conception de la vertu féminine qu'on lui avait inculquée lui interdisait de chercher à savoir si un autre homme que son mari était amoureux d'elle. Hana se reprocha ses pensées impures et, honteuse, se recoucha. La couverture de coton ouaté lui parut lourde et étouffante. Elle se tourna et se retourna dans le lit mais, même quand elle eut éteint la lampe, elle ne trouva pas aisément le sommeil.

Cet automne-là, Hana, enceinte à nouveau, rendit visite à sa famille à Kudoyama. Elle n'était pas retournée dans sa maison natale depuis quatre ans.

Toyono était en parfaite santé malgré ses quatre-vingts ans.

— Je crains bien qu'il y ait des ennuis en vue pour nous tous ! Peut-être la guerre, qu'en penses-tu ? demanda Toyono qui, comme par le passé, manifestait un profond intérêt pour les problèmes politiques nationaux et internationaux.

— À ce qu'on dit, ce serait inévitable.

— C'est l'opinion de Keisaku ?

— Oui, grand-mère.

— Sans doute a-t-il raison. Mais la Russie est un pays bien plus grand que la Chine. As-tu lu Dostoïevski ?

— Oui, répondit Hana.

Toyono, le regard perdu dans le lointain, secoua la tête :

— J'espère que le Japon n'aura pas de différend sérieux avec un pays qui a donné naissance à de grands hommes comme Tolstoï et Dostoïevski.

Toyono, qui lisait chaque mois des revues comme *Les Amis du peuple* ou *Les Fleurs de la capitale,* connaissait assez bien la littérature étrangère.

— J'ai lu hier dans le journal que Kôtoku Shûsui et Uchimura Kanzô sont sur le point d'abandonner le journal *Manchôho* qui est contre la guerre, dit Hana. Les temps sont difficiles pour les pacifistes, semble-t-il.

— C'est Keisaku qui t'a dit cela ?

— Non, Kôsaku.

Hana ne pouvait se décider à avouer à sa grand-mère que *Crime et Châtiment,* qu'elle venait de lire dans la traduction d'Uchida Fuchian, elle l'avait emprunté à son beau-frère.

— Au fait, Kôsaku n'était-il pas sur le point de fonder une branche collatérale ?

— Oui, grand-mère.

— Lui a-t-on choisi une épouse ?

— Non, il quitte la maison sans se marier.

— C'est étrange ! Je me demande pourquoi.

Comment Hana lui aurait-elle expliqué que Kôsaku passait pour être amoureux d'elle ? Et puis, elle n'en était pas absolument sûre… Il fallait cependant reconnaître que, depuis que la décision avait été prise de le laisser partir, il était transformé, plus gai, plus aimable avec Hana. Il suffisait qu'elle le lui demande pour qu'il lui prête sans difficultés des traductions de romans étrangers, des œuvres de Kitamura Tokôku ou de Nakanishi Baika, ou même des essais critiques d'Abe Isao, le socialiste chrétien.

— Je suis bien contente de savoir que ça a amélioré son caractère. Il a dû te rendre la vie difficile !

Hana ne s'était jamais laissée aller à dire du mal d'aucun membre de sa belle-famille. Toyono, cependant, paraissait au courant de tout. Comme quatre ans auparavant, les deux femmes suivaient le chemin menant au temple Jison. Hana, au spectacle des branches chargées de fruits d'un kaki, dit :

— C'est une bonne année pour les kakis, grand-mère.

La région de Kudoyama était célèbre pour ses kakis. Les gros fruits orangés à la saveur exquise se détachaient sur les branches à l'écorce presque noire.

— Oui, c'est une très bonne année. Quel dommage que ce soit un fruit interdit aux femmes enceintes, Hana !

— Oh ! tant pis si ça me fait un peu mal au ventre ! J'ai une envie folle d'en manger deux ou trois d'une traite !

— Sois raisonnable. Tu dois penser à ton état !

Toyono prenait plaisir à retrouver son rôle de grand-mère sermonnant sa petite fille. Entraînée par sa bonne humeur, elle gravit alertement l'escalier de pierre sans accepter l'aide de Toku, suivie de Hana.

— Madame est encore si jeune ! s'étonna Kiyo.

Toku approuva avec ardeur :

— Oui, mais l'âge est là. Comme elle ne peut plus déchiffrer les caractères du journal, elle fait venir des membres de sa famille pour lui faire la lecture. Une fois qu'ils sont là, il ne s'agit pas seulement du journal, mais aussi de livres difficiles. Et ça dure une bonne partie de la journée. C'est à en perdre le souffle ! Et si jamais on fait une faute, Madame n'hésite pas à déplorer l'absence de Hana. Les membres de la branche collatérale en sont plutôt froissés !

Toyono, qui était devenue dure d'oreille, n'entendait rien de la conversation des servantes. Hana, brusquement, se rendit compte que les deux femmes ne se disputaient plus pour la servir, comme elles l'avaient fait dans le passé, et elle songea aux années écoulées depuis son départ. Elle était devenue un membre à part entière de la famille Matani et, malgré un brin de nostalgie, elle en était satisfaite.

Le charme en forme de sein portant l'inscription : Hana, vingt-six ans, était beaucoup moins discret que celui qu'elle avait accroché là quand

elle attendait Seiichirô. Ces années avaient transformé Hana. L'idée de l'enfantement ne lui inspirait plus ni angoisse ni honte. Elle regarda sans
émotion le charme que Kiyo venait d'accrocher au
pilier du pavillon.

— Il y a plus de charmes que d'habitude, grand-
mère.

— C'est aussi une bonne année pour les bébés,
répondit Toyono avec bonne humeur.

L'épouse du prieur, sortant des dépendances,
s'approcha d'elles:

— Voilà bien longtemps que je ne vous ai vues,
mesdames! Entrez, je vous en prie. Permettez-moi
de vous offrir une tasse de thé.

Toyono et Hana s'assirent sous la véranda bai-
gnée d'un soleil éblouissant. Daikoku-san, la femme du prieur, s'éclipsa pour cueillir des kakis et
leur en apporta une corbeille. Hana, ravie, ne se
fit pas prier pour se servir. Toyono, résignée, se
contenta de dire:

— Des kakis cueillis dans le temple Jison ne
devraient pas pouvoir te faire de mal. Quand
même, n'en abuse pas!

Hana, empruntant un couteau, se mit à peler un
fruit avec adresse; la spirale d'écorce se détacha
sans se briser. Toku la regardait faire avec stupeur:
elle ne la savait pas si adroite à manier le couteau.
Elle ne pouvait pas imaginer Hana en train de travailler dans la cuisine des Matani.

Hana partagea le fruit en quatre quartiers qu'elle
posa sur l'assiette devant Toyono.

— Non, pas pour moi. Merci.

— Vous avez du mal à digérer?

— Non, pas en ce moment. Mais j'ai dû renoncer à manger des choses crues, y compris les légumes et le poisson.

Hana, finissant le kaki qu'elle avait dégusté sans cette retenue qui empêche les jeunes filles de manger en public, s'essuya la bouche avec un mouchoir en papier sorti de l'échancrure de son kimono.

— Je me suis régalée. À Musota nous avons aussi des kakis mais d'une autre espèce, que l'on mange très mûrs, tout ramollis. C'est très bon. Mais je préfère ceux qui croquent sous la dent – comme ceux-ci.

Toyono posa sur sa petite-fille un regard affectueux qui lui fit plisser les yeux.

— Au printemps, je te ferai porter une branche de ce kaki. Tu pourras la greffer sur l'espèce locale, j'aurais dû y penser plus tôt.

— Faudra-t-il, comme on le prétend, attendre huit ans avant de manger les fruits ?

— Non, cinq suffiront. L'enfant que tu portes grimpera à l'arbre pour les cueillir.

Hana essaya d'imaginer un garçon turbulent en train de se hisser dans l'arbre du jardin des Matani. L'enfant devait naître l'année suivante, en mai – saison rêvée pour la naissance d'un garçon[1].

À la fin de l'année, Kôno Ironaka, président de la chambre des représentants, critiqua sévèrement le gouvernement Katsura dans une lettre ouverte répondant au rescrit de l'empereur, ce qui provoqua naturellement la dissolution immédiate de l'assemblée. Puis les événements se précipitèrent.

1. Le 5 mai on célèbre au Japon la fête des petits garçons.

La situation déjà difficile s'étant encore dégradée, la déclaration de guerre contre la Russie fut signée le 10 février par l'empereur.

Devant l'afflux des réservistes rappelés d'urgence, il fallut loger chez les propriétaires des environs des soldats du 61e régiment, pour lesquels rien n'avait été prévu. Les Matani reçurent une douzaine de jeunes gens pour lesquels ils ouvrirent les pièces inoccupées de la maison. Ils accueillirent généreusement ces garçons sur le point de partir à la guerre, leur offrant tous les soirs du saké et des mets de choix, allant même jusqu'à organiser pour eux des divertissements musicaux et à faire venir des geishas.

Hana, malgré sa grossesse, s'occupait personnellement de ces jeunes recrues venant pour la plupart de l'île de Shikoku ; elle veillait à ce que leur linge soit lavé et à ce que la soupe de miso de leur petit déjeuner soit assaisonnée à leur goût. Ils lui en furent reconnaissants au point que, aveugles à sa silhouette déformée de femme enceinte, certains tombèrent amoureux de la jeune maîtresse de maison.

— Nous permettrez-vous de revenir vous voir après la victoire ?

— Vous serez les bienvenus, répondit Hana avec un sourire.

— Mais nous serons peut-être au nombre de ceux qui tombent au champ d'honneur en criant : « Vive l'empereur ! »

— Comment voulez-vous que les faibles balles des Russes frappent un fils du pays des dieux ? dit Hana qui cherchait à remonter le moral des soldats.

L'un d'eux, le visage sombre tout à coup, répliqua :

— J'aimerais mieux devenir un héros mort que de revenir vivoter sans héritage chez mon frère aîné !

Hana fut profondément affectée par le rapprochement entre tous ces destins et celui de Kôsaku. Les aînés étaient exemptés de tout service militaire : tous les jeunes gens logés chez les Matani étaient des cadets de familles paysannes. Instruits par la guerre sino-japonaise, dix ans auparavant, ils savaient que beaucoup d'entre eux allaient à la mort. Hana ne put s'empêcher de penser au sort qui attendait l'enfant qu'elle portait, un enfant qui naîtrait dans une famille Matani appauvrie par la perte des montagnes et qui pourrait être plus amer encore que Kôsaku.

Kôsaku, lui, s'abstenait de participer aux réjouissances, sans doute à cause du sentiment d'infériorité que lui donnait sa mauvaise santé. Quand il croisait les jeunes soldats dans le jardin, il feignait de ne pas les voir. Les appelés ne pouvaient guère dénigrer un membre d'une famille qui les accueillait si généreusement, mais leur hostilité à l'égard de Kôsaku transparaissait, quand ils étaient ivres, en insinuations désobligeantes pour son physique.

Keisaku, qui leur tenait compagnie tous les soirs, regagnait souvent sa chambre en titubant. Il supportait mal l'alcool – une petite carafe de saké suffisait à le griser. Mais il savait rester des heures en compagnie des buveurs à picorer dans la nourriture du bout de ses baguettes sans qu'on s'aperçoive qu'il ne buvait pas. La sobriété qu'il s'imposait sans offenser les autres lui valait la confiance des anciens du village.

— Hana… As-tu été à Okugaito? Kôsaku s'est fait construire une maison peu ordinaire!

— Vraiment?

— Elle est d'un style très dépouillé et raffiné en même temps. Les pièces sont minuscules, tu y étoufferais. Mais il n'a pas regardé à la dépense, je ne le croyais pas si insouciant.

Hana, en raison de son état, n'avait pas pu assister à la célébration de la pose de la poutre faîtière. D'après la description, cependant, que lui en donnait son mari, la maison lui semblait parfaitement convenir à Kôsaku. Sans doute y vivrait-il en célibataire toute sa vie.

Les mots *platonic love* qu'elle avait rencontrés alors qu'elle étudiait l'anglais à Wakayama en compagnie de Toyono lui revinrent à l'esprit. L'expression, qui avait d'autant plus de résonances pour elle que, depuis peu, elle s'était aperçue que son mari fréquentait les geishas du quartier réservé avec les fonctionnaires de la préfecture, devait s'appliquer à l'amour que Kôsaku avait pour elle. Le sentiment mystérieux et complexe que cette réflexion fit naître en elle l'emplit de honte quand elle se rappela sa grossesse.

— Vous ne pourrez visiter ma maison qu'après votre accouchement; pour l'instant l'accès en est trop difficile. Vous verrez, elle est d'une architecture inhabituelle pour la région et même pour

Wakayama. C'est une maison idéale pour un célibataire, je peux m'y débrouiller tout seul.

— Mais il vous suffirait de le demander pour que n'importe laquelle de nos domestiques aille vous aider. Surtout, ne vous gênez pas !

— Je ne me gêne absolument pas.

La bonne humeur de Kôsaku était toujours à la merci de la moindre erreur. Hana se félicita d'avoir jusque-là évité tous les écueils.

— Votre frère m'a beaucoup vanté le style intéressant de votre maison. J'ai hâte de la voir.

— Vous viendrez avec le bébé sur les bras. J'ai fait creuser un puits très profond. Vous verrez, l'eau y est meilleure qu'ici.

— Je m'en réjouis pour vous.

— Si votre enfant vient au monde en mai et si c'est un garçon, je vous le demanderai pour en faire mon héritier.

— Nous verrons…

Keisaku aussi attendait avec impatience la naissance de son second fils. Ses yeux plissés de plaisir au spectacle du ventre proéminent de Hana, il dit :

— Si tu le mets au monde le 5 mai, je te fais un cadeau. Je lui ai déjà trouvé un nom.

— Lequel ?

— Yûjirô. Qu'en penses-tu ? Avec le nom de son frère, ça fera Seiyû, comme le parti Seiyûkai.

La ville de Wakayama et le canton d'Ama constituaient la première circonscription de la préfecture de Wakayama. Le parti Seiyûkai au succès duquel l'influence de Keisaku avait largement contribué aux dernières élections y était représenté par Yazaki Yusuke et Hoshi Tôru.

— Mais si notre Yûjirô était un autre Kôsaku-san, que feriez-vous?

La question qui tourmentait Hana ne posait pas de problème à Keisaku : «Yûjirô sera le maire du village et Seiichirô membre de la chambre des représentants. Mais si je dois avoir un enfant auquel on ne puisse pas confier un travail d'homme, je préfère que ce ne soit pas un fils. »

L'enfant qui naquit le 10 mai, à l'aube, après un accouchement plutôt difficile fut, à la grande déception du père, une fille.

— Ah! ce n'est qu'une fille, dit-il.

Son rêve de deux frères unis dans la réussite politique s'évanouit. Keisaku, au chevet de l'accouchée, ne trouva que des paroles de consolation sans chaleur. Hana ne s'y trompa pas :

— J'en aurai d'autres, dit-elle.

— Bien sûr.

Ce jour-là, à Wakayama comme à Tokyo, des processions de gens portant des lanternes célébrèrent la victoire sur la Russie. Keisaku, qui était parmi les organisateurs locaux des réjouissances, ne rentra pas de la nuit. Yasu resta seule au chevet de sa belle-fille. Hana, encore sous le choc du découragement, trop évident, de son mari, ne savait comment remercier Yasu des compliments qu'elle faisait du ravissant bébé. Elle souffrait de l'absence de l'atmosphère joyeuse qui avait régné dans la maison lors de la naissance de Seiichirô.

— Les Kita, de Ryûmon, ont envoyé une daurade noire avec leurs compliments. Je ne vous en ai pas fait servir parce que c'est mauvais pour le lait, mais il faudra penser à les remercier.

— Oui, mère.

— Ça n'a pas l'air d'aller. Il ne faut pas se relever trop tôt après un accouchement. On risque d'attraper des maladies bizarres.

— C'est simplement que je me sens épuisée, vidée, mère.

Yasu regarda Hana avec une sorte de stupeur puis, sortant précipitamment un carré de soie vermeil de son kimono, elle le porta à ses yeux. La veille, à une heure tardive, on lui avait appris de Kudoyama la mort de Toyono. Comme elle ne parvenait pas à se décider à annoncer la triste nouvelle à Hana, elle continua à s'essuyer les yeux.

— À propos, mère comment vont vos yeux ?

Pour exténuée qu'elle fût, Hana s'inquiétait de l'état de santé de sa belle-mère.

— Ce qui m'ennuie, c'est que j'ai beau utiliser les remèdes du docteur Hurohashi, je ne peux plus aller régulièrement sur la tombe. C'est peut-être un signe : mon pauvre mari m'appelle auprès de lui.

— Ne dites pas des choses pareilles ! Vous ne voulez donc pas que je vous serve comme le doit une bru ?

Yasu tourna vers Hana le regard de ses yeux rougis. Elle était très émue par les paroles de Hana, prétendant interdire de mourir à la vieille femme qu'elle était. Rassurée, elle eut la conviction que sa belle-fille surmonterait finalement le chagrin que lui causerait la mort de Toyono. Mais, dans sa crainte de l'accabler, elle n'osa pas annoncer la nouvelle à la jeune femme et en chargea Keisaku quand, enfin, il rentra de Wakayama.

— Hana !

— Oh ! c'est vous ? Vous voilà de retour ? Excusez-moi, je m'étais endormie.

Hana, malgré sa lassitude, remit précipitamment de l'ordre dans ses cheveux sous le regard apitoyé de Keisaku.

— Écoute… à Kudoyama… il y a eu un malheur.

Dans les yeux graves de son mari Hana lut de quoi il s'agissait :

— Comment ?… Si subitement ?…

— Ta grand-mère est tombée sur le plancher de la véranda, avant-hier peu après midi. Sur le moment personne ne s'est inquiété : elle n'avait l'air ni blessée ni souffrante. Et puis, hier matin, quand on allait voir ce qui se passait parce qu'elle tardait à se réveiller, on l'a trouvée morte.

Hana dévisagea Keisaku sans mot dire. Elle acquiesçait machinalement à chaque phrase, mais il y avait dans sa tête une sorte de bourdonnement intense qui l'empêchait d'entendre les paroles. Elle revoyait Toyono en ce jour d'automne, sur la véranda du temple Jison, quand elle avait refusé le kaki que Hana venait d'éplucher.

Keisaku craignait de ne pas arriver à temps pour la cérémonie de la veillée, mais il était décidé à partir tout de suite. Cependant, le complet veston qu'il avait porté à la procession des lanternes ne pouvait convenir pour des rites funéraires. Kiyo, accourue à l'appel de Hana, sortit de la commode un kimono de deuil portant le blason familial.

— A-t-on envoyé le cadeau funéraire ?

— Je crains que non, répondit Hana.

Elle venait seulement d'être informée de la mort de sa grand-mère, comment aurait-elle pu l'envoyer ? Keisaku, habillé, sur le point de partir, regarda affectueusement sa femme qui se préparait à se lever :

— Ne t'inquiète pas. Je dirai des prières pour toi aussi.

— Merci. Je vous en serai reconnaissante.

Seule dans sa chambre, dans le silence de la nuit, Hana resta un long moment sans réaction. La mort de Toyono avait été si inattendue qu'elle ne lui paraissait pas réelle. La lumière vacillait. Hana se leva péniblement pour remonter elle-même la mèche plutôt que d'appeler quelqu'un. La petite fille, née de la veille, dormait à côté d'elle. Ses traits n'étaient encore qu'esquissés mais, de son petit corps doux et chaud s'exhalait une respiration régulière. On avait été si sûr que ce serait un garçon que la petite couverture ouatée rayée de bleu et de jaune s'ornait de casques de guerriers et de sabres, emblèmes de la fête des petits garçons. Mais elle avait donné le jour à une fille. Le spectacle de cette couverture guerrière couvrant le lit d'une enfant appelée, en grandissant, à incarner l'élégance lui fit monter aux lèvres un sourire vaguement amer et moqueur.

Puis brusquement l'idée lui vint que cette fille était peut-être habitée par l'âme de Toyono. Sûrement l'âme de Toyono, morte la veille, avait trouvé refuge dans le corps de ce nouveau-né. Hana en était persuadée. «Ah ! ce n'est qu'une fille ! » avait dit Keisaku et, navrée, elle avait répondu : «J'en aurai d'autres.» Mais, à présent qu'elle croyait en une réincarnation de Toyono, elle oubliait sa fatigue et, débordante de bonheur, se félicitait d'avoir mis au monde une fille. Elle se pencha sur l'enfant endormie pour lui souhaiter la bienvenue.

Amusée, elle pensa qu'ils n'avaient même pas réfléchi à un nom. Pour leur fils aîné, le nom de Seiichirô avait été choisi six mois à l'avance. Cette fois, il s'agissait de leur fille aînée : ils ne pouvaient tout de même pas l'appeler Yûjirô ! Tandis que, perplexe, elle observait l'enfant sans nom, l'idée de la mort de sa grand-mère s'imposa à elle. Des larmes coulèrent le long de ses joues. Elle s'assit sur sa couche et pleura en silence.

La coutume qui voulait qu'on nomme officiellement un enfant le septième jour après sa naissance fit coïncider cette date avec la première commémoration de la mort de Toyono – le septième jour, elle aussi. Mais ce n'est pas ce hasard qui aurait pu empêcher Keisaku de choisir un prénom pour sa fille – en fait, il s'en désintéressait.

Ce n'est pas à Yasu, qui savait à peine lire, que Hana pouvait s'adresser. Toyono aurait été la personne la plus compétente. Quant à Nobutaka, son père, Hana hésitait à lui écrire pour lui demander conseil en pleine période de deuil. Finalement elle se chargea elle-même de la tâche. En imagination elle calligraphia des caractères dans chaque carré de bois du plafond et se décida pour Fumio.

— C'est un prénom parfait, dit Kôsaku, pourtant peu enclin à louer les idées des autres.

— Je suis heureuse qu'il vous plaise.

Hana avait consulté Kôsaku en premier parce

qu'il s'était trouvé là par hasard – un hasard voulu par les dieux peut-être. Keisaku n'avait pas de temps à réserver à sa fille. La célébration des victoires militaires le retenait à Wakayama. Et les rares moments qu'il passait à Musota, il les consacrait à l'administration du village et à des entretiens avec les directeurs des écoles primaires. Keisaku, qui ne s'était jamais beaucoup intéressé à la littérature, n'était plus occupé que de politique. Les compliments de Kôsaku, sensible, lui, aux subtilités littéraires du choix, procurèrent une grande joie à Hana.

— Vous n'avez pas trop de mal à vous débrouiller seul chez vous ? demanda-t-elle à Kôsaku.

— Non, c'est reposant au contraire. Personne n'est là à me harceler de remarques désobligeantes.

Il n'avait jamais été traité ainsi par sa famille mais ce ton sarcastique lui était habituel. À cause de cela, d'ailleurs, il s'était attiré des antipathies. On ne l'aimait guère à la mairie. Il en avait conscience, ce qui ne faisait que le rendre plus acide. Hana était au courant de l'intention de Keisaku d'amener son frère à renoncer à ses fonctions à la mairie. Il n'y était, du reste, employé que de nom – en fait, il ne quittait pour ainsi dire jamais sa maison. S'il vivait seul, c'était sans doute parce qu'il était persuadé qu'aucune domestique n'aurait accepté d'entrer à son service. Cette idée attristait Hana qui, si elle avait été à la place de Yasu, aurait suivi Kôsaku. Keisaku était très entouré, alors qu'aucun de ceux qui approchaient Kôsaku ne s'était attaché à lui. Même sa mère était réduite au silence, en sa compagnie, par peur de ses sarcasmes.

Le père de Fumio se montrait peu affectueux avec l'enfant : ce n'était qu'une fille, n'est-ce pas ! C'était heureux pour elle qu'elle ait un oncle aussi attentionné.

Sans doute Kôsaku souffrait-il de sa solitude car, à présent, il venait faire de nombreuses visites. Il disait que Fumio lui manquait et il s'occupait beaucoup d'elle. Très adroit de ses mains, il allait jusqu'à lui changer lui-même ses langes.

— Fille ou garçon, j'aurais toujours aimé votre deuxième enfant. Un garçon aurait été encore plus à plaindre que moi. Comme vous n'avez plus de montagnes, il aurait été obligé de se faire adopter par la famille d'une fille riche. Fumio, tu as de la chance d'être une fille !

Kôsaku qui, ayant renoncé à sa charge à la mairie, avait beaucoup de temps libre, se promenait souvent avec Fumio dans les bras. C'était, en somme, sa façon à lui de prendre de l'exercice.

Inquiète parce que le vent du soir allait se lever et que Kôsaku et les enfants n'étaient pas encore rentrés, Hana se préparait à aller voir s'ils n'étaient pas dans les environs du sanctuaire. C'est alors que Kôsaku se montra, enfin, à la porte du jardin.

— D'où venez-vous ? demanda-t-elle.

— On est allés voir le lac, maman, dit Seiichirô qui était derrière son oncle.

— Quel lac ?

— Le Nouveau Lac.

Le Nouveau Lac se trouvait bien au-delà de la maison de Kôsaku, sur le versant de la montagne.

En compagnie de l'enfant, Kôsaku avait donc fait l'aller et retour avec un bébé de six mois dans les bras !

— Eh bien, vous en avez du courage ! dit Hana, s'adressant autant à Kôsaku qu'à Seiichirô.

Le chemin menant de la maison des Matani au Nouveau Lac était long et en pente très raide. C'était au point que Hana n'avait pu aller à la cérémonie de la poutre faîtière pendant sa grossesse ni se rendre chez Kôsaku depuis son accouchement. Elle était surprise de constater comme son fils avait grandi sans qu'elle s'en rendît compte. Surprise aussi que Kôsaku, qu'elle savait de santé fragile, ait pu parcourir cette distance, surtout avec Fumio dans les bras.

— Depuis le temps que vous la portez, elle doit vous paraître lourde. Viens, Fumio, avec ta maman.

À travers la couverture enveloppant l'enfant, Hana sentit la douce chaleur de son corps. Elle resta silencieuse face à Kôsaku, immobile comme lui au milieu du jardin. Cela dura un instant qui sembla une éternité à Hana. Soudain gênée, elle chercha à paraître naturelle, mais elle avait l'impression que ses pieds étaient de plomb.

— Regardez comme la greffe a bien pris !

Kôsaku désignait le kaki qui poussait près de la porte de l'enclos.

— Oui, c'est vrai, répondit Hana, retrouvant enfin son souffle.

La branche de kaki, apportée de Kudoyama par les soins de Toyono, avait été greffée sur le tronc du kaki de l'espèce locale qui se trouvait dans l'enceinte de la maison. Naturellement, en ce premier automne après la greffe, l'arbre ne donnait pas encore de fruits. Il restait à peine quelques feuilles roussies s'accrochant à l'écorce noire mais la branche vivait, aspirant les éléments nourriciers de la terre à travers le tronc d'emprunt.

— Quand portera-t-il des fruits?

— Demandez-le à mon frère!

Brusquement, l'humeur de Kôsaku avait changé. Il partit sans écouter Hana qui lui conseillait de se reposer et de prendre une tasse de thé avant de se remettre en route.

Fumio se mit à pleurer dans la nuit et Hana eut du mal à la rendormir. Ses pleurs finirent par réveiller Keisaku:

— Elle ne pleure pas comme d'habitude. Elle a mal?

— Je crois qu'elle est restée dehors trop longtemps.

— Comment ça, elle est restée dehors?

Hana dut expliquer que, par affection, Kôsaku l'avait emmenée chez lui avec Seiichirô. Keisaku, les sourcils froncés, dit:

— Tu n'as pas peur de la contagion pour les enfants?

Hana, par respect pour son mari, ne répliqua pas. Mais elle en savait plus long que Keisaku sur la maladie de son frère. Kôsaku lui avait bien expliqué qu'il n'y avait aucun risque pour les enfants. Même s'il les portait dans ses bras. Elle ne se sentit donc pas concernée par la réprimande de son mari. Elle passa immédiatement à un autre sujet de conversation qui la touchait bien davantage:

— D'après Seiichirô, il semblerait qu'il y ait une femme dans la maison de Kôsaku.

Hana s'attendait à voir son mari manifester une vive surprise, mais il était déjà au courant. Elle demanda :

— Est-ce une femme du pays ?

— Si c'était le cas, on l'aurait su bien plus tôt. Il est probable qu'il se l'est procurée en ville. Oh ! il a dû demander l'aide de quelqu'un pour la trouver. Mais il s'est bien gardé d'en parler à sa propre famille. Je n'aime pas ces cachotteries. J'espère que ça ne va pas faire marcher les langues.

— A-t-elle un genre douteux ?

— Je ne sais pas. Je ne l'ai pas vue. Non, elle lui sert de bonne à tout faire, de domestique.

— C'est très bien, n'est-ce pas ?

— Mais pourquoi faire ça en cachette ? Il est vraiment insupportable ! On a toujours besoin d'une femme pour s'occuper d'une maison. Tu devrais aller jeter un coup d'œil sur ce qui se passe.

Hana ne demandait que cela. Depuis qu'elle avait à peu près recouvré la santé, rien ne l'empêchait plus de se rendre au Nouveau Lac. Seul, le prétexte lui avait manqué jusque-là.

Sous le ciel limpide d'un après-midi d'automne, Hana se mit en route en direction du nord entre les rizières, un petit panier au bras. Les paysans égrenaient le riz sur le sol, maintenant à sec, où ne s'alignaient plus que des souches moissonnées. Les bottes de riz coupé étaient passées dans les longues dents des râteaux de paddy, et les femmes, courbées, pelletaient dans des vans les grains dorés qui s'entassaient devant les hommes. Le soleil éblouissant faisait monter un chaud parfum de la masse des gerbes. Hana se souvint que, dans l'art des parfums, on parlait d'«entendre» un parfum, plutôt que de le sentir. Ici, elle «entendait» l'automne.

Avant de venir vivre à Musota, elle n'avait connu que Kudoyama, où elle était née, et la ville de Wakayama, où elle avait fait ses études. C'était le sixième automne qu'elle passait au milieu des rizières et des champs de mûriers de Musota. Mais l'arrivée de cette saison lui procurait toujours une grande émotion. Ce parfum d'automne qu'elle «entendait» était lié à la joie intense que lui inspirait la vue de ces hommes et de ces femmes en train de moissonner.

Elle marchait à pas rapides, vêtue d'un kimono bleu gris en soie des montagnes sur lequel elle avait passé une veste trois-quarts, un haori, à petits motifs réguliers, d'un ton assorti mais plus clair. Les paysans faisaient une pause dans leur travail pour l'interpeller :

— Quel temps merveilleux, madame !

— Oui, très beau. Vous travaillez dur !

— C'est bien rare de vous voir par ici.

— En effet, c'est la première fois que je vais jusqu'à la nouvelle maison.

— Oh ! la première fois ! Alors, bonne promenade, madame.

— Merci.

Chaque fois qu'on lui adressait la parole, Hana s'arrêtait et s'inclinait poliment. Elle trouvait cela normal. Mais les paysans, peu habitués à être traités de la sorte par la maîtresse de maison de la famille Matani, en étaient plutôt gênés. Ils transpiraient d'embarras en s'efforçant de répondre par des formules de politesse.

— Comme elle est jolie ! On ne dirait pas qu'elle a mis au monde deux enfants.

— Elle était ravissante avec son panier au bras.

Les villageois regardaient s'éloigner Hana avec une profonde admiration. La magnificence de la procession de son mariage n'était pas sortie des mémoires, c'était encore un sujet de conversation.

Ils avaient naturellement du respect pour une famille ancienne à laquelle, depuis toujours, revenait la charge de *shoya* : adjoint local du représentant du gouvernement du shogun. À cette maison déjà prestigieuse, Hana, pensaient-ils, avait apporté de la classe et du raffinement. C'est exactement ce que Matani Tahei avait attendu de l'alliance avec les Kimoto. En fait, cependant, les paysans étaient plus sensibles encore à la personnalité même de Hana. Tous, hommes et femmes, étaient plus ou moins épris de la Dame.

Hana était pleinement consciente des sentiments qu'elle inspirait, mais elle n'en était nullement émue. Habituée depuis l'enfance à être le centre de l'attention de tous, elle dissimulait sous une apparente modestie une fierté qui la rendait indifférente à la sympathie populaire.

— Il y a quelqu'un ?

Elle était arrivée sans difficulté à Okunogaito par l'unique chemin existant, mais aucun bruit ne lui répondait de l'intérieur de la maison toute neuve. Kôsaku avait parlé d'une petite maison mais, dans l'enceinte du mur de pisé qui l'entourait, il y avait une réserve et la maison elle-même paraissait avoir de la profondeur. La construction en était très soignée. Le bois de la porte d'entrée coulissante, à lui seul, témoignait de la qualité de l'ensemble.

— C'est moi, Hana. Il n'y a personne? cria-t-elle, en vain.

Étant de la famille, elle pensa qu'elle pouvait bien attendre le retour du maître de maison à l'intérieur. Sous la poussée de sa main la porte glissa facilement, à l'inverse de celle, si lourde, des Matani.

— Bonjour! dit-elle encore à mi-voix, comme pour saluer la maison.

Le carré de terre battue était d'une propreté parfaite. À côté de la marche donnant accès au plancher surélevé elle vit une paire de socques de bois neuves, aux nervures apparentes, soigneusement rangées. Les attaches d'étoffe en étaient visiblement neuves. Il était clair que, selon son habitude, Kôsaku les mettait d'abord pour de courts trajets afin de les faire à son pied. Hana, lors de ses dernières visites, avait remarqué que ses socques étaient usées et s'était proposé de lui en offrir d'autres. La méticulosité dont faisait preuve Kôsaku semblait indiquer qu'il avait vraiment la vocation du célibat.

Hana s'assit dans l'entrée et passa en revue l'intérieur de la maison au-delà de la porte coulissante de treillis noir. Elle entrevit un four moderne, de style occidental : c'était la cuisine. L'évier et même la jarre à eau étaient à l'intérieur. Cet agencement, inhabituel à l'époque, était conçu pour la cérémonie du thé, ce qui ravit Hana, elle-même adepte de l'art du thé. Elle avait très envie de visiter la maison, mais elle ne pouvait se le permettre en l'absence du propriétaire.

Réprimant sa curiosité, elle posa par terre le panier qu'elle avait apporté et enleva le carré de soie qui couvrait le contenu. Il s'agissait d'œufs, destinés à fortifier Kôsaku. L'élevage des poules d'une espèce importée de l'étranger par Keisaku avait réussi. Hana avait choisi dix œufs blancs parmi les plus frais. Il était difficile, à l'époque, de se procurer certains médicaments et les œufs de poule passaient pour un aliment très reconstituant. Hana ne manquait jamais d'en offrir une boîte à Kôsaku quand il venait leur rendre visite. Mais, cette fois, elle les avait couverts d'un carré de soie double destiné à la cérémonie du thé, qu'elle avait apporté lors de son mariage. Il était en brocart écarlate sur lequel se détachait en relief le blason des Matani tissé en fils d'or, sur une face et sur l'autre en soie blanche ornée d'un paysage à l'encre de Chine représentant une falaise, dû au célèbre Komuro Suiun.

Après avoir contemplé ce paysage un bon moment, un peu lasse elle prit un ornement garni de corail dans son chignon et entreprit de donner de petits coups secs sur l'extrémité d'un des œufs. Une fois la coquille cassée, elle perça très délicatement la membrane du bout de l'index et porta l'œuf à ses lèvres. L'épaisse consistance du blanc relevée par le goût particulier du jaune lui parut très agréable. La fatigue ressentie après sa longue et difficile marche allait vite se dissiper, pensa-t-elle, car elle croyait aux vertus bénéfiques des œufs. Elle s'était permis d'en soustraire un du panier pour les ramener au nombre impair qui convenait pour un cadeau.

Hana, soudain, prit conscience d'un regard fixé sur son dos, un regard sombre, chargé de tristesse. Elle se retourna doucement et demanda :

— Qui êtes-vous ?

Elle aperçut à contre-jour, à travers le treillis noir de la porte, une femme debout dans un coin de la cuisine, comme clouée par son regard.

— Qui êtes-vous ? répéta-t-elle avec un sourire.

Elle avait deviné : ce ne pouvait être que la servante que Kôsaku avait fait venir de la ville.

L'inconnue chercha timidement à lire dans les yeux de Hana puis s'inclina sans quitter le coin de la cuisine. C'était une femme menue, au teint clair, mais aux traits assez quelconques. Hana, pensant que cette fille n'avait vraiment aucune éducation, lui adressa la parole avec condescendance :

— Vous êtes la bonne qui vient de la ville ?

La fille répondit par un hochement de tête.

— Moi, je viens de la maison principale. Le maître de maison est sorti, n'est-ce pas ? Savez-vous où il est ?

Comme la fille ne se décidait toujours pas à parler, Hana poursuivit :

— Il n'est sûrement pas bien loin, aussi je vais me permettre de l'attendre. Pourriez-vous m'apporter une tasse de thé et me prêter un *zabuton* ?

C'était presque un ordre. Hana quitta ses chaussures et s'assit sur le tatami. La servante lui apporta le coussin demandé puis disparut pour préparer le thé. Elle revint, portant une tasse de thé très ordinaire. Hana l'observa attentivement. Elle paraissait très jeune.

— Quel âge avez-vous ?

— J'ai dix-sept ans, Madame.

— Où habitiez-vous à Wakayama ?

— Dans le quartier de Bokuhan.

— Et où, à Bokuhan-machi ? J'ai vécu six ans à Fuku-machi, tout à côté.

Il y avait à Wakayama une partie de la ville où se concentrait toute la richesse du pays de Ki : elle était composée de quatre quartiers alignés d'est en ouest : Soruga-machi, Fuku-machi, Bokuhan-machi et Yoriai-machi. Hana avait passé ses années d'école secondaire à Fuku-machi avec Toyono et Masataka, son frère aîné, dans une annexe bâtie dans le jardin d'une maison de commerce très prospère. Cette fille, qui avait vécu dans ce quartier où se groupaient les riches commerçants avec leurs gros magasins en pisé, parut soudain plus proche à Hana. Les souvenirs que Hana se mit à évoquer avec une joie nostalgique semblèrent aussi dissiper la méfiance de la fille qui répondit sans détours à ses questions.

Elle s'appelait Umé et avait pour cousin un ami de Kôsaku. Son père tenait une modeste boutique mais il avait fait faillite, si bien que la famille avait dû se disperser. Elle avait été hébergée par des parents éloignés qui ne l'aimaient guère. C'est alors que Kôsaku l'avait embauchée comme domestique. Le sort de cette jeune fille, qui avait acquiescé sans hésitation quand elle lui avait demandé si elle était la bonne, emplit Hana de pitié.

— Depuis quand êtes-vous ici ?

— Depuis la fin de l'été, Madame.

— Vraiment ?… Nous n'avons eu vent de votre présence que très récemment.

— C'est parce que Monsieur m'a interdit de sortir, de me montrer aux gens du village, Madame.

— Ça a dû être assez pénible pour vous.

— Eh bien… non, Madame.

Kôsaku devait être très sévère avec elle, car Umé semblait terrorisée à la seule mention de son nom. Servir cet homme de vingt-neuf ans, au caractère difficile, devait être bien dur pour une jeune fille qui venait juste de quitter son milieu familial. Hana regarda avec une sympathie apitoyée Umé, que la gêne faisait paraître plus fluette encore, perdue dans un vieux kimono trop grand aux manches raccourcies tant bien que mal.

Hana s'attarda un bon moment avec elle. C'est alors que, désespérant de voir arriver Kôsaku, elle songeait à regagner sa maison que celui-ci apparut. Il était entré sans bruit, faisant glisser silencieusement la porte. Et les socques de Hana, dans l'entrée, lui avaient révélé la présence de sa belle-sœur.

— Pas besoin de demander qui s'est imposé dans la maison du maître ? Ce ne peut être que vous, sœur aînée, dit-il, déjà sarcastique.

— Je vous prie de m'en excuser. J'étais sur le point de repartir sans vous avoir vu mais, comme Umé-san me semblait un peu seule, je suis restée à bavarder avec elle. Nous avons parlé de Wakayama.

Hana lui tendit avec précaution le panier d'œufs qu'elle avait apporté pour lui.

— Les œufs à coquille blanche sont peut-être à la mode et chic, mais je me demande s'ils sont aussi nourrissants que les autres. Dites à mon frère que, personnellement, je les trouve assez insipides.

Son ton était encore acide, mais il ne semblait

pas mécontent de voir Hana chez lui. Comme elle le complimentait sur sa maison, il se leva et l'invita à le suivre. L'entrée, ainsi que la cuisine et la salle à manger, étaient conçues dans un robuste style paysan, alors que le bureau de Kôsaku et la pièce principale répondaient à toutes les exigences d'un goût raffiné. Au fond de la maison un corridor menait à un pavillon indépendant servant à la cérémonie du thé et où il y avait même une minuscule cuisine. Plus on s'enfonçait dans la maison, plus les pièces étaient sombres. Le pavillon de la cérémonie du thé, conformément à toutes les règles, était orienté au nord.

— Quelle pièce merveilleuse !

Hana, respectant l'étiquette, s'inclina profondément, à genoux sur le tatami, les mains à plat sur le sol devant elle puis, comme il se devait, elle contempla le kakemono de la cérémonie du thé et l'encensoir. Kôsaku semblait s'être approprié une quantité considérable d'antiquités prélevées dans la réserve de la maison Matani. Il ne s'était pas contenté des montagnes ! Hana pensa qu'en six ans de mariage elle aurait dû demander à voir le contenu de cette réserve. Avouer sa surprise en découvrant tous ces biens dans la maison de la branche collatérale serait reconnaître sa négligence. Ou alors il fallait conclure qu'elle n'était pas encore considérée comme un membre à part entière de la famille Matani.

— Umé, sers-nous du thé. Tu trouveras sur la commode de l'office du gâteau Yokan de la confiserie Suruyaga. Coupes-en des tranches pour offrir avec le thé.

Umé sursautait chaque fois que Kôsaku lui donnait un ordre et se précipitait pour obéir. Hana
elle-même s'était sentie parfois paralysée par les
remarques désobligeantes de son beau-frère.
Pleine de commisération, elle pensa qu'en tant que
maîtresse de maison de la branche principale, elle
se devait de faire cadeau d'un kimono neuf à cette
pauvre petite, si jeune. Ça lui ferait plaisir.

— Umé !

— Oui, Monsieur ?

— Comment veux-tu que je mange des tranches
aussi épaisses, moi qui, tu le sais, ai l'estomac fragile ? Et crois-tu que ce thé ordinaire convienne
pour accompagner ces friandises ?

— Oui, Monsieur.

— Oui, Monsieur ; oui, Monsieur, tu ne sais rien
dire d'autre ?

— Oui, Monsieur.

N'en pouvant plus, Hana se leva pour préparer
un thé plus raffiné.

— Sœur aînée, je vous prie de ne pas intervenir quand j'essaie de faire son éducation. Bien que
petite, cette maison est mon royaume.

Les réprimandes incessantes de Kôsaku ren-
daient l'atmosphère irrespirable. Hana avait hâte
de prendre congé. Keisaku était en voyage pour
plusieurs jours avec des fonctionnaires de la préfecture, elle aurait pu s'attarder à son gré. Mais elle
ne pouvait supporter ces scènes. Elle se leva pour
partir, sans négliger pour autant les convenances
et l'étiquette.

Après l'avoir invitée aimablement à renouveler
sa visite, Kôsaku, fidèle à lui-même, ajouta :

— Reprenez, je vous prie, votre carré de soie. La branche collatérale ne dispose d'aucun présent assez précieux pour répondre à celui-ci.

Lorsque Hana sortit de la maison dans le crépuscule commençant, elle prit une profonde respiration. Elle était toute moite de sueur. Le carré de soie replié qu'elle venait de glisser dans l'échancrure de son kimono la gênait. Elle allait le transférer dans la manche quand elle aperçut la coquille vide qu'elle avait dû y dissimuler, se sentant observée. Les morceaux de la coquille écrasée collaient encore à la membrane intérieure. Hana ne put se décider à la laisser sur le chemin. Du haut d'un petit pont, elle la jeta dans un ruisseau, affluent du Nouveau Lac. Mais, après une saison sans pluie, le ruisseau était presque à sec et la coquille s'accrocha à une pierre. Hana resta un moment immobile à la regarder, pleine de honte à l'idée qu'Umé l'avait surprise à gober un œuf cru sans aucune retenue.

La gêne que lui causaient ses seins gonflés de lait lui rappela brusquement sa fille qui l'attendait. Elle desserra légèrement l'obi qui lui comprimait la poitrine et pressa l'allure.

Le 10 octobre, les journaux publièrent une déclaration du gouvernement signée de l'empereur : il y était dit que la population devait persévérer dans l'effort de guerre car la situation actuelle ne laissait pas encore apercevoir d'issue bien nette. Le 30 du même mois, les mêmes journaux locaux consacrèrent des articles sensationnels au match de baseball opposant les deux universités privées de la capitale : Waseda et Keio.

— Regarde, Hana. Les écoles supérieures sont mortes, vive les universités ! Vive Waseda ! s'écria Keisaku, surexcité.

Hana, qui avait des connaissances étendues en littérature et en politique étrangère, ne savait pas grand-chose du base-ball. Il était clair cependant pour elle que Keisaku était transporté par la victoire de l'école où il avait fait ses études, l'ancienne école supérieure rebaptisée maintenant université Waseda. À la suite de la nomination d'Itô Hirabumi à la présidence de la chambre haute, Saionji Kinmochi avait pris sa place à la direction du parti Seiyûkai. Hana ne comprenait pas très bien la position de son mari ni surtout son attitude à l'égard des fonctionnaires. Keisaku se voulait avant tout tolérant, éloigné de l'esprit de révolte ou de résistance. Il était d'une tout autre espèce que Kôsaku, qui affichait un dégoût quasiment physique des « fonctionnaires ».

Keisaku, apprenant de Hana qu'elle avait été voir la nouvelle maison, se contenta de dire d'un air soulagé :

— C'est parfait. Pauvre fille sans expérience ! Le service sera pénible pour elle là-bas. Tu veilleras à ce qu'elle puisse le supporter, et rester.

Il enchaîna :

— Osaka est incroyablement animée. La ville a changé, c'est ahurissant ! J'ai bien peur que, si on reste confiné à Musota ou même à Wakayama, on ne se retrouve à la traîne. C'est fou ce qu'il y a comme nouveautés! Regarde, Hana, ce que je t'ai rapporté…

Il ressemblait à un enfant absorbé par de nouveaux jouets…

— Regarde, c'est ce qu'on appelle de l'aluminium. Prends, tu verras comme c'est léger!

— C'est vrai. On ne peut pas croire que ce soit aussi solide qu'on le dit.

Hana avait appris par le journal l'existence de ce nouvel alliage, mais elle n'en avait jamais vu. Elle se montra assez étonnée et intéressée, pour satisfaire son mari. En esprit elle comparait la façon dont les deux frères abordaient, chacun à sa manière, le problème de l'évolution du monde. Keisaku partait de l'observation du concret, tandis que Kôsaku ne s'en informait qu'à travers ses lectures, sans quitter sa maison du Nouveau Lac.

À la fin de l'année, l'amiral Tôgô et le vice-amiral **Uemura** rentrèrent au pays, triomphants, et, le jour de l'an 1905, Ryojun (Port-Arthur) tomba entre les mains de l'armée japonaise. La guerre avait pris le tournant décisif.

Le jour de l'an, Hana portant dans ses bras Fumio, qui avait deux ans, partit faire ses dévotions au temple de Yaito, protecteur du clan Matani. Keisaku, qui l'avait accompagnée, entendant le roulement cadencé des tambours de Mikawa célébrant le nouvel an, remarqua:

— C'est le nouvel an solaire que nous célébrons maintenant. Tout le Japon, à présent, a adopté le calendrier occidental. Seiichirô, que de changements n'y aura-t-il pas au Japon d'ici que tu atteignes ta majorité! Comme ce sera intéressant!

dit Keisaku, ravi de ce signe supplémentaire de l'évolution qu'il voyait partout, et amusé par le comique des chants.

Seiichirô, six ans à présent, était attiré par les tambours qui s'éloignaient.

— Ils sont du côté de Yagaito. Je peux aller les voir ?

— Oui, vas-y.

Hana sourit en voyant son fils partir comme une flèche. Les époux regagnèrent à loisir leur maison, comme de jeunes amoureux. Le kimono de couleur vive de Fumio se détachait sur le vêtement de Hana, évoquant une idée de fleurs et de parfum.

— Comme elle dort bien !

— On ne croirait pas qu'elle peut hurler comme elle le fait !

Quand Fumio pleurait on l'entendait, disait-on, jusqu'à Hinokuchi. Hana avait fait les « cent dévotions » au sanctuaire de Sonobé, le dieu tutélaire des enfants, et elle avait tourné cent fois autour du parvis tout en priant selon le rite établi. Mais Fumio continuait à faire des colères sans que se manifestât la protection divine. Alors, toute la maison en était réduite à se boucher les oreilles pendant ce qui semblait une éternité. Seiichirô avait été sage dès la petite enfance et, maintenant encore, il faisait montre d'un caractère accommodant avec les grandes personnes comme avec les enfants du voisinage. Par contraste, les rages de Fumio inquiétaient l'entourage et particulièrement sa grand-mère.

— Vous voilà de retour, Hana ?

— J'ai prié pour vous, mère.

— Merci. Vous devez être très fatiguée. J'ai fait griller du *mochi* pour qu'il soit prêt à votre retour.

Yasu y voyait de moins en moins. Même pendant la journée elle devait se fier à son instinct pour faire les choses. Elle avait à tâtons posé une grille sur le brasero et surveillé attentivement les morceaux de pâte de riz découpée qu'elle avait mis à cuire pour sa bru et ses petits enfants. Certains des gâteaux, faits de riz ordinaire et de riz glutineux, avaient la forme d'un triangle. D'autres, les *fukumochi* – ou mochi du bonheur – en riz glutineux où étaient incorporés des haricots rouges, étaient constitués de morceaux ronds et aplatis. Grillés et trempés, encore brûlants, dans une sauce au soja, les mochi avaient toujours beaucoup de succès.

— C'est délicieux, mère. Mais, dès que j'aurai fini, je me rendrai au temple Daidô, dit Hana, observant les mouvements hésitants de sa belle-mère.

— Pour mes yeux? Depuis trois ans que nous prions pour que ma vue s'améliore, le mal ne fait qu'empirer. N'y pensons plus.

— Mais nous sommes au seuil d'une nouvelle année. Le bouddha thérapeute, Yakushi, fera peut-être un effort spécial. Je vais y aller.

Hana laissa Fumio, qui s'était réveillée, aux bons soins de Kiyo. À l'entrée de la maison se pressaient les paysans, venus présenter leurs vœux de nouvel an. Dès que le flot des visiteurs s'interrompit, Hana enfila ses socques pour sortir. Dehors, son attention fut attirée par un bruit: quelqu'un pleurait. S'approchant, Hana vit que c'était son fils. Entouré de plusieurs enfants, Seiichirô était en larmes, la tête enfouie dans les mains.

— Que se passe-t-il?

Seiichirô pleurait trop pour pouvoir articuler un mot. Les autres expliquèrent, tous à la fois, que l'un des musiciens de Mikawa, agacé par les remarques insultantes des enfants, qui se moquaient d'eux, avait fini par leur courir après. Seiichirô, qui n'était pas très rapide, avait été rattrapé et avait reçu un coup d'éventail sur la tête.

Seiichirô, en tant qu'héritier des Matani, avait une place privilégiée dans la maison. Nul n'aurait osé porter atteinte à son prestige. De plus, il était très obéissant. Aussi ses parents n'avaient-ils jamais levé la main sur lui. Comment un enfant ayant un tel passé avait-il pu se laisser frapper sur la tête par un vulgaire musicien ambulant? Hana, atteinte au plus profond de sa fierté, resta muette sous le choc. Elle ne chercha même pas à calmer Seiichirô qui continuait à gémir. Au contraire, elle se sentit glacée en songeant à l'avenir d'un garçon aussi dépourvu de caractère. Quelqu'un d'aussi faible pouvait-il devenir un homme tenant bien sa place? Quelle scène déprimante pour le premier jour de l'année! pensa-t-elle en se dirigeant vers le temple.

La tablette votive en bois, que Yasu avait accrochée sur la porte ajourée donnant accès au sanctuaire, trois ans auparavant, était toujours là. Dans la région on croyait qu'un dessin représentant des yeux pouvait assurer la guérison des maladies de la vue. Hana, les mains jointes, songea au sort de sa belle-mère. Presque aveugle à soixante et onze ans, son mari mort, ses fils, l'un marié, l'autre vivant ailleurs, elle devait se sentir bien seule! Toyono, elle, avait vieilli sans maladies et était morte sans avoir eu à s'aliter. C'était une fin enviable. Comparés au destin de Toyono qui, pendant ses dernières années, avait fait tout ce qu'elle voulait et dit tout ce qu'elle pensait sans se soucier des réactions de son entourage, les derniers jours de Yasu, même si matériellement elle ne manquait de rien, paraissaient bien tristes!

Les musiciens de Mikawa devaient être déjà loin, vers Sonobé – on n'entendait plus leurs tambours. Sur le chemin du retour Hana eut l'idée de faire un détour par le Nouveau Lac, mais elle se ravisa. Il eût été inconvenant pour la maîtresse de maison de la branche principale de rendre visite à Kôsaku avant que celui-ci ne vienne présenter ses vœux de nouvel an. Tout en descendant le versant sud de la montagne sur lequel était situé le temple, elle lança un regard chargé de regrets en direction de l'ouest. Elle aperçut alors un homme et une femme venant du Nouveau Lac et reconnut Kôsaku et Umé.

Que Kôsaku se présente en compagnie de sa servante pour offrir ses vœux de nouvel an aux Matani témoignait d'un complet manque de sens commun. Hana en fut stupéfaite. Kôsaku, qui marchait plusieurs pas en avant d'Umé, se retourna pour lui dire quelque chose et elle lui répondit avec sa timidité habituelle. Puis ils se remirent en route, laissant entre eux la même distance. De nouveau Kôsaku s'arrêta pour, semblait-il, réprimander Umé qui sans doute n'allait pas assez vite à son gré. Umé avait l'air minuscule derrière la haute stature de Kôsaku et elle courait presque. Kôsaku, encore une fois, se retourna.

Hana, immobile sur le chemin étroit entre les rizières désertes, attendit que leurs silhouettes se perdent enfin dans le paysage. Son intuition féminine la persuadait que les liens entre Kôsaku et Umé étaient aussi intimes que Keisaku l'avait redouté. Hana se sentit frappée au cœur par cette découverte qui, pourtant, n'aurait pas dû l'étonner puisque inconsciemment elle l'avait pressentie quand elle s'était rendue au Nouveau Lac pour la première fois.

Quand elle arriva à la maison, cependant, Kôsaku n'était pas parmi les gens qui l'attendaient. Une servante, interrogée, lui dit qu'on ne l'avait pas vu. Hana se demanda où ils avaient bien pu aller. Étaient-ils partis pour la ville, remettant à plus tard la visite à la maison principale ? Pendant qu'elle se posait ces questions, Kôsaku se présenta, seul.

— Je viens vous souhaiter une bonne année, dit-il.

— C'est toi, Kôsaku ? On t'attendait. Verse-lui la coupe de saké, Hana.

Keisaku, débordant de bonne humeur, tenait à célébrer dans les formes ce premier jour de l'an depuis que son frère avait fondé une branche collatérale. Kôsaku prit très docilement la coupe de saké que Hana lui versait de ses mains dont elle ne pouvait maîtriser le tremblement.

— Reste avec nous jusqu'au troisième jour ! Ce n'est pas amusant d'être seul pour le nouvel an.

— À la vérité, je n'ai jamais aimé les jours du

111

nouvel an. Je suis comme vous, je ne bois pas. Il n'y a aucun endroit où j'aie spécialement envie d'aller. Et tout ce mochi qu'on mange depuis la fin de l'année, c'est lassant ! En compagnie ou sans compagnie, les fêtes sont également ennuyeuses.

— Toujours aimable !

Keisaku riait sans rancune, amusé par les caprices de son frère. Le visage boudeur de Kôsaku l'avait parfois indigné quand ils vivaient ensemble. Mais maintenant qu'ils étaient séparés, Keisaku était tout heureux de sa présence.

— Après tout, je me permettrai de rester quelque temps chez vous, sœur aînée.

— Je vous en prie, dit Hana aimablement.

— Vous ne voulez pas qu'on fasse griller des fleurs de mochi, oncle ? demanda Seiichirô qui, tout heureux de le voir là, s'appuyait contre lui.

Kôsaku, s'il ne s'entendait pas avec les adultes, attirait extraordinairement les enfants.

— Si tu commences à prendre les fleurs de mochi dès le premier jour de l'année, il n'y aura plus de décorations dans la maison pour le reste des fêtes !

— Une seule branche en moins ne fera pas grande différence !

— Oui, une seule branche, ce n'est pas grave.

Kôsaku parlant à son neveu était tout à fait différent, détendu – sans doute, au fond, aimait-il la compagnie de sa famille.

Les «fleurs de mochi» étaient des sortes de cocons en pâte de riz fixés sur des branches de saule, comme des chatons. La pâte en était colorée en rouge ou en jaune, et les branches contribuaient à la décoration de l'intérieur de la maison pendant la période du nouvel an. Les enfants, tentés par les rameaux qui ornaient chaque pièce, voulaient toujours les décrocher dès le premier jour de l'an mais les parents s'y opposaient pendant les sept premiers jours. Seiichirô, cependant, savait que personne de sa famille ne s'opposerait au vœu de son oncle et il en profitait. Keisaku, regardant avec affection son fils en train de sucer une des fleurs de mochi encore accrochée à la branche, l'imaginait déjà adulte, devenu quelqu'un de remarquable. Hana, au contraire, observait avec appréhension ce fils qui n'était même pas capable de mordre carrément dans la pâte de riz, comme il se devait pour un vrai garçon.

Un flot de visiteurs se pressait à la porte de la maison. Non seulement les métayers et de simples villageois venaient présenter leurs vœux au maire, mais les anciens du village étaient là, car la rumeur courait que Keisaku serait bientôt candidat au conseil préfectoral. L'animation était accrue aussi par la présence de quelques membres de l'association des jeunes, qui avaient bu et menaient grand tapage. Keisaku répondait à tous avec le même sourire et veillait à ce que personne ne reparte sans avoir absorbé une bonne dose d'alcool.

Hana se joignait de temps à autre aux visiteurs mais elle revenait vite retrouver Yasu dans la pièce voisine aux huit tatamis. Les deux femmes, assises près d'un grand brasero, écoutaient Kôsaku :

— Pourquoi, sœur aînée, vous obstinez-vous à faire ce chignon classique ? Vous devriez essayer une coiffure à la mode.

— C'est aussi ce que me dit votre frère. Et, tous les mois, Saki m'y pousse quand elle vient. Mais je n'ai pas tellement envié d'essayer les nouveautés, ça me gêne.

Yasu, clignotant de ses yeux presque aveugles, se mêla à la conversation :

— Il paraît qu'il y a une coiffure, qu'on appelle *kagetsu*, qui est très à la mode.

— Oh ! mère, c'est une coiffure très vulgaire !

— Ah oui ?

— Bien sûr. Ce sont les serveuses des maisons mal famées qui l'ont lancée, comment pourrait-elle être élégante ? Sœur aînée, la prochaine fois, dites à Saki de vous coiffer en *sokuhatsu*, c'est ce qui vous convient.

— J'y penserai.

Hana participait aimablement à la conversation mais son esprit était ailleurs. Elle ne parvenait pas à oublier la scène entre Kôsaku et Umé sur le chemin. Finalement, elle ne put s'empêcher de dire :

— Si vous devez rester quelques jours chez nous, vous auriez dû amener Umé.

— Et pourquoi donc ?

L'humeur agressive de Kôsaku refaisait surface…

— Ça va être bien triste pour elle de passer dans la solitude les premiers jours de la nouvelle année. Ici, elle aurait eu la compagnie de nos domestiques, elle aurait peut-être trouvé cela amusant.

Elle se hâtait de s'expliquer, mais trop tard : Kôsaku était furieux.

— C'est normal pour une servante de garder la maison. Vous régnez en maîtresse de la branche

114

principale ici, mais vous ne donnerez pas d'ordres chez moi : ces détails ne vous concernent pas.

Hana s'excusa, Yasu essaya d'intervenir, mais rien ne put empêcher Kôsaku de s'en aller de fort méchante humeur. Mis au courant de l'incident, Keisaku fut révolté par la réaction de son frère. Son caractère difficile n'était plus pour lui un sujet de plaisanterie. Yasu, en soupirant, murmura que jamais son fils cadet ne se guérirait de son entêtement.

Hana vit là la preuve que Kôsaku aimait vraiment Umé. Mais un homme du tempérament de Kôsaku ne voudrait jamais admettre qu'il aimait la jeune fille qu'il avait amenée chez lui et présentée à tout le monde comme sa bonne.

Hana, de son côté, maintenant qu'elle connaissait la nature des sentiments unissant Kôsaku à Umé, essayait de se guérir de ce qu'elle-même avait éprouvé pour Kôsaku. La honte qu'elle ressentait en se souvenant de cet amour inavoué était du même ordre que celle qu'elle avait perçue en elle quand elle avait été surprise par Umé en train de gober un œuf. Néanmoins, son orgueil était sauf parce qu'elle avait deviné, la première, l'existence de ces sentiments liant Kôsaku à Umé – peut-être même avant que l'intéressé en prît conscience.

L'été venu, Hana, rendant visite au Nouveau Lac, s'aperçut qu'Umé avait le teint brouillé et les sourcils clairsemés, signes qui passaient pour indiquer une grossesse. Après avoir longuement réfléchi à la situation, elle décida qu'il était nécessaire de prendre au plus vite des mesures. Elle se sentait incapable de consulter Yasu sur ce sujet, de peur qu'on ne pense que c'était la jalousie qui la poussait à éloigner Umé de Kôsaku – sentiment qui eût été indigne d'elle. Finalement, elle en parla à son mari.

— Tu en es sûre ?

Keisaku était consterné. À la surprise de Hana, il s'affola.

— Bien entendu, on ne peut en être absolument sûr qu'en posant la question à Kôsaku. Mais je suis certaine de ne pas me tromper.

— Que faire ? Si les gens du village l'apprennent, ça va être le scandale ! Il faut renvoyer Umé chez elle immédiatement. Après, on verra.

— Quoi qu'on fasse, le village le saura, tôt ou tard.

— Tu prends cela avec un calme incroyable ! Si Kôsaku a mis cette fille enceinte, comme pourrai-je rester à la tête du village et, plus encore, poser ma candidature au conseil préfectoral ?

Keisaku disait vrai. Si le chef de famille disposait d'un pouvoir absolu sur les membres de la famille, il devait en contrepartie assumer l'entière responsabilité de leurs actes vis-à-vis du monde extérieur. La réputation de Keisaku pouvait être ruinée par un écart de conduite de Kôsaku. Ses projets d'avenir risquaient d'être anéantis.

— Je suis prêt à payer n'importe quoi. Arrange-toi !

— De toute façon, les gens diront que vous avez payé pour la faire avorter.

— Non, je ne veux pas lui faire courir ce risque. Il faut qu'elle mette son enfant au monde. Avec de l'argent, on lui trouvera bien des parents adoptifs.

— Le père et la mère d'Umé sont morts. Ce qui lui reste de famille vous en voudra toujours, quelle que soit la somme que vous serez prêt à donner.

Keisaku, cherchant à déchiffrer l'expression de sa femme, comprit qu'elle avait un plan :

— Tu as une idée ?

— Umé vient d'une famille qui n'est pas riche mais qui est assez honorable.

— Bon. Et alors ?

— Étant donné le caractère du maître du Nouveau Lac, on ne trouverait pas facilement une fille qui veuille se risquer à l'épouser. Pourquoi Umé ne deviendrait-elle pas son épouse légitime ?

— Quoi que je fasse, les gens parleront. Ils diront que Kôsaku a engrossé sa servante et qu'il a été obligé de se marier.

— Oui, mais ils ne pourront pas dire que Matani Keisaku s'est mal conduit.

Keisaku se croisa les bras. Il n'était pas question pour lui de se demander s'il devait ou non adopter le plan de sa femme. Il s'inclinait avec admiration devant l'intelligence de Hana qui avait trouvé une solution assurant l'avenir de Kôsaku, d'Umé et de Keisaku lui-même.

Quelques jours plus tard, Keisaku partit seul pour le Nouveau Lac. Il revint tard le soir, amenant avec lui Umé. Le lendemain Kiyo s'y rendait à son tour pour y prendre la place de la servante : elle y resterait jusqu'à l'automne. Pendant ce temps Umé, séjournant dans la maison principale, y recevrait la formation des jeunes filles se préparant au mariage dans le domaine de l'étiquette et de tous les arts domestiques.

Hana, dans une boutique de Wakayama, s'occupa des kimonos qu'Umé porterait à son mariage. La cérémonie devant avoir lieu à bref délai, il ne pouvait être question de se montrer trop exigeant. L'accouchement était prévu pour dans trois mois, ce qui n'arrangeait rien. De plus, le statut d'Umé, qui était à peine plus qu'une domestique, permettait de tout simplifier.

Hana avait l'intention de s'habiller pour le mariage en *tomessodé,* kimono noir dont le haut était uni et le dessin uniquement réservé au bas. En passant commande des kimonos d'Umé, Hana s'était rendu compte qu'elle n'arrivait toujours pas à aimer le blason familial des Matani. Elle prit alors la décision d'adopter le lierre comme blason pour elle-même. Toyono lui avait montré l'exemple, elle qui – n'ayant pu s'habituer au blason des Kimoto – s'était réservé ce même lierre. Le lierre avait toujours symbolisé le sexe féminin parce qu'il s'enroulait autour du tronc qui le nourrissait. Hana pensa que cette signification symbolique justifiait le choix qu'elle en faisait sans en référer à son mari.

Pour prévenir toute critique possible de Kôsaku, Hana s'abstint de prendre une décision semblable pour Umé. Les kimonos de cérémonie de celle-ci portaient donc le blason des Matani, Hana se réservant de trouver par la suite quelque chose de plus féminin. Elle prenait plaisir, elle qui avait vingt-huit ans, à tous ces préparatifs qu'elle faisait pour Umé qui en avait dix de moins, un peu comme si elle avait été sa mère. Par la même occasion elle sentait naître en elle de l'affection pour la jeune femme.

Du jour où Umé vint s'installer chez les Matani, Kôsaku cessa toute visite à la maison. Il arrivait à Hana de se rendre au Nouveau Lac pour le consulter sur des problèmes concernant les parents d'Umé. Loin de lui en témoigner de la reconnaissance, il se montrait alors franchement hostile. Il lui répondait à peine, lui manifestant une inimitié encore plus ouverte que lors des premiers temps où elle habitait chez les Matani. Il alla même jusqu'à renvoyer sèchement Seiichirô un jour où l'enfant était venu le voir.

Tout le village était en révolution à cause de cette histoire. Keisaku se crut obligé de s'abstenir de poser sa candidature aux élections et passa son temps à ruminer sa déception, surtout quand il eut appris que le frère de Hana était candidat dans le canton d'Ito. Quant à Kôsaku, d'une humeur plus irritable que jamais, il se plaignait de ne pouvoir se consacrer à la lecture et piquait des colères du matin au soir.

Entre ces deux frères aussi sombres l'un que l'autre, Hana attendait le mariage avec joie et impatience. Exactement comme elle l'avait prévu, la réputation de Keisaku n'avait en rien souffert des événements. Au contraire, tout le monde sympathisait avec lui parce qu'il avait volontairement renoncé à se lancer dans la politique. Quant à la réputation de Kôsaku elle n'était pas pire qu'avant – ce qui ne voulait pas dire grand-chose d'ailleurs.

Les gens ne s'étaient pas attendus à voir Kôsaku épouser une fille aussi effacée, mais ils se montrèrent gentils pour Umé quand ils surent qu'Hana l'avait prise affectueusement sous sa protection. En bref, tout s'arrangeait parce que Hana y prenait garde.

— Même si cela vous paraît pénible, Umé-san, continuez à veiller à la propreté des lieux d'aisance : la tradition veut que cela vous assure un bel enfant, ne l'oubliez pas.

— Oui, Madame, je n'y manquerai pas.

— Après votre mariage, portez un kimono un peu plus long. La Dame du Nouveau Lac se doit d'être élégante.

— Oh ! je ne serai jamais la Dame.

— Ah bon ! Alors, vous continuerez d'être la jeune mariée du Nouveau Lac jusqu'à ce que vous soyez toute voûtée et toute grisonnante !

— Oh ! il n'en est pas question !

Elles éclatèrent de rire ensemble.

DEUXIÈME PARTIE

Un châle tricoté en laine blanche lui couvrait la tête : une des pointes enroulée autour du cou lui pendait sur la poitrine, l'autre flottait derrière elle dans le vent. Sa jupe *hakama* de cachemire, d'un vert agressif, ornée le long de l'ourlet d'un double liséré blanc, son kimono de coton aux fines rayures rentré dans la jupe, et sa veste de soie révélaient sa qualité d'élève de l'école secondaire de jeunes filles de Wakayama. Ce que confirmaient aussi les bas noirs, que découvrait la jupe à mi-mollet. Les étrangers, la voyant pour la première fois, étaient surtout surpris par la façon qu'elle avait de faire claquer ses talons en marchant, comme un garçon. Son costume et son allure n'étonnaient cependant plus personne de la région : c'était Fumio, la fille aînée des Matani, une célébrité du village d'Isao depuis qu'elle avait été admise à l'école secondaire. Elle entendait souvent les villageois chuchoter son nom sur son passage, parfois d'un ton réprobateur, parfois avec une sorte de stupeur admirative.

Fumio se souciait peu de ce qu'on disait d'elle. Cependant, elle tirait plutôt gloire des froncements de sourcils qu'elle déclenchait. Il était admis à l'époque que les élèves de l'école devaient porter des hakama marron. Une de ses camarades de classe s'étant fait réprimander pour s'être présentée en classe avec une jupe verte, à l'imitation des actrices de la troupe féminine du théâtre d'opérette Takarazuka. Fumio indignée, avait protesté que rien dans le règlement de l'école ne rendait obligatoire le port d'un hakama marron et, depuis, elle mettait un hakama vert.

Ce hakama vert, qu'elle arborait depuis un an malgré toutes les oppositions, était rendu encore plus scandaleux par l'adjonction d'une vingtaine de bébés miniatures en celluloïd accrochés le long du liséré blanc. Fumio avait adopté cette décoration à la suite d'un incident du même ordre que le précédent : une de ses condisciples avait eu maille à partir avec un professeur pour avoir accroché un de ces bébés au bout de sa ceinture. Une fois encore Fumio semblait demander : « Où, dans les règlements, est-ce interdit ? »

Fumio avançait de son pas conquérant, indifférente à la poussière qui blanchissait ses souliers noirs et aux poupées sautillant au rythme de sa marche. Sous le pont de Musota, qu'elle franchissait allégrement, les eaux du fleuve Ki coulaient en silence, bleues, inchangées par le passage du temps.

Le pont de Musota n'était plus connu à présent sous le nom de « pont d'Un Rin » ; il était devenu le « pont d'Un *Sen*[1] ». À chaque inondation il était

---

1. Le sen vaut cent rin.

emporté par les flots et sa reconstruction était chaque fois célébrée par un banquet. On le considérait donc aussi comme un monument symbolique des festins de l'administration préfectorale.

Le cours abondant du fleuve Ki, lequel, plus près de sa source dans la province de Yamato, s'appelait Yoshino, drainait deux provinces : le pays de Yamato et le pays de Ki. À la période des crues, il inquiétait ses riverains. Seul dans tout le canton d'Aura, le village de Musota n'avait jamais connu ni éboulements de terrain ni dégâts causés par l'inondation. Ses habitants ne se préoccupaient donc pas des calamités naturelles et ne souffraient guère financièrement de leur participation aux frais de reconstruction du pont. Quant au barrage de Musota, il était destiné à l'irrigation des rizières dans le nord-ouest du canton. Si bien que sa destruction ne menaçait en rien Musota et Sonobé, les deux bourgades constituant administrativement le village d'Isao. Par ailleurs, la sécheresse historique qui avait ravagé le pays de Ki n'avait pas affecté Musota, grâce aux travaux d'irrigation entrepris par le grand-père de Keisaku, lequel avait veillé à ce que la presque totalité des rizières pût être alimentée en eau par le lac au pied des montagnes.

Keisaku, depuis son élection au conseil préfectoral en 1906, ne cessait de préconiser l'utilisation des eaux du Ki pour l'irrigation des rizières tout au long de son cours. Il pensait sincèrement que ce plan, si on le réalisait, permettrait de réduire les dommages causés par l'inondation plus bas sur le fleuve. Sa femme lui avait souvent répété dans le passé que, tant que les eaux généreuses du Ki ne seraient pas mieux utilisées, le fleuve en crue continuerait de ravager Iwade. C'était comme une expression de la colère du fleuve. Mais personne ne savait que c'était sa femme qui avait soufflé à Keisaku sa politique régionale.

La première étape du plan de Keisaku prévoyait que l'eau prise au barrage d'Iwade serait amenée dans les rizières d'Isao. Pour en assurer la réalisation, il prit à sa charge la moitié du financement des canalisations nécessaires, vendant pour cela une partie des terres à riz dont il était propriétaire. Son exemple permit aux travaux d'irrigation de se développer dans toute la préfecture. L'Association pour l'amélioration des terres et l'Association pour l'exploitation des eaux du fleuve Ki, qui n'existaient que de nom depuis des années, commencèrent à obtenir des résultats concrets dès que Matani Keisaku fut devenu membre du conseil d'administration.

La réputation de Keisaku grandissait à chaque inondation car on avait la preuve de l'efficacité de sa politique. Personne ne fit d'objection le jour où, à trente-huit ans, il accéda à la présidence du conseil préfectoral. Son acharnement au travail, la générosité dont il avait fait preuve en faisant don de son argent personnel, sa sincérité, lui valaient l'admiration de ses concitoyens. L'année qui devait être la dernière de Fumio à l'école secondaire, il était depuis plus de dix ans à la tête du conseil préfectoral. Il était aussi président du conseil d'administration de l'Association pour l'exploitation de l'eau et de l'Association préfectorale d'agriculture. Personne, même dans les plus lointains villages de la préfecture de Wakayama, ne pouvait ignorer le nom de Matani Keisaku.

À cause de cela, le comportement excentrique de Fumio alimentait plus encore les bavardages. Comme son père, dont elle avait hérité bien des traits caractéristiques, elle ne suscitait autour d'elle ni haine ni ressentiment. Elle avait un côté grand seigneur qui impressionnait les uns, crispait les autres, mais en tout cas les faisait tous hésiter à la réprimander pour ses manquements à la discipline.

À la fin, cependant, sa mère fut convoquée à l'école secondaire par ses professeurs qui lui dirent :

— Nous ne pouvons oublier de qui elle est la fille, aussi nous sentons-nous incapables de lui infliger un blâme public. Mais, quand nous la faisons comparaître devant nous, seule, dans la salle des professeurs, elle nous accable sous un flot de paroles. Nous vous serions donc reconnaissants de bien vouloir vous charger de lui faire des remontrances

— Je ne sais comment vous présenter mes excuses pour le mal qu'elle vous a donné, répondit Hana. Mais je voudrais vous demander si, sur le plan moral, sa conduite prête à la critique. C'est ce qui m'inquiète le plus.

— Non, se hâta d'expliquer l'un des professeurs, à cet égard il n'y a rien à lui reprocher. Elle ne semble pas échanger de correspondance avec des garçons de l'école secondaire ni s'intéresser d'une manière générale à l'autre sexe. À ce que j'ai entendu, elle est même extrêmement réservée. Il m'est arrivé un jour de surprendre une conversation où elle disait que le fait de porter un hakama vert ne l'empêchait pas de trouver vraiment déplorable le théâtre Takarazu. Ce qui pourrait être plus dangereux, ce serait son mode de pensée. Je suppose qu'elle a fortement subi l'influence de M. Tamura car, encore maintenant, elle n'a que le mot « démocratie » à la bouche.

— Oui, au moment de l'incident, ma fille vous a créé beaucoup d'ennuis, n'est-ce pas?

Hana ne pouvait manquer de faire allusion à ce qui s'était passé quelques mois plus tôt.

M. Tamura était un jeune professeur de langue japonaise qui était venu de la capitale prendre son poste à Wakayama l'année où Fumio était entrée à l'école secondaire. Tout frais émoulu de la faculté des lettres de l'Université impériale de Tokyo où il avait acquis ses diplômes, il avait négligé les manuels pour discourir sur la démocratie et la liberté. Il lisait à ses élèves des poèmes dans le style nouveau extraits de la revue *Oiseau rouge* et encourageait avec ardeur Fumio et ses camarades à être résolument modernes. L'école secondaire de jeunes filles de Wakayama, qui s'était donné pour tâche de dispenser à ses élèves une éducation faisant d'elles de bonnes épouses et des mères avisées, trouvait extrêmement embarrassante la présence d'un tel professeur. Malgré sa popularité auprès des élèves, M. Tamura avait été l'objet de nombreuses réprimandes de l'administration. Persécuté par ses supérieurs, il avait fini par être renvoyé. C'était là l'incident de l'année précédente. Fumio, indignée, avait rassemblé autour d'elle les partisans de M. Tamura et avait tenté de négocier avec la direction de l'école. Les filles de la province de Ki n'étaient pas particulièrement timorées mais l'éducation soignée qu'elles avaient reçue et la douceur du climat où elles vivaient ne les préparaient pas à manifester un esprit combatif indomptable. Les élèves de l'école de Fumio ne faisaient pas exception à la règle et, quand la situation devint par trop compliquée, elles lâchèrent prise. Fumio s'était battue pour rien puisque, en fin de compte, ses troupes l'avaient abandonnée et que M. Tamura avait repris le chemin de Tokyo, à la dérive comme un cerf-volant dont la corde s'est cassée.

L'affaire aurait eu des suites pour Fumio, qui avait organisé la contestation, si elle avait été une élève comme les autres. Mais son père présidait l'association des parents d'élèves et, de plus, le directeur de l'école lui devait son poste. La direction de l'école, craignant par-dessus tout de nuire à Keisaku, étouffa l'affaire et Fumio ne fut pas renvoyée.

Hana avait été terriblement tourmentée. Si le bruit se répandait que Fumio avait eu droit à un traitement de faveur parce qu'elle était la fille de Keisaku, la réputation de son père risquait d'en souffrir. D'un autre côté, si Fumio avait fait l'objet d'une sanction, ç'aurait été pour elle un handicap à l'avenir. Même sans cela, Hana redoutait que trouver un parti convenable pour Fumio ne soit déjà une entreprise très compliquée. L'histoire d'un renvoi, même temporaire, de l'école, colportée de bouche à oreille, aurait ruiné toutes les chances d'arranger un bon mariage.

Hana s'était donc rendue humblement chez le directeur, chez son adjoint, chez le professeur principal de la classe et même chez les professeurs de couture et de gymnastique pour demander le pardon de sa fille. Certains, parmi les enseignants et les administrateurs de l'école étaient défavorables à Fumio, disant qu'il fallait faire un exemple et que tenir compte du fait que Fumio était la fille de Matani Keisaku serait aller contre les principes mêmes de l'éducation qu'ils dispensaient. Cependant ils s'étaient laissé gagner par la sympathie qu'inspirait Hana, sans avoir conscience de céder à de flatteuses manœuvres. Hana n'avait pas un instant joué sur l'autorité que lui conférait son titre d'épouse de Keisaku. Elle s'était inclinée bien bas devant chaque professeur et l'avait supplié de pardonner, pour cette fois, à Fumio, promettant qu'à l'avenir elle surveillerait sa fille sans relâche pour l'empêcher de commettre une autre faute. À Wakayama, où les autorités officielles étaient particulièrement respectées, l'attitude de Hana lui avait valu l'admiration de tous et avait rallié à sa cause les plus mal disposés. L'affaire fut classée.

Ni Hana ni Keisaku ne réprimandèrent Fumio. Son père se contenta de dire :

— Dommage qu'elle ne soit pas un garçon !

Hana, l'entendant, se demanda s'il exprimait ainsi la déception que lui causait le caractère de son fils, qui venait juste d'être admis dans la première école secondaire de Tokyo. Seiichirô, jusque-là, avait été un brillant élève à l'école de Wakayama, mais il passait pour bizarre, taciturne et peu sociable. Il ne possédait pas l'éloquence de

Fumio. Il était peu probable qu'il réussisse dans la politique. Hana, cependant, avait remarqué que Seiichirô, une fois arrivé à une décision, s'y tenait sans se laisser influencer par l'opinion de qui que ce fût. Il semblait à Hana avoir une intelligence plus pénétrante que son père et elle ne partageait pas le regret de Keisaku qu'il ne fût pas plus semblable à sa sœur.

Hana était fermement convaincue que le fils aîné avait un droit absolu à la préséance. C'était une règle qu'elle imposait à tous ses enfants. Fumio, dans le cercle de famille, avait toujours respecté les prérogatives de Seiichirô, qu'elle aimait et dont elle admirait la personnalité et les succès scolaires. Kazumi, une deuxième fille, était née deux ans après Fumio. Elle avait été suivie d'Utae, une autre fille, deux ans plus tard. Tomazu, le deuxième fils, était de cinq ans plus jeune qu'Utae. Ils adoraient Fumio, qui prenait grand soin d'eux. Hana, sur ce plan, n'avait rien à lui reprocher.

C'étaient les rapports de Fumio avec sa mère qui posaient un problème : elle ne cessait de lui manifester de l'hostilité et de la critiquer. Au moment de l'incident Tamura, Fumio s'était violemment emportée contre l'intervention de Hana :

— Mère, pourquoi vous êtes-vous mêlée de mes affaires ? Je voulais lutter seule, sans tricher. Si on m'avait renvoyée, ou expulsée, j'aurais combattu l'injustice jusqu'au bout !

Si quelqu'un essayait de s'interposer entre elles, Fumio fondait en larmes : « Qu'a-t-il fait de mal, M. Tamura ? C'est plutôt à l'administration de l'école, qui l'a renvoyé, qu'on devrait s'en prendre ! »

Et elle terminait son exposé de l'affaire par une violente diatribe contre sa mère : « Ma mère a des idées complètement périmées. En prétendant me tenir en bride, elle se comporte en ennemie de toutes les femmes du Japon. Pour une représentante du même sexe, c'est impardonnable. Si elle n'était pas ma mère !... » Et ses sanglots redoublaient. Si on l'avait entendue, ses chances de contracter un bon mariage en auraient été encore diminuées !

En ce qui concernait l'éducation de sa fille, Hana ne pouvait intervenir qu'indirectement. Elle veillait avec acharnement à ce que Fumio prenne des leçons des arts traditionnels du Japon : la cérémonie du thé, l'art floral, le koto, qui étaient destinés depuis toujours à apprendre aux jeunes filles les vertus féminines de modestie et d'élégance. Fumio affichait le peu de cas qu'elle faisait de ces leçons mais Hana était inébranlable. Quand Fumio exprima le désir de se lancer dans des études supérieures, elle répondit :

— Oui. À condition que tu prennes tes leçons au sérieux, à l'avenir !

Hana tenait absolument à ce que l'éducation traditionnelle de Fumio soit terminée avant qu'elle ne quitte l'école de Wakayama. Les deux autres filles, en grandissant, se révélaient conformes à ses vœux : elles étaient obéissantes et modestes et ne demandaient qu'à apprendre les arts traditionnels. Particulièrement douée pour la musique, Utae avait de son propre chef décidé d'étudier le shamisen en plus du koto.

— Si ni Fumio ni Kazumi ne veulent votre koto,

mère, pourrais-je l'avoir? demanda-t-elle, à quatorze ans.

Elle avait une passion pour les instruments de musique.

Fumio, elle, ne se souciait guère de posséder des choses. Non seulement elle ne demandait jamais rien : ni objet, ni vêtement, ni instrument de musique, mais si on l'avait laissée faire elle se serait fort bien promenée avec un kimono dont les manches étaient décousues. La plupart des grandes élèves de l'école adoptaient des coiffures un peu gonflées qui étaient plus seyantes, mais Fumio gardait inlassablement depuis quatre ans la même raie au milieu séparant des cheveux tirés, rassemblés en un chignon sur la nuque. Après la classe, ou bien elle faisait de la course à pied, ou bien avec d'autres filles qui s'intéressaient à la littérature elle discutait des nouvelles conceptions du roman. À la fin de la journée, elle était complètement épuisée. Sa mère se lamentait de voir sa fille, qu'elle habillait de kimonos de belle qualité, revenir chez elle les vêtements en désordre, comme si elle avait dû livrer bataille pour sauver l'honneur de la famille.

À l'automne, il y eut un changement. Certes Fumio rentrait toujours débraillée, le col du kimono de travers, mais elle faisait preuve d'une énergie décuplée. Ses parents et ses professeurs semblaient prêts à l'envoyer poursuivre ses études à l'université féminine de Tokyo (fondée en 1918) ce qui était exactement ce qu'elle souhaitait.

Son père était tout à fait d'accord :

— C'est parfait. Seiichirô est à Tokyo. Comme cela, ils feront tous deux des études supérieures ensemble. Après tout, il faudra bientôt que j'aille moi-même régulièrement à Tokyo !

Mais Hana l'était moins car elle craignait que sa fille ait un comportement encore plus répréhensible quand elle ne serait plus là pour la surveiller.

— Si nous l'envoyions plutôt à Kyoto ? L'école supérieure de filles de Kyoto et l'école spéciale de Higashiyama ont toutes deux une excellente réputation. Et elles ont des sections d'enseignement ménager.

— Tu sais très bien que Fumio ne veut pas entendre parler d'enseignement ménager !

— Oui, je sais. Alors, si elle doit absolument aller à Tokyo, je préférerais l'envoyer à Meijiro. Là aussi, il y a une section d'enseignement ménager.

— Hana, tu ne crois pas que tu insistes trop avec ton enseignement ménager ? Rappelle-toi, les études que tu as faites t'ont donné une culture générale approfondie.

— Mais je suis très inquiète de voir que Fumio ne s'intéresse pas du tout aux choses de la maison.

Hana avait donné à sa fille aînée le type d'éducation qu'elle-même avait reçu et les résultats la laissaient déconcertée. Fumio avait appris à lire de difficiles textes sino-japonais, faisant en ce domaine de rapides progrès, qui témoignaient d'une intelligence du genre de celle que Toyono avait appréciée chez Hana. Mais Fumio semblait se désintéresser de l'aspect esthétique des choses. Quand Hana s'était fait aider par elle pour trans-

134

porter des objets tirés de la réserve, qui devaient servir à orner la pièce principale, Fumio n'avait même pas remarqué qu'il s'agissait d'antiquités de grande valeur et avait ébréché sans remords apparent des objets irremplaçables.

Fumio détestait par-dessus tout la couture, qui était une matière imposée à toutes les filles depuis l'âge le plus tendre.

À l'examen d'entrée à l'école de Wakayama, elle avait confondu la coupe de deux kimonos totalement différents. Une fois à l'école, elle faisait faire ses devoirs de couture par une domestique de la maison. Mais, comme elle ne voulait pas tromper son professeur, elle disait en remettant son ouvrage : « Je suis bien ennuyée. Ce kimono doublé est beaucoup trop bien fait. » Elle avouait ainsi la supercherie et on ne pouvait lui en vouloir.

— Elle ne parviendra jamais à passer les examens si vous la faites entrer dans la section d'enseignement ménager. En dehors même de l'influence qu'a eue sur elle M. Tamura, c'est l'université féminine de Tokyo qui lui convient le mieux.

Cinq jeunes filles de la classe de Fumio à Wakayama étaient candidates au collège féminin de Tokyo, à Meijiro. Si Fumio s'était jointe à ce groupe, sa mère n'aurait pas hésité à la laisser partir pour Tokyo. Mais Fumio voulait absolument aller à l'université de son choix. Sa mère avait tort de s'inquiéter, disait-elle. Les jeunes filles avaient été ses amies à l'école, elles le seraient encore à Tokyo. Seiichirô, consulté par Hana, répondit par retour du courrier : « Il faut respecter la volonté de la personne que cela concerne. »

Hana se résigna. En tant que membre du parti Seiyûkai, Keisaku était responsable de la circonscription de Tasaki Yusuke, à Kansai. Hana pouvait donc demander à Mme Tasaki de veiller sur Fumio à Tokyo. Elle finit par donner l'autorisation à sa fille d'aller à Tokyo, à condition qu'elle continue à étudier les arts traditionnels. Tout cela avait été décidé à l'automne.

Depuis, Fumio ne se tenait plus de joie. C'était une époque détendue où il n'y avait pas encore un terrible travail à fournir pour préparer un difficile concours d'admission. Elle pouvait donc se répandre en discours sur la vie qui l'attendait à Tokyo dès qu'elle en avait l'occasion.

Depuis que la décision avait été prise, les pas de Fumio sonnaient autrement sur le pont de Musota. À l'époque, les jeunes filles soucieuses de leur apparence portaient des souliers, mais Fumio avait toujours préféré les socques, qu'elle trouvait plus confortables. Elle en mettait tout le temps sauf pour les fêtes. Mais à présent qu'elle allait partir pour Tokyo, elle voulait s'habituer aux souliers et ne quittait plus les siens. Les rues de la ville étaient propres et bien entretenues, mais à partir du pont de Musota – à peu près une heure de chemin – la route de Wakayama était dans un état lamentable. Dans cette région tempérée il ne neigeait pas, mais il gelait pendant la nuit et, le matin, la glace fondait sous les pas des écoliers et des travailleurs se rendant en ville. En fin d'après-midi cette route de campagne était transformée en bourbier. Fumio, l'arpentant de son pas décidé, faisait rejaillir la boue qui éclaboussait le bas de son hakama. Grande et massive, balançant les bras comme un soldat à la parade, elle avait une silhouette reconnaissable de loin. Elle échangeait quelques mots avec les villageois qu'elle rencontrait, en toute simplicité. Entre eux ils parlaient de la Demoiselle de Matani :

— Elle est gentille mais elle doit donner beaucoup de soucis à sa mère. Elle est vraiment très agitée pour une fille !

— Petite, elle grimpait aux arbres, allait à la pêche, jouait à la guerre comme un garçon. Je me suis toujours demandé à quoi elle ressemblerait quand elle aurait atteint l'âge du mariage. Eh bien, elle n'a pas changé du tout…

— On m'a raconté que quelqu'un était venu de Yamato un jour avec une proposition de mariage. Quand on lui a dit que l'aînée des demoiselles Matani était en train de pêcher dans le canal, il a fait demi-tour, étonné d'apprendre qu'on l'avait dérangé pour une petite fille.

Sans qu'on puisse savoir si elle avait entendu les propos échangés derrière son dos, Fumio poursuivait son chemin de la même allure rapide. Bientôt elle franchissait la porte ouvrant sur la demeure des Matani dans son enclos entouré d'un épais mur de terre. Cette porte était encore plus imposante que celle du temple Daidô. Sa lourde charpente de bois d'un noir austère se détachait sur le blanc du mur fraîchement peint. Elle était grande ouverte. En la franchissant on découvrait, sur la droite, une grange et, sur la gauche, les dépendances où logeaient les domestiques hommes et devant lesquelles il semblait toujours y avoir un groupe de vieillards. Ceux qu'on appelait les « pensionnés à vie » étaient d'anciens métayers qui, faute d'argent pour subvenir aux besoins d'une famille, étaient restés célibataires. Seuls, relativement désœuvrés, ils travaillaient dans le potager des Matani, ou bien on louait leurs services là où se manifestait un brusque besoin de main-d'œuvre supplémentaire.

Le chemin menant à l'entrée de la maison passait entre le kaki, à droite, et un fossé, à gauche, au-delà duquel des arbustes cachaient la véranda de la pièce principale.

— Je suis en retard, dit Fumio, annonçant son arrivée.

L'intérieur de la maison était sombre. Fumio entendit, venue de la pièce au fond du corridor, la voix de sa mère :

— C'est toi, Fumio ?

Fumio monta dans sa chambre à l'étage, y déposa ses affaires et retira son hakama. Après avoir échangé ses bas contre des tabi elle redescendit. On attendait de chaque membre de la famille qu'il signale ses entrées et ses sorties. Fumio devait aller s'incliner devant Hana et, à genoux, les mains à plat sur le sol, l'informer qu'elle était de retour.

Dans le *daidokoro*, comme elle s'y attendait, elle trouva sa mère en train de passer du noir sur les dents de Yasu.

— Ah ! te voilà. Tu rentres tôt. Je te croyais chez Mlle Matsuyama pour ta leçon…

— Elle est enrhumée, elle a annulé la leçon.

En fait, elle était rentrée tout droit à la maison au lieu de se rendre à sa leçon de cérémonie du thé. Ce genre de mensonge ne lui paraissait nullement condamnable.

— Vraiment?

Hana ne paraissait pas très convaincue. Fumio commença à se sentir mal à l'aise car, en parlant, elle risquait de se trahir. L'autre solution – disparaître de la scène – était aussi gênante car sa mère ne la connaissait que trop bien. Elle resta donc clouée sur place sans trop savoir comment occuper ses mains.

Les domestiques s'affairaient autour du puits à préparer le repas du soir. On n'allait pas tarder à allumer le feu dans le fourneau de la cuisine. C'était toujours à des moments semblables que Yasu trouvait bon de dire :

— Hana-san, s'il vous plaît, je voudrais que vous me mettiez du noir sur les dents.

— Oui, mère, répondait Hana, toujours attentionnée pour sa belle-mère.

Elle abandonnait ce qu'elle était en train de faire, allumait le charbon de bois dans un petit fourneau portatif, transférait les braises incandescentes dans le brasero et les couvrait à moitié de cendres. Elle plaçait alors dans le feu un pot de terre cuite contenant le mélange de fer et de vinaigre. Quand il était prêt, elle l'appliquait sur les dents de Yasu avec un pinceau qu'elle tenait dans sa main droite tandis que, de la gauche, elle lui maintenait le menton en place.

Le daidokoro où elle se livrait à cette tâche n'était pas la cuisine. Dans la région, ce mot désignait la salle de séjour. Celle des Matani, au milieu de laquelle les deux femmes étaient assises, se faisant face, n'était pas très grande. L'atmosphère de cette scène domestique était d'une froideur qui

139

tenait peut-être au fait que Yasu, dont on devait célébrer le quatre-vingt-huitième anniversaire l'année suivante, était maintenant complètement aveugle. Yasu n'avait jamais été coquette dans sa jeunesse mais, en vieillissant, elle s'était efforcée de préserver une apparence propre et soignée. Hana, dans les débuts de son mariage, n'avait jamais vu sa belle-mère occupée à se noircir les dents. Une fois ou deux, elle avait remarqué que, par endroits, l'émail blanc apparaissait à travers le noir mais elle n'avait pas osé le lui signaler. Ce n'était que depuis qu'elle était aveugle que Yasu, surmontant la timidité que lui avait toujours inspirée cette bru si bien née, s'était mise à faire appel à sa gentillesse.

— Hana-san, s'il vous plaît, regardez s'il n'y a pas de tache sur mon kimono.

— Hana-san, mon bol à riz est ébréché. S'il vous plaît, pourriez-vous m'en procurer un en ville ?

— Hana-san, je voudrais marcher un peu dans le jardin. S'il vous plaît, pourriez-vous me donner la main ?

Quand elle laissait tomber ses baguettes, c'est Hana qu'elle appelait et, si une servante se précipitait pour l'aider, Yasu la renvoyait avec des mots durs. Ceux qui, autrefois, ne l'avaient connue que bonne et douce étaient stupéfaits de la voir ainsi transformée. Hana se prêtait toujours de bonne grâce à ses exigences. Sans doute estimait-elle qu'elle devait à cette vieille femme, qui avait perdu sa place de maîtresse de maison et n'avait plus aucun pouvoir, de prendre affectueusement soin d'elle.

Cependant, au fur et à mesure qu'augmentaient les responsabilités de Keisaku et qu'il étendait le champ de ses activités, l'assistance de sa femme lui devenait de plus en plus indispensable. S'il arrivait qu'un villageois d'Isao ou un citoyen de Wakayama fût détenu à la maison d'arrêt, ses parents venaient implorer le secours de Keisaku. C'était alors Hana qui allait, au nom de Keisaku, s'occuper de le faire remettre en liberté. L'éducation qu'elle avait reçue et sa personnalité – sa dignité et les ressources de son esprit – lui permettaient d'être bien plus qu'une simple et ordinaire femme au foyer. Elle avait cinq enfants : deux garçons et trois filles. Comme Keisaku était rarement à la maison, l'éducation des enfants était entièrement sous sa responsabilité. C'est elle aussi qui devait veiller à ce que les domestiques s'acquittent de leurs tâches. Elle était chargée également de jouer le rôle de médiateur dans les querelles entre fermiers et de venir en aide aux familles qui avaient des malheurs.

Certains dans l'entourage de Hana pensaient que Yasu aurait dû s'abstenir de la déranger alors qu'elle était si occupée. Fumio, elle, s'en prenait à sa mère :

— C'est entièrement la faute de ma mère, disait-elle. Elle ne sait dire que « oui ». Elle gâte beaucoup trop grand-mère qui abuse de ce qu'elle est aveugle. Ma mère est tellement persuadée que se mettre au service de sa belle-mère c'est être un modèle de vertu féminine qu'elle devient l'esclave de la maison.

Le spectacle de Hana passant du noir sur les dents de Yasu à côté du brasero dans la salle de séjour apparaissait à Fumio comme une caricature du rôle des femmes et de la vie de famille.

— Voulez-vous, s'il vous plaît, ouvrir encore une fois la bouche?

Yasu n'avait jamais été très belle, mais ses dents avaient toujours été sa fierté. Matin et soir, après les avoir brossées avec du sel, elle les avait passées au noir. Si bien qu'à quatre-vingt-sept ans elle avait encore huit incisives – quatre en haut, quatre en bas – en parfait état. Depuis dix ans qu'elle avait totalement perdu la vue, elle donnait même l'impression à son entourage de ne vivre que pour ses dents. Elle se les faisait enduire tous les deux jours par Hana.

Hana passait son pinceau-brosse, trempé dans la mixture, sur les incisives de sa belle-mère. Les dents prenaient peu à peu un éclat noir métallique. Hana n'appréciait que depuis peu la beauté insolite des dents noircies. Autour de cette bouche aux lèvres brunes des rides partaient dans toutes les directions et les yeux fermés étaient bordés d'un épais mucus. Le gris des cheveux et des sourcils avait un reflet jaunâtre. Le visage était l'image même de la décrépitude. Seules les dents noires et soignées semblaient manifester une extraordinaire intensité de vie. Hana ne prêtait pas attention aux critiques de Fumio. Au contraire, elle prenait plaisir à redonner de la vigueur à cette vie affaiblie en revêtant les dents de cette parure métallique.

Brusquement Hana s'aperçut que Fumio avait gagné l'entrée et qu'elle était en train de mettre ses socques.

— Fumio, où vas-tu à cette heure?

— Je vais chez les Hirata de Yagaito, répondit

142

Fumio, l'air coupable, parler de mon départ pour Tokyo.

— Encore ! N'en fais pas trop !

À la porte, Fumio tomba sur sa sœur Kazumi qui revenait de l'école, le col de son kimono soigneusement arrangé et un ruban pour fermer son haori, à la place du cordon traditionnel. Kazumi était beaucoup plus soignée de sa personne que Fumio.

— Tiens, sœur aînée, tu étais déjà là ! Où vas-tu ?

— Au Nouveau Lac, mais garde-le pour toi.

— Tu es incorrigible ! Dis bonjour pour moi à l'oncle et à Eisuke.

Les bras croisés dans ses manches de kimono comme un garçon, le dos un peu voûté, Fumio s'éloigna en direction du nord sur le chemin entre les rizières. Depuis des années Kôsaku n'apparaissait plus dans la maison principale que pour les cérémonies commémoratives bouddhistes. Fumio ne se souvenait pas de l'avoir vu y venir spontanément. Sa femme Umé non plus ne la fréquentait pas. Chaque fois que dans la conversation il était question de Kôsaku ou de son épouse, Hana, qui pourtant ne disait de mal de personne, fronçait les sourcils :

— Y a-t-il couple plus égoïste que ces deux-là ? disait-elle d'ordinaire.

Il ne s'était rien passé de spécial, mais Hana et Kôsaku semblaient s'être pris en aversion. Le seul lien entre les deux branches de la famille était créé par les visites clandestines de Fumio. Eisuke, le fils de Kôsaku, avait un an de moins que Fumio. Les deux cousins s'entendaient bien et Kôsaku, pour

143

sarcastique qu'il continuât d'être, s'était attaché à Fumio comme si elle était sa propre fille.

— Bonjour. Eisuke est-il là ? demanda Fumio en entrant dans la maison, d'une voix forte qui parvint à son oncle dans la pièce du fond où il se tenait.

— Soyez la bienvenue ! Eisuke est en train de faire ses devoirs. Entrez, je vous en prie, dit Umé d'une voix douce.

La tête couverte d'un mouchoir, Umé sortait de la cuisine pour venir à sa rencontre. Elle n'avait jamais été grande et, à partir de trente ans, elle avait tellement grossi qu'elle semblait avoir du mal à se mouvoir. Mais cela lui dormait un visage rond et détendu, qui ne trahissait rien du travail incessant qu'elle faisait dans la maison – ménage ou préparation du feu pour chauffer le bain – et aux champs. Tandis que sa tante, avec lenteur mais non sans dignité, découvrait ses cheveux en s'inclinant devant elle, Fumio remarqua qu'elle était coiffée très simplement, comme les domestiques de la maison principale. Umé ne ressemblait vraiment pas à Hana, au chignon élégant et toujours impeccable !

— Madame votre mère va bien ? J'en suis ravie. Dites-lui bien des choses pour moi. Je suis si négligente. J'aurais dû aller lui présenter…

Depuis dix-sept ans qu'elle vivait à Musota, Umé, pourtant élevée à la ville, avait totalement adopté l'accent local. Fumio, décidée à ne pas parler de sa mère, qui englobait maintenant Umé dans son hostilité, regardait autour d'elle, cherchant désespérément à changer de conversation.

— Oh ! tante Umé, une bicyclette ! s'écria-t-elle, courant jusqu'à la machine appuyée contre la cloison séparant l'entrée de la salle de bains. Vous l'avez achetée pour Eisuke ? Il en a de la chance !

Fumio, timidement, posa la main sur le guidon et se mit à bombarder sa tante de questions : quand l'avait-on achetée ? Eisuke savait-il déjà monter à bicyclette ? S'en servait-il pour aller à l'école ?

— Entre, Fumio, entre ! dit Kôsaku, apparaissant sur le seuil.

Eisuke était dans la grande pièce en train de se battre avec un problème de mathématiques. En voyant sa cousine, il fronça les sourcils, l'air accablé. Kôsaku avait deux enfants, un garçon et une fille : Eisuke et Missono réussissaient moins bien à l'école que leurs cousins. Seiichirô et Fumio avaient toujours été en tête de leur classe tandis qu'Eisuke se maintenait tout juste dans la moyenne, à la grande déception de Kôsaku qui entendait bien faire entrer son fils à l'école secondaire. Mais Eisuke semblait insensible à l'ambition de son père. Pour l'instant il essayait de lire sur son visage si la visite de Fumio ne pourrait pas le dispenser de continuer son travail.

— Eisuke, tu sais monter à bicyclette ? Demanda innocemment Fumio.

— Non, pas encore. J'apprends, ce n'est pas facile !

— Laisse-moi essayer.

Kôsaku, qui les écoutait, intervint :

— Eisuke, as-tu trouvé la solution ?

— Non, pas encore.

Eisuke se grattait la tête mais il n'avait pas l'air très affligé pour autant.

— Dépêche-toi de la trouver, dit Kôsaku. Sinon, tu seras privé de dîner.

— C'est tes devoirs? demanda Fumio, se penchant sur le cahier. Laisse-moi regarder, je me demande si j'y arriverais.

Elle s'assit à côté d'Eisuke, prenant une feuille de papier et un crayon. Elle dessina un triangle et, au bout de quelques instants de réflexion, écrivit quelques équations.

— Oh! c'est exactement ce que le professeur nous a expliqué, dit Eisuke.

Le visage de Kôsaku se détendit et il rendit sa liberté à son fils. Lui qui en savait au moins autant que les professeurs de l'école secondaire en littérature et en histoire n'avait, en sciences, que des connaissances aussi limitées que celles de Fumio.

Tandis qu'Eisuke quittait la pièce, ses cahiers sous le bras, Fumio et son oncle s'assirent l'un en face de l'autre, le regard tourné vers le jardin et les arbres sur lesquels descendait le crépuscule. Umé, sans déranger le calme serein qui régnait entre eux, vint poser sur la table du thé et des gâteaux.

— Fumio-san, voulez-vous partager notre repas? demanda-t-elle.

— Si nous avions à t'offrir des choses meilleures que ce qu'on sert dans la maison principale, je te conseillerais de rester, mais…

— J'accepte volontiers, dit Fumio, je trouve votre cuisine tellement bonne!

— C'est bientôt, ton départ pour Tokyo? questionna Kôsaku, aspirant avec bruit une gorgée de thé vert très infusé.

— Oui, heureusement! Le soir, après la classe, je ne peux plus supporter de rester à la maison.

Tout y est tellement traditionnel et périmé ! Je suis folle de joie à l'idée de partir bientôt.

— Mais je te préviens, Fumio, les études à Tokyo seront plus difficiles que tu ne le crois. Si tu les prends à la légère, tu cours à des ennuis sérieux. Suis l'exemple de ta mère qui sait toujours ce qu'elle fait et tâche d'avoir autant de courage qu'elle.

— Mais en quoi ma mère est-elle si courageuse ? Elle ne s'impose jamais, elle est toujours à la disposition de mon père. Quand je l'ai quittée, elle était dans la maison, en train d'enduire de noir les dents de grand-mère. L'idée qu'elle accepte des choses pareilles sans protester me donne des frissons dans le dos. À l'entendre, l'éducation qu'il me faut, c'est uniquement le thé, les fleurs et le koto ! Elle ne semble pas comprendre que nous vivons dans une nouvelle époque.

— Tu m'amuses ! Moi aussi, je suis exaspéré par ta mère mais pour des raisons absolument différentes. Je ne lui reproche pas de se dévouer pour sa belle-mère ou de se montrer parfaitement soumise à son mari, car ce n'est là qu'un rôle qu'elle joue alors qu'en fait elle se conduit de façon si intelligente !

Fumio dévisagea son oncle avec étonnement. Kôsaku, dégustant sa soupe de daurade pilée relevée de soja fermenté, semblait se régaler en même temps des propos malveillants qu'il tenait sur sa belle-sœur. Kôsaku faisait vieux pour ses quarante-six ans, marqué sans doute par son penchant pour le sarcasme et son aigreur. Ses cheveux avaient blanchi de bonne heure et les sourcils extraordinairement longs et touffus qui ombrageaient ses yeux perçants semblaient accentuer les rides profondes qui les séparaient. Il paraissait au moins dix ans de plus que son frère.

— Il y a une question que je voulais vous poser depuis longtemps, oncle, dit Fumio. Pourquoi maman et vous êtes-vous en si mauvais termes? Ça m'a toujours intriguée.

Avec l'aide de sa fille, Umé se mit à débarrasser la table. Mais, tout en faisant la vaisselle, visiblement préoccupée, elle ne cessa pas son va-et-vient entre la cuisine et la salle de séjour.

— Allons dans mon bureau, dit Kôsaku. Préparenous du thé bien chaud, Umé.

Les liens unissant Kôsaku et Fumio étaient si étroits que, lorsqu'ils parlaient, ni Eisuke ni Missono n'osaient intervenir dans la conversation. Ils profitèrent de l'occasion pour s'esquiver et se mirent à jouer comme de petits enfants, tout en étendant leur couche dans leur chambre. Umé qui, bien qu'épouse et mère, n'occupait pas une place très importante dans la hiérarchie familiale, travaillait en silence tandis que Kôsaku, toujours difficile à satisfaire, ne cessait de la harceler de réprimandes. Dans cette maison qui s'était agrandie avec la croissance de la famille, il n'y avait pas de domestiques. Tout le monde devait faire sa part des travaux du ménage, sauf Kôsaku, qui se laissait servir comme un roi par sa femme et ses enfants.

— Veux-tu du gâteau aux haricots rouges?

Kôsaku sortit la pâte de haricots rouges sucrés de la petite commode placée près du brasero et la coupa en cinq parts égales.

— Sais-tu ce que c'est que la vitalité ? demanda-t-il. Pour être fort il faut en avoir. Quand on en est dépourvu, on est faible. Ta mère appartient à la race des forts. On peut la comparer au Ki. Ses eaux bleues, au courant majestueux, donnent l'impression d'être paisibles et tendres mais elles n'en engloutissent pas moins les rivières plus faibles qui coulent dans la même direction. Elles ont aussi une puissance et une obstination qui les poussent à se joindre à un fleuve qui paraît plein de promesses. Autrefois, le Ki avait son embouchure plus au nord, vers Kinomoto. Mais, au sud, il y avait un cours d'eau plus puissant et le Ki a changé de direction pour le rejoindre et mêler ses eaux aux siennes.

Consciente de toutes les implications de ce que disait Kôsaku, Fumio se garda de les interpréter platement. Sans même hocher la tête en signe d'acquiescement, elle continua de regarder fixement son oncle.

— La Dame de Musota a essayé de détourner mon cours pour m'assujettir, moi aussi. Pour arriver à ses fins, elle a même cherché à dominer Umé. J'imagine qu'elle nous a considérés comme des cours d'eau dépourvus de vitalité. Mais, tu vois, à côté du Ki, il y a d'étroites rivières, comme la Narutakigawa, qui, malgré leur apparente faiblesse, ne se laisseront pas absorber. C'est notre cas. Est-ce que ce que je viens de te dire répond à ta question ?

— Eh bien, oncle, moi aussi je suis comme la Narutakigawa. Maman m'a élevée pendant dix-huit ans mais elle n'a pas réussi à me façonner à son gré.

— C'est pour cela que nous nous entendons si

bien. À qui crois-tu que je fasse allusion quand je parle d'un courant plein de promesses?

— J'imagine que vous pensez à mon père. Maman dit qu'il sera un jour ministre. C'est pourquoi nous devons prendre tellement soin de lui, paraît-il.

— Ministre? M. le président du conseil préfectoral de Wakayama est bien ambitieux!

Le ricanement de Kôsaku mit Fumio mal à l'aise. L'hostilité qu'elle éprouvait pour sa mère était une chose, mais de là à se joindre à Kôsaku pour tourner son père en ridicule!... Pourtant elle avait récemment eu vent d'une rumeur concernant son père qui la troublait:

— J'ai entendu dire des choses bizarres à son sujet. Il entretiendrait une maîtresse en ville.

Son père était absent de chez lui la moitié du temps. Fumio l'avait remarqué depuis deux ans mais c'est seulement depuis peu que l'existence d'une maîtresse, une geisha dont trois mois auparavant il avait racheté la liberté à la maison de thé où il l'avait trouvée, lui était venue aux oreilles.

— Vraiment?

Kôsaku se croisa les bras, s'efforçant de rester impassible. Mais ses sourcils froncés trahissaient sa colère. Pour lui qui avait rompu tout contact avec le monde extérieur, en dehors des livres et des journaux qu'il recevait, l'information rapportée par sa nièce était vraiment une nouvelle.

— Quand je vois que ma mère, qui s'est dévouée pour son mari et sa maison, est trahie de cette façon, j'en viens à penser que, plutôt que mon père, c'est elle qui est responsable. C'est sa faute à elle s'il ramène tout à lui.

— Fumio, pour une femme tu es extraordinairement logique !

Kôsaku, s'apercevant que le thé avait refroidi dans les tasses, les vida dans le pot *kensui*[1] et remplit la théière avec l'eau de la bouilloire en fonte. Comme il leur versait le thé fumant, Fumio ne put s'empêcher de remarquer la grâce presque féminine des mains de son oncle. Elle rougit en pensant à ses propres mains, à ses longs ongles sales et mal coupés. Kôsaku but une gorgée de thé et demanda :

— Ta mère est-elle au courant de cette histoire ?

— Je ne sais pas. Mais, comme on ne l'imagine pas assez bête pour l'ignorer, je doute que quelqu'un ait jugé utile de lui en parler.

— C'est vraisemblable.

— Même si elle s'en est aperçue, elle ne lui a certainement pas fait de reproches. Un futur ministre !

Kôsaku se permit un sourire sarcastique.

— La société qui défend les droits de la femme existe depuis plus de dix ans, reprit Fumio. Les femmes, maintenant, ont conscience de leur position inférieure mais ma mère, elle, reste intolérablement vieux jeu. C'est pourquoi j'ai tellement hâte de partir pour Tokyo. Je n'ai pas une envie terrible de militer dans le féminisme mais jamais je n'aurai, comme ma mère, le culte des traditions.

1. Pot destiné à recevoir l'eau qui a servi à rincer les tasses au cours de la cérémonie du thé.

Kôsaku se contentait d'écouter sa jeune nièce. Le portrait que Fumio faisait de sa mère ne coïncidait pas avec l'image qu'il en avait – image qui l'emplissait d'un profond regret. Le seul point commun entre les deux était l'antipathie que leur inspirait ce modèle de «femme idéale» que le monde extérieur voyait en Hana, l'irréprochable et élégante épouse de Matani Keisaku.

Pour ne pas se laisser influencer par Hana, Kôsaku avait rompu tous les liens avec la maison Matani dès le lendemain de son mariage. Fumio s'apprêtait à son tour à la quitter pour pouvoir respirer librement. Ils savaient tous les deux, au fond d'eux-mêmes, que dans le voisinage de Hana ils auraient été incapables de ne pas se conformer à ses désirs. Fumio qui exprimait sa révolte chez son oncle se transformait chez elle en fille obéissante. La personnalité de Hana suffisait à imposer le respect.

«À partir d'aujourd'hui, c'est ta mère qui te donnera des leçons de koto», avait-elle dit un jour et Fumio n'avait pu que s'incliner. Pendant sa première année à l'école secondaire de jeunes filles Fumio avait pris des leçons chez un professeur en ville mais, petit à petit, elle avait totalement cessé d'y aller. La troisième année on lui avait trouvé un professeur qui venait à la maison. Fumio, alors, s'était arrangée pour arriver en retard ou ne pas venir du tout. Quand finalement elle s'asseyait devant le professeur, comme elle ne faisait aucun effort pour apprendre, elle en était réduite à répéter éternellement les mêmes leçons élémentaires. Quoique bien payés et bien traités par Hana, les professeurs, ulcérés, avaient déclaré forfait les uns après les autres. Mais Hana ne cédait pas. Elle voulait absolument que Fumio joue du koto. Ses deux sœurs cadettes s'étaient intéressées à la musique dès leurs premières leçons, mais Hana ne pouvait se pardonner de ne pas avoir réussi à amener sa fille aînée à se conformer à son idéal.

Un dimanche matin, Hana fit venir Fumio dans la grande pièce attenante à la salle où se trouvait l'autel bouddhiste. Naturellement Fumio était tendue, mais sa mère parut ne pas le remarquer. Comme si elle s'adressait à une débutante, elle ne lui fit grâce d'aucune des règles de base : la façon de s'asseoir devant l'instrument, de mettre les onglets et de saluer le professeur. Puis elle lui demanda de reproduire à l'oreille, mesure par mesure, une vieille chanson que probablement même les professeurs de koto de la ville ne connaissaient plus :

> *Le temple d'or de Kyoto*
> *L'avez-vous vu,*
> *Avec ses portes en lespédèze*
> *Et son pilier de nandine ?*

Fumio avait beau le jouer et le rejouer encore, elle n'arrivait pas à l'exécuter de manière satisfaisante. Il paraissait inconcevable à Hana que quelqu'un qui étudiait le koto depuis tant d'années puisse éprouver de la difficulté à venir à bout d'un morceau aussi simple. Avec une patience qui surpassait celle de tous les maîtres précédents de Fumio, Hana observait le manque d'intérêt total de son élève pour ce qu'elle jouait. Kazumi et Utae avaient appris l'air par cœur et le chantonnaient. Utae s'amusait même à l'accompagner sur son shamisen, alors que Fumio ne parvenait toujours pas à le jouer assez bien pour que Hana la fasse passer à autre chose.

Finalement Fumio réussit à reconstituer l'air. Mais toute personne ayant tant soit peu l'oreille musicale se serait rendu compte de sa totale incompréhension de la gaieté des paroles et de la simple élégance de la musique. Hana était résolue à attendre que Fumio prenne conscience que ses doigts, avec leurs onglets d'ivoire, avaient beau voltiger sur les cordes, ils ne tiraient du koto qui avait une vie bien à lui que des sons sans émotion. Le koto ne pouvait parler pour ceux qui ne l'écoutaient pas attentivement et ne prenaient pas plaisir à la mélodie. Faute de sentiments chaleureux à l'égard d'un objet, on ne parvenait pas à comprendre sa vraie nature. Si ce que l'on disait ne venait pas du cœur, on ne pouvait espérer une réponse sans fard. Hana s'efforçait de faire percevoir ces vérités à sa fille par le moyen du koto. Si Fumio avait voulu se donner la peine de considérer les concepts contre lesquels elle s'élevait au lieu de se révolter aveuglément contre eux, elle aurait obtenu une réponse vibrante et vivante. Hana voulait le faire sentir à sa fille qui refusait les traditions sans chercher à découvrir pourquoi elles avaient résisté à l'usure du temps.

Malheureusement Fumio ne voyait dans la femme d'une digne simplicité assise en face d'elle qu'une mère autoritaire et insupportablement stricte. Elle se demandait si la seule solution ne serait pas de couper les cordes du koto d'un geste sec de l'onglet ou de piétiner l'instrument en poussant des hurlements. Mais elle savait que c'était là un rêve qu'elle était incapable de transformer en réalité. Sa réponse à elle était de se soustraire à la pression avant qu'elle ne devienne intolérable. Elle était convaincue que les arts d'agrément étaient par nature stupides et que, donc, quelque ennui que puissent lui procurer les leçons, elles ne méritaient pas qu'elle aille jusqu'à exprimer son écœurement. Réprimant ses bâillements tandis que sa mère attendait d'elle une réaction spontanée, Fumio guettait un bruit imperceptible de pas dans la pièce voisine, tendant l'oreille à des conversations lointaines et, si elle n'entendait rien, examinait les objets décorant la grande pièce. En fait, elle refusait de se concentrer sur la musique.

Hana, qui avait beaucoup de goût, prenait plaisir à changer la décoration des pièces, à remplacer les tableaux, rouleaux, vases et ornements divers par d'autres, sortis de la réserve de la famille. Il était évident que le beau-père de Hana et le père de celui-ci avaient eu un profond intérêt pour les antiquités car il y avait dans la réserve beaucoup plus d'objets de valeur qu'elle ne l'avait espéré. Les Matani ne les en avaient pas sortis depuis longtemps, mais Hana n'hésitait pas à les mettre en valeur dans la grande pièce, ainsi que le miroir décoré et les boîtes de fard ornées qu'elle avait apportées le jour de son mariage. Quand la leçon l'ennuyait trop, Fumio examinait toutes ces œuvres d'art, transmises de génération en génération depuis un temps immémorial. Toutes ces choses utilisées pour la cérémonie du thé ou l'art floral, depuis si longtemps dans la famille, avaient à ses yeux une patine qui les apparentait à la grosse poutre noircie au faîte de la maison, menaçante, au-dessus d'elle.

Fumio s'apprêtait un jour pour la leçon de koto, sans empressement bien entendu, mais sans réticence particulière car c'était devenu pour elle maintenant une habitude.

— Prends ton koto et suis-moi, dit Hana qui se dirigeait déjà vers l'arrière de la maison, emportant elle-même son koto ancien.

Fumio, se demandant si sa mère avait l'intention de lui donner sa leçon ailleurs, obéit. Hana ne pénétra pas dans la grande pièce habituelle, mais continua son chemin jusqu'à la réserve. Comme si on s'était attendu à leur venue, la porte était grande ouverte. Après avoir jeté un coup d'œil en direction de Fumio, Hana changea son koto de bras puis entra sans mot dire.

La pièce avait été nettoyée par les servantes. Une petite fenêtre ouverte au second étage laissait passer un rayon de soleil qui descendait obliquement vers le sol, y faisant une tache de lumière. Le local avait été conçu de telle sorte que la température et la ventilation s'y maintiennent constantes, si bien que l'air était stagnant et humide, même en cette saison sèche du début de l'hiver. La mère et la fille s'assirent face à face, leurs kotos entre elles, sur une natte hors de portée du soleil, insensibles apparemment au froid qui montait du sol.

— Ici aucun bruit ne nous parviendra pour te

distraire du koto. Concentre-toi, ne pense qu'à ton instrument, dit Hana d'un ton solennel.

Ayant enfin permis à Fumio de passer à un autre morceau, elle le lui joua d'abord de bout en bout : les paroles et la musique étaient anciennes, et le rythme lent. Fumio l'entendait pour la première fois.

Hana reprit une fois encore avec mélancolie et recueillement cette mélodie qui lui rappelait sa jeunesse. Prise par la musique, elle semblait oublier la présence de Fumio. Son koto était un long instrument ancien, tout différent de celui de Fumio à la forme beaucoup moins élégante et au bois nu. Sur les panneaux de celui de Hana un dessin en laque dorée représentait des pluviers survolant des vagues déferlantes. C'était un des objets commandés par Toyono à Kyoto et l'on avait apporté un soin tout particulier à sa fabrication. Le son grave des cordes enveloppait de nostalgie la voix pénétrante de Hana.

Fumio, face à l'image de perfection qu'offrait sa mère, se sentait gagnée par l'irritation. Elle ne pouvait rivaliser avec elle. Hana, à quarante-quatre ans, portait encore le même haut chignon que sa fille lui avait toujours connu et elle était toujours aussi belle. Elle ne cherchait pas à se rajeunir. Au contraire, elle prenait grand soin de choisir des vêtements convenant à son âge. Son kimono à petits dessins ton sur ton était d'un gris bleu sombre et son obi terne, et à petits dessins aussi. Son visage comme son costume portaient témoignage de sa maturité mais, en même temps, tout en elle exprimait une sérénité qui avait été celle de sa jeunesse comme, en toute probabilité, elle serait, inchangée, celle des années à venir.

Fumio soupira. Ses yeux habitués maintenant à l'obscurité commencèrent à explorer la pièce. Elle remarqua deux grands coffres rectangulaires, l'un peint en noir, l'autre en rouge, et des boîtes de paulownia de différentes tailles, soigneusement entassées. Elle nota aussi, fixées aux boîtes, de longues et étroites bandes de papier où était noté leur contenu. Elle entreprit de déchiffrer les inscriptions, de la main de Hana : « assiette ancienne avec dessin rouge », « lion chinois en porcelaine bleue », « objet décoratif avec dragon et nuages ».

Hana, arrivant à la dernière mesure du morceau qu'elle jouait pour la seconde fois, s'aperçut que Fumio était occupée de tout autre chose.

— Tu ne m'écoutes pas ! dit-elle d'une voix stridente.

Au même instant Fumio sentit comme une soudaine brûlure à la main droite. Les onglets d'ivoire que portait Hana avaient entaillé le dos de la main de Fumio qui reposait négligemment sur les cordes du koto. Le sang coulait de trois plaies parallèles. Mère et fille, pétrifiées, regardèrent ce sang qui, même dans la pénombre de la pièce, se détachait en rouge vif.

Si loin qu'elle remontât dans ses souvenirs, Fumio ne se rappelait pas avoir vu sa mère extérioriser ainsi ses émotions. Jamais elle n'avait porté la main sur sa fille. À la surprise de Fumio s'ajoutait une sensation mystérieuse qu'elle était incapable sur le moment d'élucider. Ayant eu la révélation de ce que sa mère cachait au fond d'elle-même, elle éprouvait un sentiment de triomphe et souhaitait que Hana ait honte de ce qu'elle avait fait. Fumio, à dix-huit ans, était trop jeune pour comprendre que l'irritabilité de sa mère avait été exacerbée par le fait que son mari la négligeait. Les plaies sur le dos de sa main mirent du temps à se fermer, et il resta trois cicatrices minces très nettes. Chaque fois que Fumio les regardait, elle pensait à son départ imminent pour Tokyo.

Malgré cet incident, elle ne pouvait pas cependant échapper à l'autorité que dégageait la seule présence de Hana. À partir de là, elle assista religieusement à ses autres leçons d'arts d'agrément, se consolant de la corvée qu'elle s'imposait en se disant qu'il n'y en avait plus pour longtemps.

Il n'y eut pas d'autre leçon de koto. Hana était horrifiée à l'idée qu'elle avait répandu le sang de sa propre fille. Reprendre les leçons eût été un peu comme rouvrir la blessure. Malgré cela, Hana, moins d'un mois plus tard, perdit de nouveau son sang-froid, encore à cause de Fumio – et cette fois en présence de ses deux autres filles et des servantes.

On approchait de la fin du dernier trimestre et Fumio passait son temps à rêver de son départ imminent pour Tokyo. En dépit des problèmes qu'elle avait posés à tous, on était désolé de la voir partir. Elle continuait à tenir des propos subversifs qui scandalisaient les habitants, toujours conservateurs, du pays de Ki, mais, plus tolérants à son égard maintenant, ils s'en amusaient. Fumio n'avait aucun regret de quitter le pays de sa naissance et elle répétait à qui voulait l'entendre que

Tokyo était l'endroit le plus approprié pour y vivre sa vie.

Ses cours à l'école secondaire se terminaient à quatre heures mais elle n'était jamais de retour avant la tombée de la nuit. Ce jour-là, cependant, il était vraiment trop tard pour qu'on pût penser que c'étaient ses leçons qui la retenaient. Hana s'inquiétait de l'absence de Fumio à la table du dîner. En fait, elle était la seule à ignorer où était Fumio. Ses deux sœurs, son jeune frère Tomokazu, et même certains domestiques étaient au courant mais personne ne tenait à annoncer à Hana quelque chose qui lui serait certainement désagréable.

Fumio, au lieu de rentrer directement de l'école, allait au Nouveau Lac. Empruntant la bicyclette d'Eisuke, elle s'exerçait à y monter dans la cour de l'école primaire de Musota. C'était devenu récemment un des sujets de conversation au village, mais tout le monde connaissant les mauvais rapports entre Hana et Kôsaku, on cherchait à épargner des ennuis à Fumio pour qui on avait de la sympathie. On redoutait le jour où Hana découvrirait la vérité.

Ce samedi après-midi, ce fut Fumio en personne qui, sans se soucier de la peur des autres, révéla le secret à sa mère. Le visage rougi par le vent froid de l'hiver, elle descendit de bicyclette à l'entrée du jardin. Elle mena l'engin à l'intérieur des murs puis, l'ayant appuyé contre le kaki pour monter dessus, elle entreprit de faire une démonstration de ses talents :

— Tomokazu, Tomokazu, viens voir comme j'ai fait des progrès, cria-t-elle.

Kazumi, Utae et leur jeune frère sortirent en

courant de la maison tandis que des servantes regardaient du seuil. Toute fière de l'intérêt qu'elle soulevait, Fumio fit plusieurs fois le tour du jardin puis, avec un sourire, elle se retourna, ravie d'avoir prouvé sa maîtrise. La cour des Matani, en cette saison, était couverte de nombreuses nattes de paille pour que les fermiers puissent y apporter leur récolte de riz. Elle n'était pas aussi vaste que la cour de l'école, mais suffisante pour satisfaire Fumio.

Sagement, depuis quelque temps, Fumio en était revenue au hakama de couleur marron. Mais la bicyclette d'Eisuke était une bicyclette d'homme avec un cadre – aussi, quand elle pédalait, son hakama se relevait-il de manière très peu décente pour une dame. De plus, ce jour-là, elle portait des tabi et des socques de bois au lieu de bas et de souliers. La blancheur de ses solides mollets, exposés à la vue de tous, avait de quoi faire évanouir ses deux sœurs cadettes à qui l'on avait appris que les femmes de bonne famille devaient soigneusement cacher tout ce qu'elles pouvaient de leur peau. Comment ne pas être affolées par une telle conduite de la part de leur sœur aînée ?

Fumio allait freiner pour s'arrêter quand elle eut l'impression que quelque chose se ruait sur elle par-derrière, ce qui la fit tomber.

— Fumio !

C'est Hana qui était là, en tabi, sans chaussures. Dans sa hâte elle n'avait pas pensé à chercher ses socques. Son visage était pâle et un tic nerveux plissait le coin de son œil droit.

— D'où vient cette bicyclette ?

— Eisuke me l'a prêtée.

Fumio n'avait pas eu le temps d'inventer un mensonge plausible. Pour cacher son embarras, elle se mit à secouer son hakama pour en faire tomber la poussière.

— Fumio !

La voix de Hana était stridente. Elle saisit rudement sa fille et l'entraîna de force dans la maison :

— Tu t'es exercée pendant tout ce temps à mon insu, c'est bien ça ?

— Mère, je…

— Tu t'es exhibée dans tout le village sur cet engin scandaleux !

— Mère, je…

— Combien de temps vas-tu encore te moquer de moi ? Jusqu'où as-tu l'intention d'aller ?

— Je suis navrée, mère, je…

Mais Hana ne la laissa pas parler. Se répandant en vociférations à peu près incompréhensibles, elle la tira par le bras jusqu'à la porte de la réserve. Quand Fumio comprit que sa mère voulait l'enfermer dans la grande salle obscure pour la punir, elle se mit à gémir comme une enfant.

— Je suis navrée, mère. Je vous demande pardon. Je n'aurais pas dû…

Hana ouvrit la porte d'une main et, de l'autre, poussa sa fille à l'intérieur avec une force surprenante pour une femme qui ne fournissait jamais aucun effort physique.

— Je ne recommencerai pas, je vous le promets.

Sans écouter les supplications de sa fille, Hana fit glisser la lourde porte et la cadenassa bruyamment. La voix de Fumio la poursuivit tandis que, pieds nus sur les dalles froides, elle se précipitait vers le devant de la maison. Son cœur battait à coups redoublés sous l'effet de la colère. Malgré cela, elle avait hâte de faire disparaître les tabi qu'elle avait abandonnés précipitamment à l'entrée quand elle était revenue du jardin. Les servantes, sous le choc que leur avait causé la scène, n'avaient pas pensé à les enlever de là.

Hana ramassa les tabi sales et entra dans le débarras pour en passer des propres. Elle avait l'habitude de changer de tabi matin et soir et aussi quand elle avait des visiteurs. C'était un geste qu'elle accomplissait machinalement et rapidement. Une fois qu'elle les eut attachés, elle se releva, essayant de retrouver son calme.

— Mère ! entendit-elle alors.

C'étaient Kazumi et Utae, assises sur leurs talons dans l'embrasure de la porte, qui, les joues ruisselantes de larmes, demandaient : « Mère, pardonnez à Fumio. »

Fumio, pendant ce temps, était revenue de sa terreur première et s'était rendu compte qu'il n'y avait vraiment pas de raison de pleurer. Être enfermée dans une réserve ou un placard est peut-être un châtiment pour une petite fille mais certainement pas pour une jeune fille de dix-huit ans et en particulier pas pour elle. Elle se mit à rire en pensant à la colère démesurée de sa mère simplement parce qu'elle avait découvert qu'elle, Fumio, montait à bicyclette. En réalité, ce qui lui avait fait perdre son sang-froid était surtout que la bicyclette appartienne à Kôsaku, qu'elle détestait. Le fleuve Ki était en fureur contre la petite Narutaki qui prétendait suivre son propre cours. Fumio, pensant aux gémissements qu'elle avait poussés dans le premier moment de surprise, ne put s'empêcher de sourire d'elle-même.

Malgré les prières des deux cadettes, Hana refusa de se laisser attendrir. Fumio, qui avait quitté son haori pour être plus à l'aise sur sa bicyclette, ne tarda pas à sentir le froid de la réserve la glacer jusqu'aux os. Se rappelant alors la mémorable leçon de koto, elle pensa qu'elle pourrait peut-être se réchauffer en jouant de la musique. Dans la pénombre elle s'approcha des instruments, qui étaient restés là sous leur housse de toile cirée. Mais deux cordes de son koto étaient cassées et celui de Hana l'intimidait trop. Alors elle songea à se chercher une couverture molletonnée sur laquelle elle pût s'étendre pour avoir plus chaud.

Mais, quand elle souleva le couvercle du grand coffre de laque rouge, ce ne fut pas de la literie qu'elle trouva : Il y avait là un grand coussin de crêpe rouge, puis un sac en papier beaucoup plus grand que ceux qui servaient d'ordinaire pour les kimonos, et qui contenait une robe de dessus, doublée de rouge. C'était l'*uchikake* que Hana avait jadis portée à son banquet de mariage : le satin, d'un jaune-vert, en était brodé d'aiguilles et de pommes de pin en fil d'argent. Fumio décida de se servir du coussin et de la robe pour se tenir chaud.

En furetant à la recherche de quelque chose pour se distraire, elle trouva une pile de vieilles revues attachées ensemble sur une planche sous l'escalier. Elle s'en empara, en fit tomber la poussière et les emporta dans un endroit relativement moins obscur. Le paquet contenait une trentaine d'exemplaires du *Monde des femmes étudiantes*. Comme elle aimait beaucoup la lecture, elle s'installa dans un coin, plus froid peut-être, mais mieux éclairé. Elle monta donc par l'escalier qui ressemblait à une échelle jusqu'à l'unique fenêtre et s'assit sur le coussin, les épaules enveloppées dans la robe, pour lire les vieilles revues. Un des numéros contenait la déclaration de la société Seitôsha des droits de la femme en 1911. Il y avait aussi de nombreux textes de Hiratsuka Raichô et d'Otake Kôkichi, plaidant avec enthousiasme pour l'extension des droits de la femme. Fumio avait du mal à croire que sa mère ait pu lire ces articles. Rien dans ce qu'elle avait enseigné elle-même à Fumio – lecture de textes chinois, grammaire élémentaire de l'anglais et arts d'agrément – ne laissait deviner que Hana ait été exposée au souffle annonciateur de la nouvelle époque qui se préparait. De page en page Fumio constatait que la philosophie de base des vieilles revues n'avait pas varié et qu'elle rejoignait celle que Fumio trouvait dans les journaux de son temps. C'est alors qu'elle découvrit dans un volume de 1912 le nom de Kimoto Hanako parmi une liste d'auteurs d'essais ayant gagné un prix.

L'essai était intitulé « La vie de famille ». Il avait obtenu le premier prix. Il était accompagné de quelques mots de l'auteur remerciant de l'honneur qui lui était fait : « L'honneur inattendu qui vient de m'être accordé et dont je reçois à l'instant la nouvelle m'emplit de bonheur. Le cœur palpitant de joie, je prends mon pinceau pour dire que je crois vivre un rêve. » Le texte lui-même, dans une prose fleurie, relatait la vie d'une femme qui, ayant la conviction de porter en elle l'esprit de la famille traditionnelle, estimait de son devoir de consacrer son existence à devenir l'esclave, en même temps que l'élément indispensable, de la famille dans laquelle elle entrait par le mariage. L'essai ne semblait guère en harmonie avec l'esprit de la revue qui se donnait pour mission d'éclairer la conscience des femmes soumises, à l'ancienne mode, et d'en faire des jeunes femmes modernes. Mais la rédaction de la revue louait la grande sensibilité de l'auteur et sa talentueuse richesse d'expression. Le prix décerné était de cinq yens, somme importante pour l'époque.

Fumio termina ses études à l'école secondaire de Wakayama en 1921. À la suite de quoi, accompagnée de son père, elle se rendit dans la capitale pour y passer le concours d'entrée à l'université féminine provisoirement établie à Kakuhazu, à Tokyo. Les candidates, qui étaient à peine une quarantaine, étaient en général vêtues de kimonos tout simples de coton tissé à la main, où dominaient le bleu et le blanc. Fumio, qui portait un haori de brocart par-dessus un kimono de soie sur mesure, se sentit très gênée. En outre, une grande partie des candidates paraissaient ses aînées de plusieurs années, bien qu'elles fussent plus petites qu'elle qui était grande pour une Japonaise. À côté des autres, elle avait l'impression de n'être, à tous égards, qu'une campagnarde. Elle remarqua qu'une bonne moitié des jeunes filles portait non pas des souliers mais des socques ou des sandales de paille. Elle se sentit honteuse de s'être imaginée qu'elle était à la pointe du progrès en ce qui concernait la condition des femmes, alors qu'elle était si loin de la grande ville où l'on comprenait vraiment les idées progressistes.

Ses connaissances en anglais étaient bien inférieures à celles des candidats qui avaient fait leurs études à Tokyo, et l'examen qu'elle passa lui parut un désastre. Cependant, avec une générosité exceptionnelle, le collège féminin l'accepta quand même. À sa grande joie, elle put s'inscrire, et même dans le département d'anglais.

On ne put cependant lui trouver place dans les dortoirs qui étaient pleins. Les autorités du collège demandèrent aux parents qui en avaient les moyens de s'occuper eux-mêmes de loger leurs filles. Keisaku loua pour Fumio une chambre à l'auberge Zaimokuya, à Tarneike – une auberge dont le patron venait d'un village voisin d'Isao et où Keisaku lui-même descendait chaque fois qu'il séjournait dans la capitale. Le propriétaire ne fut que trop heureux de pouvoir veiller sur la fille des Matani. De plus, depuis un an, l'université qui s'était agrandie occupait les anciens bâtiments d'une école à Nagatachô, tout près de l'auberge. Donc Fumio n'aurait pas à aller loin pour suivre ses cours.

Trois mois après le départ de Fumio, Hana reçut d'elle une lettre assez saugrenue :

« Mes chers parents, écrivait-elle, je tiens à vous informer que j'ai été amoureuse. Mais j'ai été bien déçue M. Tamura ne brillait vraiment qu'à Wakayama. Quelle tristesse ! J'ai vu de mes propres yeux comment l'homme qui avait été mon idole avait en deux ans perdu l'élan de sa jeunesse et j'ai pu réfléchir aux changements cruels liés au passage du temps. Cependant Matani Fumio a devant elle une jeunesse éclatante. Les cours d'éthique de Mme Yasui Tetsu sont pour moi une source de profonde inspiration et je les suis sans défaillance avec une admiration renouvelée. Surtout ne vous inquiétez pas pour moi : je continue, quoique sans enthousiasme, à prendre des leçons de cérémonie du thé et d'art floral. »

Avec un soupir Hana plia la lettre, griffonnée au crayon, et la remit dans son enveloppe. Les lettres de Seiichirô étaient plus courtes mais les caractères en étaient plus soignés et plus lisibles que l'affreux gribouillage de Fumio. Hana se demandait toujours s'il avait été sage d'envoyer sa fille aînée à Tokyo. Elle avait reçu de Mme Tasaki l'assurance que cette dernière ne perdrait pas de vue Fumio. Malgré cela, elle s'inquiétait en pensant à ce que pouvait être sa conduite là-bas.

La maison des Matani s'emplissait néanmoins de la joie paisible du printemps. Kazumi et Utae, d'un naturel tranquille, ne se révoltaient pas contre leur mère. Tomokazu, à l'inverse de Seiichirô quand il était petit, était un garçon turbulent : il grimpait dans le kaki près de la porte de l'enclos mais il respectait les mises en garde de sa mère et évitait de piétiner les plantations du jardin, agencé selon les strictes règles de l'art. Du haut du kaki il exhortait ses camarades de jeu et lançait ses ordres : « C'est le siège de Port-Arthur. Chargez ! »

Hana, au spectacle des jeux de son fils, pensait à sa fille à Tokyo. Fumio avait été la seule, avant Tomokazu, à grimper dans l'arbre. Elle se rappelait que, alors qu'elle était enceinte de Fumio, Toyono lui avait prédit que l'enfant qu'elle portait grimperait, cinq ans plus tard, à l'arbre qui se développerait à partir de la greffe qu'elle allait envoyer à Musota. Brusquement, en proie aux souvenirs, elle pensa à sa grand-mère morte dix-huit ans auparavant et l'interrogea : « Que va devenir Fumio ? Dites-le-moi, je vous en prie… »

C'est à ce moment qu'Umé parut à la porte de l'enclos. Visiblement gênée devant Hana, elle s'inclina profondément :

— J'ai été vraiment très négligente. Je vous prie de m'en excuser. Comment allez-vous, Madame ?

— Il y a en effet bien longtemps que nous ne nous sommes vues. Moi, aussi j'ai été négligente. J'espère que vous allez bien, Umé.

Heureuse de retrouver un visage autrefois familier, Hana recueillit chaleureusement Umé. Celle-ci entra dans la maison et resta un moment à se frotter les mains près du brasero vide sans trouver les mots pour expliquer que c'était son mari qui l'avait empêchée de témoigner à Hana la sympathie qu'elle éprouvait pour elle. Puis elle s'assit après avoir donné à Hana une assiette couverte d'une serviette :

— J'ai peur que ce ne soit pas très réussi. Je ne

sais pas si vous aimez ça mais j'ai tenu à vous en apporter, Madame.

Dans l'assiette il y avait du sushi préparé selon la recette locale. Avec un maître aussi difficile à satisfaire que Kôsaku, Umé était devenue une excellente cuisinière. Les deux femmes bavardèrent un instant avant qu'Umé n'en vienne au but véritable de sa visite :

— Mon mari voudrait savoir l'adresse de votre fille aînée à Tokyo.

— L'adresse de Fumio ? demanda Hana, visiblement méfiante. Pour quoi faire ?

— Mon mari voudrait lui envoyer des spécialités de Wakayama. Du *bariko*, par exemple, en saison.

— Nous n'y sommes pas encore, loin de là. D'ailleurs, vous pouvez rassurer votre mari : Fumio loge dans un endroit où elle ne manque de rien.

Le bariko était un poisson pêché sur la côte occidentale de la province de Ki qui, séché puis grillé, était une spécialité très appréciée dans la région et, aussi par les gourmets d'Osaka. La saison du bariko étant à la fin de l'automne et en hiver, le prétexte ne paraissait pas très convaincant. Par ailleurs Hana ne tenait pas à ce que Kôsaku intervienne dans la vie de Fumio. Elle renvoya donc Umé sans accéder à sa demande.

La regardant s'éloigner, ployée sous le poids de son embonpoint et de la déception, visiblement angoissée d'avoir à expliquer à son mari l'échec de sa mission, Hana éprouva des regrets. Pourquoi voulait-elle être seule à s'occuper de sa fille ? Pourquoi n'avait-elle pas profité de l'occasion qui lui était offerte de renouer des rapports normaux avec Kôsaku? Pourquoi faire preuve d'une telle étroitesse d'esprit en renvoyant ainsi Umé qui était venue à elle avec tant de gentillesse, pour la simple raison que c'était la femme de Kôsaku? Pleine de remords, Hana retira l'ornement de jade de sa coiffure pour se gratter sous son gros chignon, là où le port continuel du rembourrage de faux cheveux crêpés était à l'origine d'une petite plaque de calvitie.

Ce jour-là Keisaku rentra plus tôt qu'on ne l'attendait. Le conseil préfectoral venait de terminer l'examen d'améliorations possibles dans l'aménagement de la région du Ki. Keisaku espérait que Tasaki Yusuke présenterait ce projet à la diète dans l'année. Il en avait enfin terminé avec un travail qui l'avait beaucoup absorbé récemment.

— Soyez le bienvenu, dit Hana.

— Quoi de neuf?

Keisaku était resté cinq jours à Wakayama sans rentrer chez lui. Se sentant coupable, il évitait de regarder Hana en face et il se mit à jouer avec Tomokazu qui était tout heureux de retrouver son père.

— Nous avons reçu une lettre de Fumio.

— Ah! Que dit-elle?

— Elle demande qu'on lui envoie un kimono et un peu d'argent. Elle dit aussi qu'il y a davantage de vie culturelle à Tokyo qu'à Wakayama. Voilà en gros ce qu'elle écrit.

— Quelle drôle de fille! Je me demande quelle femme elle fera. Envoie-lui l'argent qu'elle demande. Nous pouvons lui faire confiance.

— Nous envoyons déjà soixante-dix yens par

mois à Seiichirô. Faut-il en envoyer cinquante à Fumio? N'est-ce pas de la folie?

— Ne t'inquiète pas. J'ai quand même assez de ressources pour pourvoir à des dépenses de cet ordre.

Hana garda le silence un moment. Elle pensait qu'entretenir une maîtresse était peut-être, comme on le disait, le signe de la réussite financière d'un homme. Brusquement elle changea de sujet:

— Vous avez de plus en plus de travail qui vous retient en ville. Musota devient peu commode pour vous.

— Oui, souvent je travaille tard le soir. J'ai pensé à acheter une petite maison en ville.

En réalité il avait déjà acheté une maison où il avait installé sa maîtresse. Mais il n'en dit mot.

— Mais Matani Keisaku ne peut pas s'acheter une maison médiocre.

— Tu as peut-être raison.

— D'après ce que j'ai entendu dire, M. Karaki cherche à vendre sa propriété de Masago-chô. Pour votre réputation et votre avenir il vous faut une maison de ce genre.

Keisaku savait qu'effectivement le baron Karaki était discrètement en quête d'un acheteur pour l'imposante demeure située sur un terrain de près d'un quart d'hectare à Wakayama. Mais il ne lui était pas venu à l'esprit qu'il pourrait l'acheter. Il était surpris d'entendre sa femme qui venait de protester contre les dépenses entraînées par l'éducation de ses enfants proposer si naturellement une transaction de cette importance. S'il ne pouvait qu'admirer l'intelligence de sa femme voyant là un investissement intéressant pour l'avenir, il était troublé par une coïncidence.

La maison modeste qu'il avait achetée pour sa maîtresse était justement à Masago-chô. Y avait-il là, de la part de Hana, une intention cachée ? Pas une fois elle ne lui avait reproché de ne pas toujours rentrer coucher chez lui, et voilà qu'elle lui proposait une grande maison dans le même quartier. Était-elle poussée par la jalousie ?

— En effet… Je n'aimerais pas rester toute ma vie Matani de Musota ou, encore moins, Matani du village d'Isao.

Il faisait de tels efforts pour dissimuler son trouble qu'il en transpirait. Se hâtant de prendre sa tasse, il avala une gorgée de thé et se plaignit qu'il était froid. Lui, qui n'était pas comme Kôsaku et ne s'était jamais montré difficile pour les détails futiles de la vie quotidienne, cherchait à détourner l'attention. Hana immédiatement se leva :

— Je vous demande pardon. J'aurais dû veiller à cela.

Elle quitta rapidement la pièce, emportant la théière. Keisaku passa la main dans l'échancrure des manches de son kimono pour aérer ses aisselles :

— Tu aimerais vivre en ville, Tomokazu ? demanda-t-il à son fils.

— Une maison en ville, bien sûr que j'aimerais ça ! Musota, c'est vraiment le fin fond de la campagne ! répondit Tomokazu, du ton d'une grande personne.

Sa précoce assurance permit enfin à son père d'éclater franchement de rire.

173

Au cours des années précédentes, les élections à la chambre des représentants dans la première circonscription de Wakayama s'étaient toujours soldées par un succès triomphant pour Tasaki Yusuke, membre du comité exécutif du parti Seiyûkai. Mais, en 1924, la bataille fut rude pour lui car, immédiatement après la scission historique du Seiyûkai, la famille Sakai qui, jusque-là, avait vigoureusement soutenu sa candidature passa à l'opposition et M. Sakai se présenta contre lui. Tasaki Yusuke fut élu cependant, mais avec seulement trente voix de majorité.

— Il est temps de céder la place à Matani Keisaku, murmura le vieux politicien lorsqu'il apprit avec beaucoup d'inquiétude les résultats du scrutin.

Cet homme de soixante-douze ans, dont la sincérité et l'honnêteté se lisaient sur le visage avait plus d'une fois été cité comme futur ministre mais il n'avait jamais semblé tourmenté par le désir d'arriver sur le plan national. Tout en écoutant les cris de victoire de son équipe, Tasaki réfléchissait à la combativité manifestée par Keisaku au cours de la récente campagne. Il n'aurait pas été exagéré de dire qu'il devait à Keisaku sa réélection.

Le résultat des élections eut donc pour effet inattendu de renforcer l'impression générale dans la préfecture que l'heure de Matani Keisaku avait sonné. Son imposante demeure de Masago-chô semblait confirmer son intention de se présenter la prochaine fois. La grille de fer à l'occidentale donnait sur une allée de gravier qui menait à la maison, une quarantaine de mètres plus loin. Le bâtiment, tout de plain-pied, s'élevant sur plus de sept cent cinquante mètres carrés, grouillait de vie, animé par le va-et-vient constant des domestiques et des étudiants employés à son service.

Hana était au centre de toute cette activité. La Dame de Musota était simplement devenue Madame pour tout le monde. Comme pour répondre à ce nouveau titre témoignant du respect qu'on lui accordait, Hana se mit à porter des kimonos plus gais par la couleur et les motifs que ceux qui, d'après le code vestimentaire strict, correspondaient à son âge. Elle avait maintenant quarante-sept ans mais elle avait gardé toute sa beauté et n'en paraissait pas plus de quarante. Ses kimonos, loin de paraître déplacés sur elle, lui donnaient au contraire un raffinement et une élégance rares chez une femme ayant passé toute sa vie à la campagne.

Quand l'agitation des élections générales de mai se fut calmée, Hana se trouva soudain extrêmement occupée. Il était question d'un mariage pour Fumio, qui suivait toujours les cours de l'université féminine de Tokyo. Ayant terminé les deux années préparatoires, elle était maintenant en troisième année, dans la section d'anglais.

Depuis deux ans, le problème du mariage de Fumio tourmentait Hana. Elle qui pourtant n'avait épousé Keisaku qu'à vingt-deux ans passés, aurait voulu voir sa fille casée avant ses vingt et un ans. Elle regrettait beaucoup d'avoir autorisé Fumio à aller à l'université de Tokyo car elle la voyait s'engager toujours plus avant dans une direction inverse de celle qu'elle souhaitait.

Keisaku, maintenant qu'il était responsable de la section de Wakayama du parti Seiyûkai, avait souvent l'occasion de se rendre à Tokyo. Un jour, se trouvant seul avec Hana au retour d'un de ses voyages, il dit :

— Tu sais, Hana, Fumio mène une vie bizarre.

Hana n'ignorait pas que son mari s'amusait parfois à la taquiner, mais elle ne pouvait s'empêcher de se faire du souci pour sa fille. Au début de son séjour dans la capitale, Fumio leur avait écrit régulièrement pour donner ses impressions sur sa vie nouvelle. Mais, au bout de six mois, elle avait pratiquement cessé toute correspondance en dehors de quelques cartes postales demandant de l'argent. Seiichirô, qui avait échoué au concours de recrutement des Affaires étrangères et habitait toujours la même pension pour étudiants, demandait lui aussi de l'argent dans ses lettres, polies mais concises. Avec toute la considération due à l'héritier, les Matani lui expédiaient rapidement la somme requise. D'ailleurs Keisaku et Hana ne s'étaient jamais posé de questions sur l'emploi que Seiichirô en faisait, car ils étaient certains que l'essentiel en était destiné à acheter des livres à l'étranger ou à faire des cadeaux à ses frères et sœurs quand il revenait à la maison. Seiichirô n'avait rien de ces jeunes écervelés qui gaspillaient l'argent à payer les services de geishas ou à fréquenter les maisons de thé. Mais les demandes de Fumio étaient curieuses. D'abord, une jeune fille destinée bientôt au mariage aurait dû ménager l'argent de ses parents. Deuxièmement, elle précisait très soigneusement le montant de ses besoins et l'usage auquel elle comptait employer la somme. Seiichirô, lui, ne donnait aucune explication et se contentait de protester vigoureusement par retour du courrier quand l'envoi lui semblait insuffisant. Hana estimait donc largement ce dont il pouvait avoir besoin, inquiète à l'idée qu'elle pourrait ne pas le satisfaire. Par comparaison avec l'attitude de son frère, la minutie dont faisait preuve Fumio – elle qui, par ailleurs, était si peu méticuleuse – était en elle-même suspecte. Et aussi ses demandes de fonds étaient plus fréquentes que celles de son frère.

— Oui, Fumio mène une vie bizarre. Elle prétend que, puisque les hommes et les femmes ont des droits égaux, les femmes doivent fréquenter les lieux jusqu'ici réservés aux hommes. Alors, elle va régulièrement au café et elle boit de l'alcool.

— Vous plaisantez ?

— Non, elle s'en vante. Elle est vraiment amusante !

— Je ne trouve pas cela amusant du tout ! répliqua Hana d'un ton qui réduisit Keisaku au silence.

Il haussa les épaules comme pour s'excuser. Depuis leur installation à Masago-chô, il la traitait avec beaucoup plus de circonspection. Juste avant le déménagement, il avait à grands frais rompu avec la femme qu'il entretenait dans une maison toute proche et, depuis, ses visites aux professionnelles étaient extrêmement discrètes. Quand il s'absentait pour aller à Tokyo, seules les tâches officielles étaient confiées aux employés du conseil préfectoral : Hana en personne s'occupait de toutes les autres activités – assez difficiles à définir – qui incombent à un homme politique. Elle tenait admirablement son rôle d'épouse d'un homme public. Elle était devenue indispensable à son mari, qui prenait très au sérieux ce qu'elle lui disait:

— En effet, tu as raison. On ne peut pas plaisanter avec ça!

L'expression de Keisaku se fit grave et il croisa les bras, l'air méditatif. Il n'aimait pas boire – aussi avait-il trouvé divertissantes les déclarations de sa fille. Mais, maintenant qu'il y réfléchissait, il se rendait compte qu'il n'aurait pas dû s'en amuser. Les opinions de gauche, qui étaient tenues pour une idéologie dangereuse, étaient très répandues parmi les jeunes, surtout les étudiants. Matani Keisaku, l'homme du parti Seiyakûi ne pouvait pas abandonner sa fille dans ce milieu.

— Mon ami, il serait temps que vous vous mettiez en quête d'un mari pour Fumio.

Malgré la réputation d'indépendance de Fumio, il n'était pas difficile de trouver des propositions de mariage pour la fille de Matani Keisaku. Il suffit que son père laisse échapper entre deux séances du conseil préfectoral: «Connaîtriez-vous quelqu'un qui voudrait épouser ma fille?» pour que deux prétendants se manifestent. Le premier était le fils aîné d'une vieille famille du canton de Hidaka. Le deuxième, mentionné par un intermédiaire, était un fils cadet des Sakai du canton d'Ama qui se préparait à établir une branche collatérale. Cette seconde proposition ressemblait plutôt à une manœuvre politique destinée à amadouer le concurrent qu'était Matani Keisaku. Les Matani décidèrent sans hésitation de refuser cette dernière offre, mais l'autre leur parut assez intéressante pour qu'ils pensent à la première démarche nécessaire, qui consistait à se procurer les photographies de Fumio à remettre à la famille du candidat briguant sa main.

— Hana, il faut que tu ailles toi-même à Tokyo, dit Keisaku. Tu sais mieux que moi raisonner Fumio.

— Je ne crois pas, répondit Hana, mais je ferai de mon mieux.

À l'été, donc, Hana partit seule pour Tokyo où elle n'était encore jamais allée. Mme Tasaki en personne vint la chercher à la gare et veilla à ce qu'elle fût confortablement installée pendant son séjour. Un an auparavant, Tokyo avait horriblement souffert du grand tremblement de terre et n'était pas encore assez reconstruite pour permettre des visites touristiques. Mais, de toute façon, Hana était occupée de bien autre chose.

Fumio, qui restait à Tokyo même pendant les vacances d'été, était absorbée par sa participation à la rédaction d'une revue littéraire qu'elle avait contribué à fonder avec d'autres étudiantes. Cette publication, où l'on trouvait essentiellement des articles de critique en plus de quelques nouvelles, défendait avec ardeur les droits des femmes : on s'y élevait contre une société où les hommes abusaient de leur pouvoir. Fumio, dans un style très travaillé, dénonçait avec véhémence «les femmes qui permettaient aux hommes de les exploiter». À partir d'exemples réels elle s'efforçait de montrer l'apathie des femmes, le peu de conscience qu'elles avaient de leur condition sociale.

L'auberge Zaimokuya, à Tameike, avait par

chance échappé à l'incendie qui avait ravagé la ville après le grand tremblement de terre. L'établissement, qui avait une clientèle choisie, avait été construit avec beaucoup de soin dans tous les détails, depuis la pierre du seuil jusqu'au bois, aux belles veinures, des couloirs, et était parfaitement entretenu. Tout y était d'une propreté impeccable, et reluisait, frotté quotidiennement. Tout, en dehors de la grande chambre occupée par Fumio, où régnaient un désordre et une saleté incroyables.

Hana, dès le premier coup d'œil, vit que l'argent envoyé à Fumio pour les leçons de cérémonie du thé et d'art floral qu'elle avait promis de continuer avait été employé autrement. L'élégante table de travail que Hana avait choisie, et sur laquelle s'empilaient des dictionnaires de langue anglaise et des objets divers, était recouverte d'une épaisse couche de poussière. Sur le sol étaient éparpillées en grand nombre des revues intitulées : *Réhabilitation des femmes, La Femme japonaise, Les Opinions des femmes.*

Fumio, évidemment, ne se servait plus depuis longtemps de la table de travail pour lire ou écrire. Une planche posée sur deux caisses ayant contenu des mandarines constituait un bureau de fortune devant lequel, assise comme il se devait, les mains sur les jambes repliées, elle dit à Hana :

— Mère, je crois que vous me comprendrez mieux quand vous aurez lu ces revues. Ma vie d'étudiante est bien remplie et pleine de sens.

Fumio rayonnait de confiance en elle-même. Elle portait un coûteux kimono de lin, que lui avait envoyé sa mère, mais il avait perdu toute forme et montrait des déchirures à l'épaule et au-dessus des genoux. Hana ne parvenait pas à imaginer comment on pouvait déchirer ainsi un kimono.

Il n'était pas dans le caractère de Hana de se répandre en récriminations. Sans un mot, elle entreprit de remettre de l'ordre dans la chambre. Comme elle demandait à une servante qu'on lui apporte un balai et une serpillière, la patronne se précipita pour offrir ses services. Mais Hana, pensant que sa fille et les camarades qu'elle avait certainement amenées en grand nombre dans sa chambre avaient fait assez de bruit et causé assez d'ennuis, refusa avec politesse. Elle se mit elle-même à la tâche avec Fumio, dont elle avait requis l'aide. Quand elle ouvrit le placard, une odeur affreuse se répandit dans la pièce : depuis des mois, Fumio empilait tout son linge sale dans des malles d'osier.

Sans expliquer le moins du monde à Fumio le but de sa présence à Tokyo, Hana, le lendemain, l'emmena au grand magasin Mitsukoshi, à Nihonbashi. Là, au salon de beauté, elle remit sa fille entre des mains expertes pour qu'à la place de son chignon négligé on lui fasse une élégante coiffure avec de grandes coques. Fumio se laissa faire sans mot dire mais elle transpira d'embarras quand le peigne fin, grattant son cuir chevelu, fit tomber non seulement des pellicules mais aussi des poux. La femme d'âge moyen qui l'avait prise en charge continua de la coiffer sans rien perdre de son impassibilité professionnelle.

Hana avait apporté un kimono de cérémonie à longues manches en gaze de soie, qu'elle avait fait confectionner en toute hâte au magasin Takashimaya, à Osaka. Elle le fit passer à Fumio puis, ainsi habillée, l'amena chez le photographe du grand magasin. Fumio, qui jusque-là avait été paralysée par la honte d'avoir dû révéler à sa mère le désordre dans lequel elle vivait, retrouva ses esprits en entrant chez le photographe. Une fois la séance terminée, elle dit d'un ton peu aimable :

— Mère, ce sont des photos en vue d'un mariage ?

— Oui, c'est bien cela, répondit Hana brutalement.

Son ton et son expression enlevèrent à Fumio l'envie d'insister.

Quand, ayant revêtu son kimono aux dessins représentant des oiseaux de paradis et des feuilles de paulownia avec un obi de brocart, elle eut été photographiée sous divers angles bien précis, Hana commanda que dix tirages de chaque cliché soient envoyés à Wakayama. Puis les deux femmes quittèrent le magasin pour se rendre chez les Tasaki.

Pendant que Hana remerciait Mme Tasaki de l'accueil qu'elle lui avait réservé à son arrivée à Tokyo, cette dernière observait Fumio, les yeux ronds de surprise. C'était la première fois qu'elle la voyait avec un costume de ce genre. Hana expliqua qu'elles sortaient de chez le photographe, où on avait fait les portraits officiels de Fumio en vue d'un mariage. Mme Tasaki se dit que, pour intelligente que fût Hana, on voyait bien qu'elle venait de la campagne. Une coiffure nouvelle à l'occidentale avec des cheveux retombant sur les oreilles aurait été beaucoup plus seyante pour Fumio, étant donné ses proportions. Néanmoins elle se répandit en compliments sur le goût exquis du kimono de Fumio, sur sa tenue de jeune fille distinguée qui lui allait si bien.

Mme Tasaki avait depuis longtemps remarqué le manque de coquetterie de Fumio qui, avec l'insouciance propre aux gens nés dans l'opulence, ne s'était jamais souciée de se changer pour venir chez les Tasaki. Mme Tasaki avait eu beau attirer son attention sur le négligé de son apparence, elle n'avait jamais pu réussir à lui faire modifier ses habitudes.

L'employée du salon de beauté qui avait coiffé Fumio lui avait aussi poudré le visage et mis du rouge aux lèvres. Comparant les traits ainsi apprêtés de la fille à ceux de sa mère, Mme Tasaki fut frappée par leur ressemblance et par le fait qu'en dépit de cela elles produisaient une impression d'ensemble si différente. La beauté rayonnante de la femme de quarante-sept ans qu'était Hana manquait totalement à la fille de vingt ans.

— Je tenais par-dessus tout à ce que Fumio soit mariée avant ses vingt et un ans, dit Hana. Malheureusement, la distance séparant Tokyo de Wakayama m'a empêchée de mener à bien mes projets.

Hana se garda de parler à Mme Tasaki de la proposition de mariage reçue des Hikada. Au lieu de cela, par politesse, elle lui demanda son aide pour trouver un parti intéressant pour Fumio.

— Entendu. Naturellement. Mais, dans ce cas, faites-nous envoyer les photos quand elles seront prêtes.

Mme Tasaki avait eu soudain des intonations étonnamment juvéniles pour une femme qui avait dix ans de plus que Hana. Celle-ci ne prit pas la requête au sérieux et n'imagina pas une seconde qu'elle puisse avoir des suites. Puis, les deux femmes se mirent à bavarder de choses et d'autres avec une animation qui soulignait la différence entre l'accent de Tokyo et celui de Wakayama. Fumio, elle, gardait le silence, le visage fermé depuis qu'elle avait entendu parler de mariage. De plus, la poitrine serrée par le haut obi rigide, elle ne pouvait même pas avaler le moindre morceau des gâteaux qu'on leur avait servis.

Après avoir poliment refusé une invitation à dîner, Hana et Fumio regagnèrent l'auberge Muraki. À peine arrivée, Fumio se hâta d'enlever son kimono de cérémonie et son obi. Elle se serait volontiers répandue en remarques sur la stupidité de porter un costume aussi peu confortable, si le silence pesant de sa mère n'avait freiné son éloquence. Hana était assise avec grâce dans un coin de la pièce – à ses pieds il y avait, ouvert, le grand sac de papier renforcé portant le nom du magasin. Fumio comprit qu'on attendait d'elle qu'elle y range les vêtements qu'elle venait de quitter. Les kimonos de gaze de soie, celui de dessus comme celui de dessous, étaient humides de transpiration, ce qui aurait dû lui imposer de les aérer toute une nuit avant de les plier, mais elle était trop négligente et, de plus, trop furieuse contre ces vêtements-carcans qui lui semblaient symboliquement avoir toujours retiré aux femmes la liberté de s'épanouir et de s'exprimer, pour songer à ce détail. Elle était en colère aussi contre elle-même qui, dès que sa mère était là, cessait de clamer sa révolte et se conformait à ce qu'on attendait d'elle. Elle regrettait de ne pouvoir montrer à Hana la tenue de gymnastique révolutionnaire qu'avait mise au point depuis peu le collège féminin d'Ochanomizu. Elle introduisit à grand bruit ses kimonos hâtivement pliés dans le sac en papier.

La corvée expédiée, Fumio, gênée par la présence de sa mère dans la même pièce, se mit à fourrager parmi ses livres. Tout en les déplaçant au petit bonheur la chance, elle jeta un coup d'œil furtif derrière elle et surprit sa mère en train de sortir les kimonos du sac pour les plier selon les règles. La grâce experte des mains de Hana l'emplit d'une sorte de haine. Comme beaucoup d'adolescentes en rébellion contre leur mère, elle ne pouvait accepter l'idée de faire moins bien qu'elle. Elle resta figée, se mordant la lèvre et fixant sur elle un regard furieux.

Malgré tout le mal qu'elles avaient donné, les photographies prises dans le grand magasin et envoyées à Wakayama ne servirent finalement pas à grand-chose. Fumio, en effet, annonça avec force à son père, qui vint à Tokyo après le départ de Hana, qu'elle se refusait absolument à consentir à un mariage arrangé :

— L'idée que mon mariage avec un membre de cette vieille famille de Hikada pourrait servir les intérêts de ces deux maisons fortunées me révulse. Si vous me forcez à accepter une entrevue, je jure que je me ferai journaliste et que je gagnerai ma vie. Je crois justement que l'égalité des sexes passe nécessairement par l'égalité économique – c'est une bonne occasion de le prouver.

Les dix jeux de photographies furent quand même confiés à des gens sûrs et deux propositions des branches principales de familles distinguées de Yamato et de Shikoku parvinrent avant l'automne. Il fallut les refuser toutes les deux.

— Des propriétaires terriens ! Vous êtes un propriétaire terrien, père. Donc dans mes veines coule le sang des propriétaires. Et j'en ai honte ! Les propriétaires terriens sont des gens qui, depuis des générations, vivent dans l'opulence sans se fatiguer et amassent sans pudeur le fruit de la sueur des paysans qui travaillent sur leurs terres. Ainsi ce parti Seiyûkai auquel vous appartenez, est-ce autre chose qu'une association de nantis, de privilégiés ?

— Ne plaisante pas avec ça, Fumio ! Regarde tout le mal que je me donne. Les groupements que j'ai créés : l'Association des utilisateurs d'eau et le syndicat des producteurs d'agrumes visent à assurer le bien-être des paysans. Le travail auquel je consacre toutes mes journées leur est destiné.

— Quand j'étais encore à Wakayama, j'avais le plus grand respect pour vous, père. Je pensais alors que faire de la politique, c'était travailler au bonheur des gens. Mais j'ai changé d'avis à Tokyo. Si vous avez sincèrement envie de vous lancer dans la politique, vous n'avez pas d'autre moyen que de repartir de zéro, comme un prolétaire.

— C'est absurde !

— À quoi rime la politique ? Le vieux parti Seiyûkai s'est scindé en deux, et pourquoi ? Il s'agit uniquement de rivalités personnelles, de luttes pour le pouvoir entre les membres du parti. Les besoins du peuple n'ont rien à voir là-dedans !

— Fumio, du calme ! Tu n'as que le mot « politique » à la bouche, mais je ne suis même pas député...

— Mère dit que vous serez ministre un jour. Un ministre est un homme politique, n'est-ce pas ? Vous êtes un homme politique, il n'y a pas de doute.

— Fumio, ne sois pas méchante. Ton père n'est pas le grand homme qu'imagine ta mère.

Keisaku, qui faisait ce qu'il voulait du conseil préfectoral, avait bien du mal avec sa fille !

— Tu avais entièrement raison, Hana. Nous avons fait une erreur en autorisant Fumio à partir pour Tokyo. Quand je lui ai annoncé que je la ramenais à la maison, elle m'a dit que nous devions considérer son départ comme définitif.

— Dans ce cas, je me demande comment elle peut avoir envoyé un télégramme pour demander de l'argent.

— Comment ? Déjà ?

— Il est arrivé juste avant vous.

Kazumi, la cadette de Fumio, ayant terminé ses études secondaires, restait au foyer pour attendre le mariage en se perfectionnant dans les arts d'agrément et les soins du ménage. Utae ne semblait pas non plus projeter d'entrer dans l'enseignement supérieur. La riche famille de Yamato, à défaut de l'aînée, se serait contentée de la cadette pour son fils. Les Matani trouvaient le parti intéressant mais ils craignaient pour l'avenir de Fumio si Kazumi se mariait avant elle.

Hana savait qu'il était inutile de retourner à Tokyo pour essayer de convaincre Fumio. Jamais elle n'accepterait de son plein gré de revenir. Lors de leur séparation, Hana avait eu l'intuition que la révolte bouillonnant chez sa fille se traduirait par une explosion si on tentait maladroitement de la forcer. Chaque fois que Keisaku et Hana se retrouvaient seuls, ils parlaient de Fumio et finissaient par aller se coucher sans avoir décidé ce qu'il fallait faire. C'était encore une époque où les femmes travaillant hors du foyer étaient rejetées par la bonne société. Il y avait des années que l'expression « vieille fille » hantait Hana. L'idée que Fumio pourrait se chercher une situation et devenir vieille fille lui brisait le cœur. Elle ne dormait plus et restait des heures à écouter, exaspérée, la respiration régulière de Keisaku. Elle grondait sans raison valable Kazumi et Utae. Comment auraient-elles compris que, tourmentée par le sort de Fumio, Hana, arrivée à l'âge critique, était incapable de maîtriser son irritabilité ?

Et puis, un matin, Hana et Keisaku reçurent une lettre personnelle de Mme Tasaki, rédigée sur un rouleau de papier traditionnel, d'une écriture élégante avec une encre d'un gris suave. Après les politesses d'usage, Mme Tasaki en venait au vif du sujet. Son gendre et fils adoptif avait parmi ses collègues à la banque un jeune homme nommé Harumi Eiji. C'était un garçon brillant, ami de son gendre depuis l'école et l'Université impériale de Tokyo, et qui venait souvent chez les Tasaki. Fumio et lui paraissaient bien s'entendre. Elle s'était renseignée sur les origines du garçon : sa famille n'avait rien d'inférieur, même si elle possédait moins de biens que les Matani. Et surtout le jeune homme lui-même était très agréable et avait devant lui un avenir prometteur. M. Tasaki était tout disposé à servir d'intermédiaire s'il était question de mariage. Mme Tasaki terminait sa lettre en assurant que, depuis que Hana lui en avait fait la demande, elle n'avait jamais cessé de chercher un parti pouvant convenir à Fumio.

Keisaku reposa sur la table du petit déjeuner la lettre de Mme Tasaki qu'il venait de lire. Du bol de soupe à la pâte de soja devant lui montait une odeur délicieuse qui achevait de dissiper les brumes du sommeil. Il se frotta les yeux du revers de la main. Il avait une cinquantaine d'années et les cheveux grisonnants. Son visage aux mâchoires fortes exprimait une dignité en accord avec sa maturité. Du bout de ses baguettes il prit un morceau de radis en saumure dans le bol au centre de la table, le porta directement à sa bouche et se mit à mâcher bruyamment.

L'étiquette inculquée à Hana avant son mariage exigeait que l'on repose d'abord dans son assiette personnelle ce qu'on avait pris dans le récipient collectif au milieu de la table. Les manières rudimentaires de son mari lui firent froncer les sourcils. Ils approchaient de leurs noces d'argent mais elle n'avait pas encore réussi à amener les Matani au niveau des Kimoto. Irritée, elle prit la lettre que lui tendait son mari et se mit à la lire :

— Il semble que ce soit un garçon plein de promesses.

— Je me demande si Fumio pourrait être heureuse avec un garçon qui a toujours vécu à Tokyo ?

— Je n'ai pas envie de lui voir épouser quelqu'un
qui n'est pas de la région, moi non plus.

— Il faut bien réfléchir avant de la laisser partir
si loin.

Le parti n'enchantait ni Keisaku ni Hana, mais ils
ne pouvaient guère refuser sans en avoir un autre,
meilleur, pour prétexte puisqu'ils avaient fait appel
à Mme Tasaki.

— Hana, tu la remercieras pour la peine qu'elle
a prise.

— Je ferai de mon mieux.

Mais, avant qu'elle ait pu s'en charger, ils
reçurent une lettre urgente de Fumio. Il était précisé sur l'enveloppe qu'elle était adressée à Matani
Keisaku, personnellement. Mais, sans attendre le
retour de son mari, Hana la décacheta. Elle fut stupéfaite de ce qu'elle découvrit sur les trois pages de
papier couvertes d'une écriture décidée. Au milieu
de formules du genre : « si vous pensez que je vous
manque de respect », « la liberté de l'amour », « la
liberté du mariage », « une nouvelle époque », « la
passion de la jeunesse », partout apparaissait le
nom de Harumi Eiji. Hana lut la lettre de bout en
bout. Elle avait du mal à en croire ses yeux : Fumio
avait rencontré l'homme idéal. Il s'appelait Harumi
Eiji. C'était un ami de longue date du gendre des
Tasaki. Depuis que Mme Tasaki lui avait confié
qu'Eiji avait de la sympathie pour elle, elle en avait
perdu le sommeil, tourmentée par la passion qui

jaillissait du fond de son être. Eiji était un garçon d'avenir qui rêvait d'aller travailler à l'étranger. Ils avaient tout pour s'entendre. Elle comptait donc sur son père pour leur donner l'autorisation de se marier. Si, après s'être renseigné sur la famille du jeune homme, il refusait sa demande, elle ne pouvait prévoir à quelle extrémité elle pourrait en venir. C'était presque du chantage.

— C'est tragique ! Elle a complètement perdu la tête ! dit Keisaku, amusé par la lettre.

Mais quand il remarqua l'inquiétude de Hana, il redevint sérieux et proposa, puisqu'il devait aller pour affaires à Tokyo, de partir un peu plus tôt que prévu afin de parler de toute l'histoire avec Mme Tasaki. Hana, les yeux obstinément baissés, le pria de le faire. Une fois de plus elle était accablée de remords de ne pas s'être occupée de marier Fumio dès la fin de ses études secondaires.

Mme Tasaki, quand elle accueillit Keisaku à Tokyo, commença par lui dire que Fumio était vraiment résolue, qu'il n'y avait rien d'autre à faire que d'accepter. Avec un beau sourire, elle lui expliqua que tout s'était passé comme elle l'avait écrit. Les deux jeunes gens parlaient beaucoup de l'égalité des droits des hommes et des femmes et de la liberté de l'amour, mais ils avaient été élevés dans une société où les hommes et les femmes n'avaient pas de droits égaux, dans des écoles séparées où on leur avait dispensé une éducation différente selon le sexe. Ils n'avaient jamais eu, ni l'un ni l'autre, de rapports intimes avec quelqu'un de l'autre sexe. Mme Tasaki n'avait eu aucun mal à les rapprocher. Ils étaient, selon elle, faits l'un pour l'autre.

Mme Tasaki avait l'air fière de son exploit. Keisaku, impressionné, pensa qu'elle était vraiment la digne épouse d'un homme politique. Quand elle lui eut, une fois encore, décrit toutes les qualités de Harumi Eiji, Keisaku commença à considérer ce mariage avec enthousiasme. Mme Tasaki prit les choses en main et, avant la fin du séjour de Keisaku à Tokyo, l'essentiel des arrangements avait été arrêté. Keisaku avait invité un soir Harumi Eiji avec son ami, le gendre des Tasaki, au restaurant pour faire connaissance. Eiji était un beau garçon au teint clair, à l'air intelligent. Si Keisaku avait eu quelques doutes, ils se dissipèrent quand il vit la quantité d'alcool qu'Eiji pouvait absorber sans dommage – ce qui l'impressionnait toujours, lui qui ne tenait pas l'alcool.

Le mariage unissant la famille Matani aux Harumi fut célébré avec pompe à l'hôtel Impérial, à Hibiya, le 21 février de l'année suivante. Tasaki Yusuke, qui était devenu ministre de l'Agriculture le 17 du même mois, et sa femme y jouèrent le rôle d'intermédiaires officiels. Les invités à cette cérémonie qui scellait l'union de la fille aînée d'un personnage important de Wakayama avec le fils puîné d'une ancienne famille de samouraïs sans fortune de Tokyo étaient tous des gens de premier ordre. Si, parmi ceux qui étaient là pour les Harumi, il y avait plus de fonctionnaires et de savants, du côté des Matani on comptait des aristocrates du pays de Ki et des membres de la diète. Les deux familles n'avaient rien à s'envier.

La mère de la mariée avait toutes les raisons du monde d'être satisfaite. Hana, cependant, était loin d'être heureuse et, tout au long du banquet de mariage à l'occidental, gênée, elle garda la tête baissée. La mariée, au contraire, soucieuse de ne pas paraître accablée par la magnificence de son costume, peu adapté à sa large carrure et à sa haute taille, se tenait assise très droite à côté du marié, écoutant les discours d'une oreille attentive. Le contraste était frappant entre la mère et la fille.

Le père d'Eiji était architecte mais son visage à l'expression sévère lui donnait l'air d'un spécialiste de vieux textes chinois. C'était certainement un vieillard obstiné, fort capable de tenir tête aux jeunes gens. La mère, elle, était une toute petite femme aux traits sans fermeté. Hana se réjouissait que Fumio n'ait pas épousé le fils aîné car la malheureuse belle-mère n'aurait pas eu la vie facile avec une bru aussi intraitable. Et si Fumio était tombée sur une belle-mère qui veuille imposer sa manière de voir, quel vacarme dans la maison ! Heureusement, Eiji était le deuxième fils et, comme la banque Shôkin était spécialisée dans les transactions avec l'étranger, il était à prévoir que le jeune couple vivrait souvent hors du Japon, ce qui éviterait bien des complications.

Dans la lumière éblouissante des lustres la blancheur de la nappe n'était pas agréable aux yeux de Hana. Elle se rappelait son propre mariage, vingt-cinq ans auparavant, le long voyage en bateau sur les eaux du Ki, dissimulée dans un palanquin, et le banquet qui avait suivi. Quelle différence avec le banquet qu'elle avait sous les yeux ! Alors que Hana s'était entièrement pliée aux vœux de sa grand-mère, Fumio n'avait tenu aucun compte des désirs de sa mère. L'intervention de Hana avait été limitée au choix de la dot de sa fille, de son trousseau et de ses costumes de mariée.

Hana avait eu toute liberté dans cette tâche. Comme moins d'une demi-année seulement s'était écoulée depuis l'échange des cadeaux de fiançailles, Hana n'avait pas eu le temps de commander des meubles aussi raffinés que ceux qu'elle avait apportés de chez ses parents. Mais, pour les kimonos, elle avait prévu tout ce qui pouvait être nécessaire pour les quatre saisons, aussi bien en kimonos d'intérieur qu'en kimonos de cérémonie, pour les vingt années à venir. Elle avait veillé sur tous les détails de la fabrication, aussi pouvait-elle s'estimer satisfaite. Depuis le mariage du prince héritier l'année précédente, les dessins représentant des oiseaux de paradis et des chrysanthèmes étaient à la mode. Tous les coussins, toute la literie, étaient ornés de chrysanthèmes ; les oiseaux de paradis apparaissaient au bas des kimonos.

Le blason des Hamuri, deux flèches sur une carapace de tortue, convenait parfaitement à leur origine samouraï. Mais, comme il s'harmonisait mal avec celui des femmes de la famille qui utilisaient la feuille de prunier inversée, Hana finit par adopter, une fois de plus sans consulter personne, le lierre princier pour les kimonos de cérémonie de Fumio. Peut-être Hana n'était-elle pas fâchée, plus ou moins consciemment, de choisir pour quelqu'un d'aussi indépendant que Fumio ce symbole d'une plante qui s'attache au tronc solide qu'elle étreint. Ou bien exprimait-elle ainsi son chagrin de ce qu'on n'ait tenu aucun compte de ses désirs dans l'ordonnance du mariage… On avait choisi des couleurs vives, à la mode de la ville, pour le kimono à longues manches de Fumio au lieu de s'en tenir au kimono noir que les mariées de Wakayama portaient à la fin de la cérémonie.

Pour superbe que fût le kimono bleu pur avec feuilles de lierre brodées en couleur et en fils d'or, il ne semblait pas avoir fait grande impression sur les invités. Sans doute les amples proportions de Fumio – son mètre soixante-trois et ses soixante-trois kilos – surtout à côté de son jeune époux svelte et élégant – lui nuisaient-elles aux yeux des convives, d'autant plus qu'elle n'était pas à l'aise dans ces vêtements d'apparat qu'elle n'avait pas l'habitude de porter et dont tout, dans son attitude d'esprit, l'éloignait. D'après Eiji, les femmes japonaises n'apparaissaient pas sous leur meilleur jour dans les réunions mondaines à l'étranger parce qu'elles étaient trop petites et trop menues ; peut-être avait-il choisi Fumio pour cette raison. Avec un soupir Hana regarda ce couple qu'elle ne pouvait s'empêcher de trouver mal assorti.

Pour loger les jeunes mariés, les Matani achetèrent une maison à Omori, au sud de Tokyo. En plus de la maison elle-même, qui aurait été au-dessus des moyens d'un simple employé de banque, ils s'engagèrent à fournir au jeune ménage l'argent nécessaire à diverses dépenses courantes, y compris le salaire des domestiques. Sur le plan financier, Eiji pouvait être considéré comme virtuellement un gendre adopté. À l'époque, il était assez courant que des jeunes gens d'avenir appartenant au corps diplomatique, au ministère des Finances ou à de grandes banques fassent ce genre de mariage. Matani Keisaku, comme Eiji, trouvait cet arrangement financier parfaitement normal et Fumio était trop enthousiasmée par son mariage pour se rappeler les principes qu'elle n'avait cessé de prêcher depuis des années. Malgré tous ses discours, elle n'avait jamais eu l'expérience des difficultés de la vie et, si elle s'était arrangée pour ne pas épouser un riche fils de famille, elle ne voyait rien de répréhensible à ce que, une fois mariée, elle continue à profiter de la fortune de sa propre famille.

Pendant que les jeunes mariés terminaient leur voyage de noces, Hana reprit le chemin de Wakayama avec Keisaku. Alors qu'elle aurait dû être pleine de joie à l'idée d'avoir bien établi sa fille, elle ressentait une tristesse indescriptible. Keisaku, conscient de l'état d'esprit de sa femme, se montrait plein de prévenances. Il l'invita au wagon-restaurant au lieu d'acheter comme d'habitude un coffret-repas et lui fit la conversation tout en regardant le paysage. Sans doute s'efforçait-il de se racheter pour l'avoir négligée dans le passé.

— Eiji m'a l'air de boire beaucoup, dit brusquement Hana, exprimant ce qui la tourmentait sans tenir compte de ce que Keisaku était en train de lui raconter.

— Oui, il tient le coup. Je voudrais bien être comme lui !

— Nous aurions dû le signaler à Fumio. Quand on est jeune, il ne faut pas prendre l'habitude de trop boire.

— Ne t'inquiète pas. Un homme qui aime vraiment l'alcool ne risque pas de trop s'intéresser aux autres femmes.

Keisaku, qui en était réduit à commander de la limonade ou du thé quand les autres buvaient du saké, était connu pour ses nombreuses aventures féminines. Les hommes en faisaient des gorges chaudes, se demandant comment il pouvait être aussi entreprenant sans avoir recours à l'alcool. On disait aussi que sa femme, mise au courant, avait exigé qu'il change de conduite. Il en riait lui-même de bon cœur. En réalité, Hana n'avait jamais rien reproché à son mari, pas plus qu'elle n'avait injurié une femme connue pour être sa maîtresse ou fait perdre la face à une geisha. C'est Keisaku en personne qui avait raconté l'histoire pour amuser les gens, prétendant avoir eu peur quand Hana avait découvert ses liaisons et ne plus avoir osé la regarder en face : « Venez voir chez moi, on me traite comme un gendre adoptif ! » Si Hana avait été plus philosophe, peut-être aurait-elle trouvé son mari amusant. Mais plus il prenait les choses du bon côté, plus elle devenait sombre.

— Regarde, voilà le fleuve Ôi ! s'écria Keisaku.

Il se mit à fredonner la vieille chanson où il était question du fleuve Ôi, infranchissable. Le mariage de sa fille l'avait mis de trop belle humeur pour qu'il le dissimule et il compara l'agréable voyage qu'il faisait en compagnie de sa femme au trajet périlleux des voyageurs des siècles précédents le long de la route de Tôkaidô. Mais Hana n'était pas au diapason.

— Quel fleuve sans intérêt ! dit-elle.

Avant de parvenir, à la nuit, à Osaka ils traversèrent un certain nombre de cours d'eau : le Tenryû, le Kiso, le Yodo. Mais aucun d'eux ne parut à Hana avoir la couleur profonde et la beauté du Ki.

— Je ne connais pas de fleuve qui puisse rivaliser avec le Ki, déclara-t-elle.

— Sans doute, dit Keisaku sans enthousiasme.

Il se tapota la bouche de la main pour étouffer un bâillement.

Peu après leur retour à Wakayama, la fille de Kôsaku tomba dans la rivière Narutaki et s'y noya. Missono, qui avait dix-huit ans, était partie se promener par un beau jour de printemps et, à la nuit, elle n'était toujours pas rentrée. Le lendemain matin, on vint annoncer à Umé et à Kôsaku, dévorés d'inquiétude, qu'on avait retrouvé le corps de leur fille. Le suicide était hors de question et l'autopsie révéla qu'il n'y avait pas eu meurtre. On supposa que la jeune fille, se promenant sur la rive par cette belle soirée, avait glissé sur l'herbe. Mais la Narutaki, entre Sonobé et Kusimi, coule à bonne distance de Musota et il parut étrange que la jeune fille ait été, le soir, se promener si loin de chez elle. Les villageois murmurèrent entre eux que la pauvre fille avait probablement été détournée de son chemin par un renard. Il y avait dans le pays un endroit connu sous le nom de « tumulus des renards » et les anciens évoquaient des légendes parlant de fantômes. Mais jusque-là personne n'en était jamais mort.

Le passage brutal des festivités du mariage de la

fille aînée des Matani à la tristesse des funérailles de la fille unique de la branche collatérale frappa tous les villageois. Hana commanda un pousse-pousse pour se faire conduire le plus rapidement possible au Nouveau Lac et se chargea d'organiser les rites funéraires à la place des parents accablés de chagrin. Impuissante à trouver les mots qui consolent et afin d'éviter de voir Kôsaku qui, le regard obstinément tourné vers le sol, paraissait inconscient de la présence de cette belle-sœur qu'il n'avait pas vue depuis si longtemps, Hana s'occupa de tout avec l'aide des domestiques venus de la grande maison. Les villageois se présentèrent tous sans exception pour brûler de l'encens, mais sans doute surtout par déférence pour la branche principale.

Hana ne pouvait supporter de rester assise au côté de Kôsaku écrasé par son deuil tant elle redoutait que, brusquement, il ne relève la tête pour la transpercer d'une de ces remarques sarcastiques qui lui étaient coutumières. Bizarrement elle-même n'éprouvait plus rien de l'amertume qu'il y avait eu entre eux. Elle cherchait vainement comment le réconforter.

Depuis la veillée jusqu'à la fin des funérailles, Hana resta au village. Elle logeait dans la maison des Matani qui, depuis que la famille était partie habiter à Wakayama, était occupée par les Matsui, un jeune couple qui la gardait. M. Matsui était employé dans les bureaux de la préfecture.

Tout étant terminé, Hana, nerveusement épuisée, avait décidé de regagner Wakayama le lendemain. Mais, pour l'instant, elle pouvait enfin se détendre en compagnie des Matsui. Ils étaient installés dans la salle de séjour aux huit tatamis, dans la lumière pauvre d'une ampoule de faible voltage. Hana pelait une orange *sampo* qui venait d'un arbre poussant dans le jardin de sa maison de Masago-chô. C'était un fruit de la grosseur d'une orange d'été, mais de couleur plus claire, plus léger et d'une forme conique particulière, qu'on ne trouvait que dans le sud de la préfecture de Wakayama et qui était fort apprécié des connaisseurs. La pulpe tendre, pas trop sucrée, avait un goût qui plaisait beaucoup à Hana. Dès son installation à Masago-chô, elle avait fait greffer l'oranger qui était derrière la maison. Depuis l'année précédente l'arbre avait commencé à donner des fruits. En fait, elle avait apporté ces oranges pour Kôsaku mais elle n'avait pas réussi à lui parler et n'avait dit que quelques mots à Umé. Aussi avait-elle craint de le blesser en offrant les fruits à sa femme derrière son dos, et avait préféré les garder.

— Quel fruit délicieux ! dit Mme Matsui dont le visage exprimait la bonté et la simplicité.

— Ils étaient meilleurs il y a un mois – ils avaient plus de jus.

En mettant dans sa bouche un quartier d'orange, Hana pensa au mois écoulé, si plein d'événements. La solitude d'une mère qui venait de se séparer de sa fille partie pour appartenir à une autre famille ressemblait au goût doux-amer de ces fruits un peu desséchés, dont la saison déjà était passée.

Plus tard, étendue sur sa couche dans la pièce du fond de la maison, Hana fut soudain assaillie par le sentiment de vide que crée l'absence d'un être cher. Auparavant, elle avait regretté d'avoir laissé sa fille partir pour Tokyo et l'université et de lui avoir permis d'échapper à l'autorité de ses parents, mais l'émotion éprouvée alors n'avait rien à voir avec celle de maintenant. Malgré le tempérament rebelle de Fumio et les dures paroles échangées, il y avait eu entre la mère et la fille un lien solide qui avait été définitivement tranché par le mariage.

Si elle se reportait vingt-cinq ans en arrière, Hana se rendait compte qu'elle pouvait comprendre à présent pourquoi Toyono n'avait pas voulu la revoir le lendemain du mariage ni même assister au banquet des femmes. Et si le repas pour Fumio avait eu lieu chez les Harumi et non à l'hôtel Impérial, si Fumio avait épousé un fils aîné, le tourment de Hana aurait été encore plus insupportable. Elle tentait de se consoler en agitant ces pensées dans sa tête, mais elle ne réussit qu'à se rendre plus malheureuse encore et les larmes se mirent à couler lentement du coin de ses yeux.

Elle pleura en silence un moment puis, reprenant possession d'elle-même, se leva pour aller aux toilettes. Le printemps était déjà avancé, si bien que même la nuit le sol n'était plus froid sous ses pieds nus. En regagnant sa chambre, elle aperçut une lueur sous un arbuste du jardin. Depuis quelques années les Matani avaient installé des portes coulissantes vitrées en plus des panneaux de bois, de telle sorte qu'à partir du mois d'avril on pouvait laisser les volets ouverts. Les Matsui avaient gardé cette habitude. Hana, attirée par cette lueur d'un blanc bleuâtre, s'arrêta pour essayer de distinguer ce qui se déplaçait au pied des arbustes. Elle se rendit compte que c'était le corps d'un serpent de plus de cinq centimètres de diamètre. La queue et la tête restaient invisibles dans l'obscurité, seul le mouvement des écailles luisantes dans la sombre clarté de la nuit révélait sa présence. Il s'agissait certainement là du serpent blanc qui, paraît-il, vivait sur les poutres des dépendances, appuyées contre le mur de l'enclos. Yasu et les villageois lui avaient souvent répété que c'était lui le vrai maître et protecteur de la maison des Matani. Au cours de toutes ces années Hana ne l'avait jamais vu. Elle ne se sentait ni effrayée ni impressionnée, elle se demanda simplement pourquoi le serpent lui apparaissait si clairement alors que tout le reste – les arbres, la lanterne de pierre, les rochers du jardin – se perdait dans les ténèbres.

Une fois rentrée à Masago-chô, Hana raconta l'incident à Yasu. Celle-ci, minuscule au milieu de l'entassement de couvertures, gardait fermés ses yeux qui ne voyaient plus depuis longtemps :

— Vraiment ? Vous l'avez aperçu, Hana-san ? Moi, je l'ai vu deux fois. C'est un grand serpent qui mesure presque deux mètres, mais il n'est pas méchant. Il ne fait de mal à personne. On ne court aucun risque à le laisser vivre dans les dépendances.

Yasu avait plus de quatre-vingt-onze ans et elle ne se levait plus depuis un an. Elle radotait. Elle avait plusieurs fois exprimé son profond regret de ne pouvoir assister au mariage de sa petite-fille à Tokyo. Puis elle avait oublié et elle avait recommencé à dire à Hana qu'il fallait se hâter de trouver un parti pour Fumio si on ne voulait pas que les choses tournent mal.

La noyade tragique de Missono, qui était aussi sa petite-fille, l'avait un moment secouée. Mais trois jours plus tard, sans doute parce que Missono n'avait jamais été très proche d'elle, cette mort lui était complètement sortie de l'esprit. Yasu ne se plaisait qu'à évoquer les souvenirs de sa jeunesse ou des premiers temps de son mariage. Les événements récents s'effaçaient très rapidement de sa mémoire, mais le serpent blanc fit exception à la règle. Elle ne semblait pas se lasser de raconter l'incident à la servante qui s'occupait d'elle et à ses filles mariées qui se remplaçaient à son chevet.

— Voilà mère qui parle encore du serpent, dit l'aînée, une femme au visage aussi ridé que celui de sa mère, et qui était elle-même grand-mère.

— Encore ! Chaque fois que je vais dans sa chambre, elle me répète son histoire.

— Hana, croyez-vous qu'elle soit proche de sa fin ? Elle paraît vraiment sénile.

Et elle commença à expliquer à Hana que, dans la famille, on disait que l'apparition d'un serpent annonçait un malheur.

— Eh bien, répondit Hana, il y a eu une mort au Nouveau Lac. Votre mère, heureusement, est encore bien portante.

— Hana-san, vous êtes très bonne avec mère et nous vous en sommes toutes très reconnaissantes. Elle est très âgée et vous vous pliez à tous ses caprices. Vraiment grâce à vous elle aura une belle mort. Elle vous préfère à toutes ses filles, elle se sent plus à l'aise avec vous.

— Non, vous vous trompez.

— Mais si ! C'est mère qui le dit tout le temps.

Hana, en silence, s'inclina devant sa belle-sœur pour la remercier de ses compliments. Elle se sentait comblée car, seule, la femme qui avait réussi à se faire aimer par sa belle-mère pouvait se vanter d'avoir conquis sa famille. C'était un exploit dont une femme pouvait être fière.

Et pourtant Hana ne réussirait peut-être jamais à conquérir complètement le cœur de sa propre fille. Le septième jour après la mort de Missono, Hana se rendit à Musota en pousse-pousse. Dans son obi tissé en gros fil torsadé vert foncé elle avait glissé la lettre de Fumio qu'elle avait reçue quatre jours plus tôt. La première lettre de sa fille depuis le mariage. Avec quelle nostalgie elle avait ouvert l'enveloppe ! Et quelle déception dès la lecture des premières lignes !

Après une formule de politesse très conventionnelle et nettement masculine, Fumio sans préambule attaquait de front sa mère :

« Je n'ai épousé qu'un simple employé de banque, même s'il a devant lui le plus brillant avenir. Nous n'avons, lui et moi, aucun besoin de nous sentir prisonniers du passé et de la tradition, puisqu'il n'appartient pas à une famille ancienne au nom glorieux et qu'il n'a pas à prendre en charge des biens transmis de génération en génération. "Un mode de vie entièrement neuf", telle est la devise que nous nous sommes choisie. Pour cette raison, j'ai renvoyé une grande partie des meubles et des costumes constituant ma dot qui, adaptés à des usages archaïques, ne nous serviraient à rien. »

Pourquoi Fumio était-elle si brutale et si cruelle ? Elle aurait pu dire qu'elle regrettait, mais que parmi les choses préparées par sa mère il y en avait qui n'étaient pas nécessaires et qui ne pouvaient trouver leur place dans la petite maison qu'elle habitait. Mais Fumio n'avait ni le caractère de sa mère ni son style. Elle ajoutait qu'elle avait renvoyé les colis non à Masago-chô mais à Musota. Effectivement Matsui avait annoncé la veille qu'il les avait reçus.

Avant d'aller au Nouveau Lac, Hana voulut voir quelles étaient les choses que Fumio avait renvoyées. De petits bourgeons verts apparaissaient sur le noir des branches du kaki à droite de l'allée. Le printemps s'annonçait, le cœur de Hana se fit plus serein :

— Quelle belle journée! dit-elle sur un ton joyeux à Mme Matsui qui cousait près de l'entrée de la maison. Je suis désolée qu'on vous ait encombrée avec tout ça!

Il y avait en effet plusieurs colis de formes et de dimensions diverses, maladroitement enveloppés de grossières nattes de paille et de bois, déposés sur le sol de l'entrée. Les Matsui, par discrétion, les avaient laissés là où ils avaient été livrés. Hana fit immédiatement appeler deux hommes pour les défaire. Il se révéla qu'il y avait là une coiffeuse avec miroir laquée dans le style de Kyoto, un meuble décoratif où exposer les porcelaines, un ensemble de récipients en laque dorée pour les parfums, une malle d'osier où s'entassaient le kimono d'apparat que Fumio avait porté pour son mariage, un kimono de dessous en soie vermillon et un koto.

— Oh! regardez, cette fissure!

Mme Matsui, les sourcils froncés, l'air navré, se mit à essuyer avec une serviette la partie endommagée de la précieuse boîte de laque.

— L'emballage a été mal fait. La corde n'était même pas nouée convenablement, dit l'un des hommes, indigné.

— Voudriez-vous, s'il vous plaît, apporter tout cela ici quand vous aurez enlevé la poussière? demanda Hana, accablée.

Après le départ des deux hommes elle se tourna avec un pauvre sourire vers Mme Matsui:

— Je suis désolée de vous déranger. Pouvez-vous m'aider à mettre ces choses dans la réserve?

— Bien sûr. Je suis à votre disposition, répondit la femme sans hésiter.

Puis, en couturière professionnelle qu'elle était, elle suggéra d'aérer les kimonos avant de les ranger. Tandis qu'elle s'activait à ouvrir les enveloppes de papier et à étaler les kimonos de mariée sur les dix tatamis de la pièce principale, Hana se déplaçait lentement d'un objet à l'autre.

— Comme ils sont beaux, ces kimonos! Quel goût exquis! Les gens du village ont tellement regretté de ne pouvoir assister au mariage de la Demoiselle, vous ne croyez pas que je pourrais les montrer aux voisins?

— Non. Il vaut mieux pas. Il ne serait pas convenable que la famille principale soit en fête alors que le Nouveau Lac est en deuil.

Le koto qui avait été renvoyé était celui que Hana avait apporté de Kudoyama. Le dessin en laque d'or sur le côté de l'instrument était d'une autre époque. Justement à cause de cela l'instrument aurait pu parler à celle qui en aurait fait vibrer les cordes. N'était-ce pas ce que Hana avait cherché à faire en ce jour mémorable dans la réserve ? Elle revoyait le rouge vif du sang sur le dos de la main de Fumio, là où les onglets d'ivoire avaient déchiré la peau. Quand elle s'était décidée à envoyer ce merveilleux instrument à sa fille, habitée par ce souvenir, elle avait souhaité faire naître en elle le goût de l'élégance. Une fois encore, elle avait essuyé un refus. Hana éprouvait une grande tristesse à en trouver la preuve dans ce koto retourné à l'expéditrice.

— Nous pourrions ranger tout cela dans la réserve à votre retour du Nouveau Lac. Voulez-vous accepter de vous joindre à présent à notre modeste repas ?

Mme Matsui partit s'occuper du repas. Hana, au milieu des superbes soieries étalées sur le sol, s'assit devant le koto dont les cordes, en l'absence de chevalet, étaient collées à la caisse et se demanda vaguement à quoi pourraient bien ressembler les enfants de Fumio.

Portant machinalement le riz de son bol à sa bouche avec ses baguettes, elle dit d'une voix éteinte :

— Je me demande…

— Oui ?

— Il y a quelque chose qui me préoccupe terriblement.

— Vous n'avez pas bonne mine, je l'ai remarqué.

— J'ai peur que Fumio ne puisse pas avoir d'enfant.

207

Mme Matsui n'était pas de Musota. Elle ne connaissait pas Fumio et elle ignorait tout des rapports difficiles que la mère et la fille avaient toujours eus. Elle ne comprenait pas pour quelle raison une partie de la dot avait été renvoyée; aussi se mit-elle à rire en entendant Hana s'inquiéter de manière aussi absurde pour l'avenir de Fumio:

— Mais, madame, votre fille n'est mariée que depuis à peine un mois!

Hana, se rendant compte de la sottise de ce qu'elle venait de dire, répondit par un petit sourire ironique, mais son impression de malaise ne se dissipa pas.

L'anxiété de Hana, cependant, se révéla vite sans fondement. Au début de l'été elle fut informée que Fumio était enceinte et que la naissance était prévue pour le mois de décembre.

— Ils n'ont pas perdu de temps, commenta Keisaku avec un sourire épanoui.

Hana était aussi heureuse que lui à l'idée de ce premier petit-enfant et elle se hâta d'écrire à sa fille pour lui faire toutes sortes de recommandations, comme il était normal pour une mère. En même temps, elle priait Eiji de bien vouloir permettre à Fumio de revenir chez ses parents pour son premier accouchement, ce qui lui paraissait la meilleure solution à tous égards. Elle ajouta même que Fumio pourrait venir faire ses dévotions au temple Jison pour demander un accouchement facile et lui rappela les amulettes en forme de sein.

La réponse de Fumio arriva par retour du courrier:

«Pour la naissance de notre enfant nous avons

décidé de nous en remettre à la clinique d'obstétrique de l'hôpital de la Croix-Rouge japonaise à Aoyama Tagaki-chô, qui possède tous les équipements modernes souhaitables en cette Nouvelle Époque. Je vous prie de ne pas tout compliquer en introduisant la superstition dans la vie de cet enfant dès sa naissance. »

Fumio opposait donc un refus à la sollicitude de Hana. Elle ne tenait aucun compte du fait que « notre enfant » était aussi le petit-fils (ou la petite-fille) de Hana. Cependant Hana cessa de s'attrister de la froideur de Fumio ; elle vit dans cette lettre la preuve qu'elle avait été effectivement adoptée dans une autre famille et s'y résigna. Après avoir confectionné les amulettes requises Hana, accompagnée de Tomokazu, le plus jeune de ses enfants, partit pour Kudoyama où elle n'était pas retournée depuis plus de dix ans.

Hana et Tomokazu se firent conduire en pousse-pousse à la gare de Wakayama où ils montèrent dans un wagon noir de poussière de charbon. Ils roulèrent vers l'est en direction de Hashimoto, où ils devaient changer de train, en suivant le Ki et, tout au long, les gares redirent à Hana des noms inoubliables : Iwade, Kokawa, Kaseda. C'étaient là tous les lieux où sa procession de mariage avait fait halte, et ils évoquaient des souvenirs qui l'emplissaient de nostalgie.

Tomokazu, assis à côté de sa mère, s'agitait sur son siège, croisant et décroisant les jambes. Il était en première à l'école secondaire de Wakayama et devait partir pour Tokyo l'année suivante. Hana l'avait emmenée avec elle pour lui donner l'occasion de mieux connaître le Ki avant qu'il ne quitte la région. Le voyage en train paraissait long à Tomokazu.

— Regarde, Tomokazu-san, regarde comme le Ki est beau ! s'écria Hana.

— Oui. Mais il en faut du temps, pour aller à Kudoyama !

Le paysage ne l'intéressait pas. Ils avaient quitté Wakayama le matin même et, une fois à Hashimoto dans l'après-midi, ils avaient encore une heure à attendre leur correspondance.

— Allons voir les rives de plus près, suggéra Hana qui descendit vers le fleuve avec l'impression de se retrouver chez elle, dans des lieux familiers.

D'après la carte on aurait pu croire que la voie ferrée suivait le fleuve mais, en réalité, par la fenêtre du compartiment on ne faisait qu'apercevoir de temps en temps ses flots bleus. De minuscules villages et des rizières couvraient les rives de Kaseda à Hashimoto. À cette époque de l'année les épis de riz tournaient au doré dans les rizières à sec et les eaux du fleuve étaient au plus bas. Hana voulait absolument arriver jusqu'à elles.

— Écoutez, on entend le fleuve ! cria Tomokazu avec enthousiasme, debout au bord des graviers du lit d'où l'eau s'était retirée.

En ce lieu, près de la préfecture de Nara, le lit était plus étroit qu'à Musota, située en aval, et les flots plus rapides. Sous la surface bleue et paisible des courants profonds entraînaient les eaux avec une telle vigueur que toute la rive en retentissait d'un mugissement sourd qui parvenait jusqu'à Hana et son fils.

— J'ai descendu le fleuve en barque, quand je suis venue à Musota pour la première fois, Tomokazu-san.

— Oui, on me l'a dit.

Hana aurait voulu parler du passé mais les servantes avaient déjà tout raconté à Tomokazu. La mère et le fils contemplèrent en silence le fleuve et l'horizon lointain vers l'aval. Il n'y avait pas trace de nuages. Mais une vague vapeur azurée montait des eaux du Ki et Hana se demanda si ce n'était pas elle qui colorait le ciel d'automne.

Hana, considérant que c'était son devoir de mère, vint séjourner chez Fumio, dont la grossesse était bien avancée, pour lui prodiguer ses soins et veiller sur la maison. Fumio, les nausées des premiers mois terminées, se mettait brusquement à rêver des bonnes choses qu'on mangeait à Wakayama – elle qui ne les avait jamais spécialement appréciées. Au petit déjeuner il lui fallait de la soupe à la pâte blanche de soja et des radis macérés dans la saumure qui craquaient sous la dent. Comme c'était la saison du bariko, Hana en avait apporté et Fumio, trois fois par jour, en faisait griller deux qu'elle mangeait en entier, tête et queue incluses.

— Mère, j'ai envie de daurades noires de Kada, crues ou pilées dans la soupe. Je suis vraiment lasse de ce poisson affreux qu'on mange à Tokyo.

— C'est une question de courant marin certainement, répondit Hana. Moi non plus je n'aime pas le poisson de Tokyo. Celui de Kada vient du détroit de Naruto, c'est ce qui lui donne cette chair ferme et ce goût exquis.

— Vous avez certainement raison. Ah! comme je voudrais du sushi de chez nous! Mère, demandez à père qu'il m'en apporte la prochaine fois qu'il viendra à Tokyo.

Depuis son mariage Fumio s'était donné beaucoup de mal pour se montrer une épouse dévouée. Maintenant qu'elle était enceinte, elle semblait brusquement accablée par la fatigue accumulée et, depuis l'arrivée de sa mère, elle se conduisait en enfant gâtée. Hana, heureuse de retrouver sa fille, se prêtait à tous ses caprices. Cependant, quand elle lui conseilla de veiller à faire nettoyer les lieux d'aisance pendant sa grossesse, Fumio se fâcha:

— C'est de la pure superstition! Nous vivons à l'époque de la science, l'important c'est de suivre les indications de l'obstétrique.

Ce n'était pas le nettoyage des toilettes qui pouvait assurer la venue au monde d'un bel enfant, c'était bien plutôt l'environnement esthétique de la future mère. On voyait collées sur les murs et les portes coulissantes de la chambre des photographies de Mary Pickford et de Rudolph Valentino:

— Moi, je veux un garçon, alors je me concentre sur Valentino. Mais Eiji souhaite, si c'est une fille, qu'elle ressemble à Mary Pickford, c'est pour cela qu'il a acheté des photos de l'actrice.

Le visible mécontentement de Fumio amusa Hana qui pensa que sa fille, comme les autres, pouvait être jalouse. Mais ce qui l'amusait plus encore était de voir ces jeunes mariés se choisir comme modèles de beauté des Occidentaux, une rousse aux yeux bleus en particulier. Elle aurait mieux compris des portraits d'acteurs de Kabuki : Tachibanaya, Eizaburô ou Fukusuke, par exemple. Mais depuis leur mariage Fumio et Eiji avaient essentiellement choisi comme divertissement les derniers films étrangers.

Kazuhiko, le premier de leurs fils, naquit à peu près à la date envisagée, vers la fin décembre. Couchée dans ses draps d'un blanc immaculé dans sa chambre de l'hôpital de la Croix-Rouge, Fumio annonça fièrement à sa mère :

— J'ai eu beau ne pas respecter les superstitions, j'ai donné naissance à un garçon beau comme un joyau.

Un instant Hana revit les charmes en forme de sein sur lesquels elle avait écrit à l'encre de Chine : Fumio, vingt-deux ans, avant de les accrocher au pilier de l'entrée du pavillon Miroku du temple Jison. Mais elle se garda d'en parler. Dans un berceau, tout près du lit de sa mère, le nouveau-né dormait dans ses draps blancs.

— Regardez son nez. Vous ne trouvez pas qu'il est beau comme son père ? dit Fumio.

— Aussi beau que Valentino !

Fumio était toute surexcitée parce qu'Eiji ayant été nommé à un poste à l'étranger pour le printemps prochain, ils quitteraient le Japon. Elle allait traverser l'océan. Elle expliqua à sa mère son rêve d'élever ce petit garçon qui venait de naître de façon qu'il soit vraiment un homme des temps modernes.

Hana l'écoutait sans répondre. Elle finit cependant par dire :

— J'attendrai tranquillement de voir quel homme il sera.

Le premier poste donné à Eiji à l'étranger fut Shanghai. En cette fin de printemps 1926 – après la mort de l'empereur Taishô et de Yasu – les Harumi s'embarquèrent dans le port de Kobe pour traverser la mer de Chine.

« Ne trouvez-vous pas significatif que je sois amenée à traverser la mer de Chine pour m'établir à l'étranger une génération après que vous avez descendu le Ki pour venir vous installer dans la famille de votre mari ? À l'inverse des eaux du Ki, dont le bleu reste le même en toute saison, la mer passe constamment du bleu sombre au vert ou à un bleu clair, et quand on approche de Shanghai elle devient d'un jaune brunâtre comme de la boue. La diversité des couleurs de la mer est très supérieure à ce bleu immuable du Ki. J'ai persuadé Eiji qu'il faudrait appeler notre second fils Wataru[1]. »

À en juger par sa première lettre de Shanghai, un an de mariage et la naissance d'un garçon semblaient avoir adouci le caractère de Fumio. Mais Hana n'avait pas, à ce moment-là, le loisir de penser à sa fille aînée. La seconde, Kazumi, devait épouser le fils d'une vieille famille de Yamato qui sollicitait sa main depuis longtemps. Le mariage avait été fixé au printemps de 1927. Hana était bien décidée à ce que l'union des deux familles

---

1. Prénom masculin courant dont l'idéogramme signifie : « traversée ».

soit célébrée dans les formes requises et non pas –
comme cela avait été le cas pour Fumio, en dépit
des invités importants présents au repas de noces –
en un mariage moderne simplifié. Hana elle-même
veillait au moindre détail.

— Tout a été plus simple quand il s'est agi de
marier notre fille à un étudiant sans le sou, soupira
Keisaku au spectacle de Hana absorbée par les préparatifs.

— Et que direz-vous quand il s'agira de marier
votre fils aîné ? Et Utae ? Et Tomokazu ?

— Exactement. Mais je ne peux quand même
pas leur dire de se trouver eux-mêmes un conjoint
et de filer avec sans cérémonie ! dit Keisaku en
riant.

Keisaku gardait sa belle humeur mais lui aussi
avait des problèmes. Tasaki Yusuke, qui avait annoncé que Keisaku lui succéderait dans cette circonscription où il avait de fidèles partisans, le
pressait de poser sa candidature aux élections législatives. Keisaku, qui avait déjà cinquante-quatre
ans, se tournait vers sa femme avec un petit sourire :

— Si j'avais voulu être député, dit-il, je me serais
présenté il y a vingt ans. Je compte bien finir ma
carrière à Wakayama. J'ai toujours travaillé au développement des industries locales de façon qu'elles
profitent réellement aux gens de Wakayama au lieu
d'être simplement au service de ceux d'Osaka. Il
faut que l'économie de notre région soit fonction
de sa taille et de ses besoins. Je pense bien entendu
au syndicat des usagers de l'eau du Ki et au conseil
agricole de la préfecture…

— Tout marche comme vous le souhaitiez.

— Précisément, Hana...

— Oui?

— Tu m'as toujours poussé, tu n'as cessé de répéter qu'un jour je serais ministre. Mais je ne le serai jamais, tu le sais bien.

— Ne dites pas cela. Moi, je suis toujours convaincue que Matani Keisaku a l'étoffe d'un ministre.

— Que tu es fatigante!

— Pour moi vous êtes un homme qui aurait pu facilement devenir ministre mais qui a choisi de se dévouer pour Wakayama.

— Comme tu as bien dit cela! dit Keisaku en riant.

Keisaku ne pouvait ignorer au fond de lui-même que c'étaient la confiance et les encouragements de Hana qui l'avaient mené là où il était. Il avait vécu une vie sans remous, comme porté par une barque qui descend le fleuve, le vent en poupe. Il n'avait pu le faire que grâce à sa femme, toujours à ses côtés, qui n'avait jamais montré ses propres souffrances et l'avait protégé par la perfection de sa présence.

— Hana, j'ai l'intention de prendre les leçons prescrites pour me former à la cérémonie du thé.

— C'est une merveilleuse idée.

— Veux-tu te charger de faire rénover l'annexe pour en faire une pièce rigoureusement conforme aux exigences de la cérémonie du thé? Peu importe la dépense...

Hana faisait partie d'un groupe de dames de la bonne société, parmi lesquelles se trouvaient la baronne Namura et la femme du préfet, avec lesquelles elle pratiquait la cérémonie du thé. Elle se mit à l'œuvre immédiatement et avec le concours de sa cousine, femme du maire de Wakayama, commença à dresser des plans pour la rénovation. Pour une fois, elle pouvait donner libre cours à son goût du raffinement. Quand la salle de thé serait installée à son idée, la maison de Masago-chô deviendrait le lieu de rendez-vous de la société élégante de Wakayama.

Le projet progressait lentement quand, au début de 1928, la diète fut dissoute. Les élections législatives étant prévues pour février, le Seiyûkai et le Minseitô entamèrent une vigoureuse campagne électorale. Matani Keisaku qui était à la tête du Seiyûkai à Wakayama se vit obligé de prendre une décision sans tarder.

— C'est ridicule de se présenter au parlement pour la première fois à mon âge ! déclara-t-il.

Mais Tasaki Yusuke fut désigné comme sénateur à vie à la chambre haute et Keisaku ne put refuser plus longtemps.

— Hana, rien à faire. Je crois finalement que je vais être député.

— C'était inévitable.

Keisaku venait juste de rentrer d'une réunion où sa candidature avait été décidée avec l'accord du comité central du parti. Son élection ne faisait aucun doute.

Le 20 février 1928, Matani Keisaku fut élu député à la diète à une très large majorité. Son élection avait été facilitée par le fait que tout le travail préparatoire avait été l'œuvre de son secrétaire, Otake, qui le secondait depuis ses débuts au conseil préfectoral. Pour se procurer les fonds nécessaires à sa campagne il avait dû vendre une partie de ses terres à riz de Musota. Il n'y avait rien là d'exceptionnel. Il avait l'habitude, chaque fois qu'il appartenait à un nouvel organisme, d'investir dans les projets qu'il préconisait.

— Tu sais, Hana, disait-il parfois d'un ton méditatif, un peu amer, c'est à mon argent que je dois ma réussite.

— Quelle absurdité ! répondait Hana avec conviction. Cette terre, nourrie de l'esprit de générations de Matani, a donné naissance à Matani Keisaku. Si vous tenez absolument à prendre que vous avez acheté votre gloire, dites que c'est avec de la terre riche de la présence de vos ancêtres que vous l'avez fait.

Peu après, ils reçurent de Shanghai des cadeaux avec des félicitations : il y avait un luxueux bâton d'encre de Chine pour Keisaku et un coupon de damas de Chine destiné à faire un obi pour Hana.

La lettre d'Eiji qui arriva peu après était rédigée dans un langage recherché, poli et posé, aussi différent que possible de celui de Fumio. Eiji félicitait Keisaku de son élection à la diète – au suffrage universel, pratiqué pour la première fois au Japon – et il ajoutait que c'était l'aube d'un âge nouveau pour la nation japonaise.

— Ils sont bien assortis, Fumio et lui. Ils ont tous les deux le goût de l'exagération, dit Keisaku.

— Vous devriez lire plus attentivement. On ne

sait pas si cette aube d'un âge nouveau se rapporte à l'instauration du suffrage universel ou à votre élection.

— En tout cas, Eiji-san est plein d'attentions.

En effet on demandait souvent à Keisaku depuis son élection de tracer avec son pinceau quelques lignes d'un poème sur un carré d'épais papier de couleur. Eiji avait sûrement prévu cet usage pour son encre. Hana, qui examinait dans la vive lumière de l'ampoule électrique le damas noir tissé en damiers envoyé par Fumio, se réjouit que sa fille fût devenue une femme réfléchie capable de choisir un obi convenant à sa mère.

— C'est tout à fait naturel qu'une femme qui attend un deuxième enfant ait un peu de plomb dans la tête. Rappelle-toi, après la naissance de Fumio, tu as changé brusquement…

Mais Hana n'avait pas le temps de chercher ces souvenirs lointains dans sa mémoire. Elle s'inquiétait de cette seconde grossesse qu'Eiji leur avait annoncée. Fumio vivait au milieu d'étrangers, avec des domestiques chinois dans sa maison. Pouvait-on être certain que son accouchement se passerait dans les conditions de sécurité souhaitables ? Elle pensa à envoyer l'argent du voyage de façon que la naissance ait lieu au Japon. Mais, d'après Eiji, on attendait l'enfant fin avril ou début mai. Il était donc trop tard pour que Fumio, dans son état, envisage de prendre le bateau.

«Entre ciel bleu et fleurs d'azalées un Japonais de plus. Mère et fils en bonne santé. Harumi.» Ils reçurent ce télégramme le 4 mai. Deux mois plus tard leur parvenait une photographie des quatre membres de la famille : Eiji, Fumio, Kazuhiko et Shin. Eiji avait un air très élégant avec son costume de lin blanc et ses lunettes à monture presque invisible. Fumio, assise à côté de lui avec Shin dans les bras, arborait une robe sans manches au décolleté généreux garnie d'une sorte de ruche sur l'épaule droite, et un chapeau cloche incliné sur l'oreille. Elle aussi était visiblement à la dernière mode.

— Fumio a maigri, remarqua Hana. Elle a peut-être eu un accouchement difficile.

Hana essayait de deviner ce qui se cachait derrière ce nouveau visage de Fumio. Mais les bras robustes et la poitrine opulente ne justifiaient pas son inquiétude, pas plus que les larges caractères, semblables à ceux de ses missives d'étudiante, qui caracolaient joyeusement en travers de la lettre accompagnant la photo. Fumio précisait que le nom de leur fils, Shin, avait été choisi pour commémorer l'élection de Keisaku : l'idéogramme évoquait celui qui commence « suffrage universel ». Elle avait complètement oublié le prénom auquel elle avait pensé en traversant la mer de Chine. Elle décrivait sur le mode humoristique des scènes de la vie à la concession de Shanghai, glissant même dans son récit quelques mots chinois qu'elle avait appris, au lieu des remarques caustiques dont elle était coutumière avant son éloignement. Enfin, elle les informait fièrement que, grâce à l'indemnité de séjour à l'étranger, le salaire d'Eiji était l'équivalent de celui d'un général. En post-scriptum elle ajoutait que l'encre de Chine et le coupon de damas leur avaient coûté respectivement quinze et sept yens. Au Japon Eiji n'avait gagné par mois que quatre-vingt-deux yens – ce qui était loin d'être un petit salaire à l'époque, mais avait été entièrement consacré aux faux frais du ménage.

Fumio aurait dû écrire : « Grâce à vous nous sommes enfin en mesure de vivre largement sur le salaire d'Eiji. Ne vous inquiétez plus pour nous. » Au lieu de cela, elle proclamait : « Eiji n'a pas derrière lui une famille de grand renom ni des terres qu'on exploite pour lui, mais il est tout à fait capable de subvenir aux besoins des siens. »

Hana était trop habituée à l'attitude de Fumio pour en souffrir. Elle était tourmentée cependant à l'idée de l'importance de la somme dépensée par sa fille et elle décida de leur envoyer un cadeau d'une valeur égale. La robe de Fumio était une copie de celle portée par Clara Bow, l'actrice américaine, et elle était considérée comme du dernier chic par les jeunes filles modernes au Japon. Hana, toutefois, la trouvait si indécente qu'elle pouvait à peine en supporter la vue sur la photo. Elle se hâta de se rendre chez Takashimaya et acheta deux kimonos habillés de gaze de soie avec obi assorti, qu'elle envoya à Fumio. Une fois encore ces vêtements lui furent réexpédiés par retour du courrier :

« Le saké nouvellement distillé doit être versé dans une outre neuve. De même les vêtements à l'occidentale conviennent mieux à un nouveau mode de vie. Les cadeaux de mère, malgré leur gentillesse, semblent être une critique de ma façon de m'habiller. Désormais, hiver comme été, je ne porterai que des vêtements de ce style. Aussi je me permets de tout renvoyer. Mais j'apprécie le mal que vous vous êtes donné. »

À cette lettre étaient jointes trois autres photographies. Sur la première on voyait Eiji et Fumio, raquette en main, sur un terrain de tennis. Fumio, au verso, avait écrit: « Nous avons commencé le tennis. Le soleil insatiable de Shanghai nous a déjà bien hâlés. » Sur la seconde Eiji, coiffé d'une casquette de sport, se tenait joue contre joue avec son fils aîné, coiffé d'un modèle réduit de la même casquette. Sur la dernière, Shin, déjà méconnaissable, était dans les bras de sa mère qui, vêtue d'une robe à carreaux, souriait, détendue.

C'était un visage heureux, sans l'ombre d'angoisse. Fumio, pensa Hana, était ridiculement sûre d'elle-même et passablement égoïste mais, sans éprouver vraiment du ressentiment, elle rangea les kimonos et l'obi au fond d'un tiroir de la commode en paulownia de sa chambre. Quand elle en aurait l'occasion, elle les mettrait dans la réserve, à Musota, avec les kimonos de mariée de Fumio.

Quoique située en pleine ville, la maison de Masago-chô était entourée d'un spacieux jardin planté d'arbres. Dans la chaleur d'un été qui n'en finissait pas, les cigales poursuivaient leur concert incessant comme si elles voulaient empêcher l'arrivée de l'automne. Hana transpirait peu, mais le chant des cigales l'irritait. Elle se rappelait l'expression de Fumio: « le soleil insatiable de Shanghai »: l'expression lui avait semblé bizarre. Elle la choquait. Pour se distraire, elle essaya de penser à la cérémonie du thé projetée pour bientôt.

L'automne arriva et, avec lui, un télégramme

de Shanghai annonçant que Shin était gravement malade. Keisaku était à Tokyo pour une session plénière de la diète impériale. Hana, désemparée, ne savait que faire. De son côté Kazumi, qui avait épousé un Kusumi de Yamato, souffrait d'un rhume qui avait commencé brusquement avec les premières fraîcheurs de l'automne et qu'elle avait négligé. Il y avait eu des complications – elle était dans un état grave. Trois jours plus tard Hana reçut un autre télégramme : Kazumi était au plus mal. Elle se précipita à son chevet mais, quand elle y parvint, il était trop tard : la pneumonie avait terrassé sa fille.

Quand Utae, la benjamine, arriva apportant le costume de deuil pour sa mère, Hana ne put s'empêcher de scruter le visage de sa fille, craignant d'y découvrir l'annonce d'une mauvaise nouvelle de Shanghai. Utae, le visage obstinément baissé, essayait de cacher à sa mère la trace de ses larmes. Les funérailles de la jeune femme terminées, les Kusumi, dont elle n'avait partagé la vie qu'un an et demi, proposèrent selon la coutume de rendre aux Matani tous les objets apportés en dot lors du mariage, en dehors des vêtements de noces. Hana en choisit quelques-uns qu'elle donna en souvenir de la défunte à la belle-mère et aux belles-sœurs ainsi qu'aux servantes. Puis elle quitta à la hâte la demeure des Kusumi, leur laissant le soin de tout emballer et de faire l'expédition.

Au moment où elle franchissait le seuil de la maison endeuillée pour se retrouver sous le ciel lumineux de l'automne, Hana se sentit prise d'un vertige. Kazumi n'était plus que des ossements dans

223

une urne qui, au quarante-neuvième jour, serait ensevelie dans le caveau familial des Kusumi si bien que, même morte, elle ne serait plus présente chez les Matani. La mère de Kazumi ne pouvait emporter avec elle que des biens matériels, elle n'avait pas droit à la moindre parcelle des restes de sa fille.

Soutenue par Utae et Tomokazu, elle regagna la demeure des Matani à Masago-chô. Au domestique qui les accueillait à l'entrée, elle demanda :

— Y a-t-il un télégramme de Shanghai ?

L'hésitation sur le visage du jeune homme lui apprit la mort de son petit-fils. Hana, qui se préparait à retirer ses chaussures, perdit l'équilibre et s'effondra sur la marche de pierre du seuil. Quand elle reprit connaissance, elle était étendue dans la salle de séjour et Kôsaku était à côté d'elle.

— Oh ! c'est vous ! Comme c'est gentil d'être venu de si loin, dit Hana.

Et elle essaya de se redresser.

— Sœur aînée, il faut rester couchée, dit Kôsaku, l'arrêtant d'un geste. Si vous vous levez trop vite, vous allez recommencer et vous faire mal.

— Kôsaku-san…

— Mon frère est retenu à Tokyo, paraît-il ?

Hana se mit à pleurer en silence. Elle qui jamais jusque-là n'avait laissé couler ses larmes devant quelqu'un, enfouit son visage à demi dans l'oreiller et, les yeux fermés, s'abandonna à son chagrin. Kôsaku la regardait, silencieux lui aussi. Il avait vieilli prématurément et, avec ses cheveux blancs, il paraissait plus âgé que Keisaku. Ses sourcils grisonnants parfaitement immobiles donnaient l'impression qu'il pleurait en lui-même. Lui aussi avait perdu une fille et, comme Hana, il n'avait plus la force de cacher ses sentiments.

Fumio, à Shanghai, semblait en proie au même désespoir. Une lettre arriva où elle décrivait longuement les circonstances de la mort de Shin et où se révélait son profond désarroi. Elle y exprimait son sentiment que la douleur d'avoir vu mourir un enfant ne pouvait être comprise que par des parents ayant connu la même perte. Elle disait aussi avoir honte en se comparant à sa mère qui avait élevé cinq enfants, tous sains et saufs. Il était clair qu'elle se sentait sans force. Hana, encore sous le choc, n'avait pas averti les Harimi de la mort si rapide de Kazumi.

L'été suivant, Eiji fut envoyé par sa banque à la succursale de New York. Cette fois, il décida de partir seul. Fumio, en effet, de nouveau enceinte, souhaitait vivement accoucher au Japon. Elle désirait aussi y rester jusqu'à ce que l'enfant commence à marcher. En outre Kazuhiko était presque d'âge scolaire et il semblait préférable de ne pas compliquer le problème de ses études. Eiji écrivit aux Matani pour leur demander s'ils voulaient bien héberger Fumio et ses enfants pendant trois ans. Avant que Hana ait pu répondre, les Harumi arrivèrent à Kobe et de là gagnèrent à la hâte Wakayama : les employés de la banque Shôkin avaient dix jours pour rejoindre leur nouveau poste après qu'ils avaient reçu l'avis écrit de leur nomination.

Fumio avoua à sa mère qu'elle était accablée par l'idée que sa négligence coupable était en partie responsable de la mort de son fils :

— Vous avez perdu un enfant vous aussi, mais

Kazumi était adulte. Elle s'est mariée, elle a vécu. De plus, vous n'avez aucune responsabilité dans sa mort alors que, moi, j'étais là, j'ai vu Shin tomber malade et je n'ai pas pu le sauver. Je suis hantée par le remords de cette tragédie.

— Fumio, moi aussi j'ai des remords. Ma grand-mère m'avait dit autrefois qu'il ne fallait pas qu'une mariée ait à remonter le cours du Ki pour se rendre dans sa nouvelle famille. Je n'en ai pas tenu compte. J'ai pensé que c'était de la superstition et j'ai envoyé Kazumi à Yamato, en amont. Maintenant que c'est trop tard, je crois que c'est ma faute s'il est arrivé un malheur.

— Je ne connaissais pas cette superstition.

— Et pour Shin…

— Comment, pour Shin ?

— Avant la naissance de Kazuhiko, sans t'en parler, je suis allée à Kudoyama accrocher à ta place une amulette en forme de sein au pilier du temple Jison. Mais, quand tu attendais Shin, j'étais prise par autre chose et je n'ai même pas chargé quelqu'un d'autre de cette mission. Quand je pense que c'est peut-être à cause de cela qu'il n'a pas vécu, je me sens coupable…

— Mère !

Fumio observait sa mère, les yeux écarquillés. Elle semblait sur le point de parler mais finalement elle n'ajouta rien. Quelques jours plus tard elle demanda à Hana, l'air gênée :

— Mère, comment fait-on les amulettes en forme de sein ?

Hana le lui expliqua à l'aide d'un mouchoir :

— Tu as l'intention d'aller au temple Jison ?

— Oui, je me sentirai plus tranquille.

Elle s'éloigna sans plus d'explication. Elle était robuste et supportait sa grossesse sans difficulté. Le même soir, elle vint montrer à sa mère l'amulette qu'elle avait terminée :

— Mère, est-ce que ça ira ?

Fumio, qui n'était pas très adroite de ses mains, n'avait réussi à confectionner que de disgracieuses amulettes, d'une taille surprenante. Depuis la mort de Shin, elle avait beaucoup maigri et n'était plus que l'ombre d'elle-même, mais les seins en coton étaient plus gros que les siens ne l'avaient été quand elle nourrissait Kazuhiko, son premier enfant.

Comment Hana aurait-elle pu lui dire que ce qu'elle avait fait ne convenait guère ? Que Fumio, qui chargeait sa bonne de raccommoder les chaussettes de son mari, ait pris l'aiguille et le fil pour assurer la santé de l'enfant à naître méritait en soi des félicitations.

— Oui, ça fera l'affaire.

Hana apporta son écritoire et la posa devant Fumio. Le couvercle au dessin d'or enlevé, Fumio regarda la pierre à broyer et les deux bâtons d'encre. L'un d'eux était celui qu'elle avait envoyé de Shanghai. Après un long moment de réflexion, elle prit l'autre, le bâton japonais, et commença à le frotter sur la pierre. Le bâton chinois lui avait certainement rappelé les jours de sa grossesse, avant la naissance de Shin. Quand l'encre eut la bonne consistance, Hana dit :

— Laisse-moi écrire les caractères, Fumio.

Fumio, sans un mot, tendit l'écritoire à Hana. Quand les charmes portant l'inscription : « Fumio, vingt-six ans » furent suspendus au pilier du pavillon Miroku, ils éclipsèrent par leur volume tous les autres qui, eux, pouvaient tenir dans le creux de la main. Fumio, profitant de sa taille, les avait accrochés très haut. Elle chercha ceux que Hana avait apportés pour assurer l'heureuse naissance de Kazuhiko, mais les intempéries avaient effacé les caractères sur les plus anciens. Il y en avait aussi où la soie déchirée, laissant sortir le rembourrage de coton, produisait un effet comique.

Une fois rentrée à la maison, Fumio décrivit avec beaucoup de verve sa visite au temple :

— Je ne crois pas à l'efficacité de cette offrande, mais je me sens quand même beaucoup plus détendue. La superstition a ses mérites, dit-elle, cherchant encore à rationaliser sa réaction.

Elle qui avait toujours ardemment combattu la superstition, et prêché pour un mode de vie moderne, ne pouvait faire volte-face du jour au lendemain. Hana ne voulut pas humilier sa fille en soulignant son revirement, elle se contenta de critiquer son costume :

— Tu devrais t'habiller autrement. Avec cette robe fourreau tu n'es pas présentable. Les visiteurs sont nombreux ici.

— Peu importe ce que les gens peuvent penser, répondit Fumio.

Le début de l'année 1931 fut marqué à Tokyo par une abondante chute de neige. À l'ouest, la neige ne tomba que quelques jours plus tard et à Wakayama même elle resta sur le sol – spectacle très rare. La couche n'atteignait pas dix centimètres mais, comme c'était un événement d'importance, les gens ajoutèrent à leurs formules traditionnelles de vœux les mots : « Puisse la neige assurer une bonne récolte ! » qu'on n'avait jamais employés dans la région. Les habitants de Wakayama étaient d'humeur joyeuse.

Couchée dans sa chambre de l'hôpital de la Croix-Rouge japonaise, à Takamatsucho, Fumio regardait tomber les flocons :

— Tout ce blanc me fait mal aux yeux, dit-elle.

Le souvenir des yeux malades de Yasu effraya Hana qui tira rapidement les rideaux pour tamiser, la lumière.

— Mère, comment va mon bébé ?

— Il va bien. Ne t'inquiète pas.

La fille de Fumio était née un mois avant terme et elle avait été placée dans une étrange boite appelée couveuse, sous la surveillance des infirmières. Elle avait tout juste pu pousser un faible cri à sa naissance et elle était encore incapable de se nourrir elle-même.

— Le pèlerinage au temple Jison n'a pas servi à grand-chose, mère.

— Tu dis des bêtises. Dors ! Ne va pas tomber malade, toi aussi.

— Ma fille va-t-elle si mal ? Je ne l'ai pas perdue elle aussi ?

Fumio s'était redressée brusquement.

— Du calme, Fumio ! Tu as entendu le médecin : il a dit que tout irait bien.

— Ouvrez les rideaux, mère. L'obscurité me donne des idées noires.

Hana laissa entrer la lumière puis, à la vue de la neige qui tombait toujours, elle dit pour changer de conversation :

— Pourquoi ne pas appeler l'enfant Yukiko ? Comme Yuki, la neige. Harumi Yukiko, c'est un bon nom pour une fille, tu ne trouves pas ?

De dessous son oreiller Fumio sortit une lettre qu'elle tendit à Hana. C'était une lettre de New York et sur la feuille de papier était inscrite une liste de dix noms de garçons et de dix noms de filles.

— Mère, je voudrais que vous alliez consulter M. Kinoshita pour qu'il choisisse là-dedans le nom qui convient le mieux avant la cérémonie du septième jour, dit Fumio, visiblement mal à l'aise.

M. Kinoshita était quelqu'un à qui l'on avait recours avant d'entreprendre des voyages, de construire une maison ou de choisir un prénom. Il savait ce qu'il convenait de faire et Hana s'adressait à lui quand elle avait un problème. Elle l'avait même consulté quand Tomokazu avait contracté une maladie bizarre. Fumio, qui avait toujours catégoriquement refusé les anciennes coutumes, priait maintenant sa mère d'aller demander conseil à M. Kinoshita pour décider du prénom de sa fille dont l'avenir lui paraissait incertain.

Ainsi, sept jours après sa naissance, le bébé encore dans la couveuse fut appelé Hanako. Le caractère n'était pas le même que pour Hana, mais il n'y avait pas de différence dans la prononciation.

— C'est un très joli nom, dit Kôsaku qui était venu à l'hôpital voir la mère et la fille.

TROISIÈME PARTIE

L'eau de la douve était couverte de feuilles de lotus d'un vert clair. Hana et sa petite-fille, le premier pont franchi, se trouvèrent dans le parc du château de Wakayama et le donjon, visible jusque-là, disparut derrière le rempart de la forteresse. Du dehors on découvrait le château; ses murs blancs surmontés de toits d'ardoise étagés à trois niveaux au sommet de la colline se voyaient de très loin. Mais, à l'intérieur des fortifications, malgré la pente abrupte sur laquelle était tracée la route d'accès, le donjon disparaissait derrière les murailles construites en grosses pierres. Un camphrier centenaire étendait au-dessus des deux visiteuses ses branches aux jeunes pousses d'un vert printanier.

— Grand-mère, les fleurs, là, ce sont des cerisiers? demanda Hanako d'une voix suraiguë.

— Non, ce sont des pêchers.

Pour Hanako ces fleurs étaient extraordinaires, aussi observa-t-elle avec attention le bosquet de pêchers à gauche de l'allée. Les arbres étaient d'une espèce à floraison tardive qui donnait des fruits minuscules au début de l'été. Les corolles d'un rose trop vif étaient moins belles que celles des cerisiers. La pâleur de Hanako était soulignée par l'éclat des fleurs. Hana entraîna sa petite-fille.

— Du haut de ces marches tu verras des cerisiers en fleur au pied de la colline.

— C'est vrai ?

Hana prit brusquement en pitié sa petite-fille qu'elle retrouvait au bout de six ans de séparation. Après sa naissance à l'hôpital de la Croix-Rouge, Hanako avait été emmenée à l'étranger par ses parents. Elle ignorait tout des transformations de la nature au Japon au cours des quatre saisons. Devant cet enfant incapable de reconnaître les fleurs du cerisier de celles du pêcher, Hana se demanda s'il n'y avait pas là une intention délibérée de Fumio qui, dans sa révolte contre tout ce qui était national, avait voulu que sa fille, élevée dans un pays à l'éternel été, soit coupée de toute la tradition japonaise.

— Tu n'as donc pas vu les fleurs de pêcher sur les étagères de la fête des Poupées ? Ces derniers temps les fleurs de l'alcôve *tokonoma* ont, le plus souvent, été aussi des branches de pêchers.

— J'avais la fièvre. Je n'ai guère quitté mon lit. Comment aurais-je pu profiter des fleurs ?

Ce n'était pas uniquement parce qu'elle n'avait pas l'accent de Wakayama que la petite Hanako, à neuf ans, donnait l'impression de parler comme une grande personne. Sa naissance prématurée l'avait rendue fragile si bien qu'elle n'avait pu fréquenter l'école et les autres enfants, et qu'elle passait la plus grande partie de son temps à lire dans son lit. Ses paroles et ses actes témoignaient d'une précocité intellectuelle qui souvent surprenait Hana, mais sa docilité naturelle, sans rapport avec l'esprit d'insoumission de Fumio, la rassurait.

Hanako venait de rentrer au pays natal à la suite d'un brusque revirement de Fumio. Cette dernière, disciple de Margaret Sanger, l'apôtre du contrôle des naissances, avait interrompu deux grossesses après la venue de Hanako mais soudainement, alors qu'elle approchait de la quarantaine, elle s'était décidée à avoir un autre enfant. Elle prétendait que c'était pour se conformer à la politique nationale, mais vraisemblablement son instinct maternel s'était réveillé quand elle s'était trouvée de nouveau enceinte après une aussi longue interruption. En compagnie de Hanako elle avait donc entrepris le voyage de retour, depuis le sud de l'Équateur – plus de deux semaines de bateau. À son arrivée, elle avait retrouvé avec émotion Kazuhiko, son fils aîné : il avait été laissé aux bons soins de ses grands-parents afin qu'il puisse bénéficier d'une éducation traditionnelle, comme c'était la coutume chez les Harumi. Après cinq ans de séjour à New York, Eiji avait été transféré au siège de Batavia, capitale de la possession hollandaise de Java. Mais Eiji et Fumio tenant à ce que la naissance ait lieu au Japon, Fumio était revenue avec sa fille.

Comme toujours, il y avait beaucoup d'allées et venues chez les Matani, à Masago-chô. Keisaku avait été réélu régulièrement à la diète depuis onze ans et, en outre, il était aussi secrétaire général de l'Union des immigrants de Wakayama, président

de l'Union des éleveurs, de l'Association des séri-
culteurs, de la Fédération des transporteurs de
produits agricoles, de l'Union des assurances agricoles… Ses présidences n'étaient pas simplement
honorifiques : il avait dans tous les cas contribué
à la fondation de ces associations et veillé sur leur
développement.

Keisaku avait fêté ses soixante ans quelques
années auparavant, mais il ne prêtait pas attention
à son âge. L'année précédente, à la suite du début
du conflit avec la Chine et de la formation du cabinet Konoe, un gouvernement de hauts fonctionnaires, l'influence des partis politiques avait décru
de façon considérable. Keisaku, ne pouvant rien
contre la vague de militarisation du pays, avait
consacré toute son énergie à travailler pour le bien
des habitants de la préfecture de Wakayama.

Les fascistes au pouvoir accusaient les démo-
crates et les libéraux de préparer les voies aux idées
communistes. Le gouvernement condamnait sans
distinction toutes les forces de gauche qui tentaient
par des moyens légaux de s'opposer à la guerre.
Dans les provinces, la loi annonçant la mobilisation générale de la nation étendait les pouvoirs des
militaires, et la bureaucratie intensifiait l'effort de
guerre.

Pour ceux qui savaient lire entre les lignes les
journaux donnaient des renseignements sur le rapport des forces au Japon.

— Mais c'est vrai, père. Pourquoi même le parti
socialiste populaire flatte-t-il les militaires ?

— Comment veux-tu raisonner des gens qui
passent leur temps à hurler pour faire taire tout

236

le monde? La situation n'a fait qu'empirer depuis l'incident du 26 février.

— Que va-t-il se passer?

— Je n'en sais vraiment rien.

Depuis son enfance, Fumio n'avait jamais vu pareille expression dans les yeux sombres de son père.

— Et vous, mère, qu'en pensez-vous?

— Que dit Eiji? De l'étranger il doit être plus facile de considérer le Japon objectivement.

— Naturellement, il est à fond hostile au fascisme.

— Mais il est à Java, possession hollandaise. Que pensent les Hollandais de cette triple alliance: Allemagne, Italie, Japon?

Les questions sérieuses de Hana obligèrent Fumio, qui avait mené une existence insouciante dans la colonie hollandaise, à réfléchir à son propre comportement. Hanako, qui n'était pas habituée à l'hiver japonais, était presque tout le temps malade. Fumio, en attendant le terme de sa grossesse, devint une mère exemplaire qui soignait sa fille avec beaucoup de dévouement.

Pendant ce temps, la demeure des Matani était aussi animée que d'ordinaire et Hana était au centre d'un tourbillon d'activités. Bien que plusieurs fois grand-mère, elle possédait encore une énergie à faire pâlir d'envie les plus jeunes et elle avait le don de saisir vite l'essentiel des affaires les plus complexes. Certains la comparaient derrière son dos à Soong Lei-ling, l'épouse de Tchang Kaï-chek, mais Hana, elle, n'inspirait pas la moindre antipathie à quiconque et veillait toujours à manifester dans son comportement cette gracieuse retenue qu'on lui avait inculquée dans sa jeunesse.

Ce jour-là Keisaku était parti pour dix jours à Tokyo. Un calme relatif régnait dans la maison. Hana voulait en profiter pour montrer à sa petite-fille les cerisiers qui commençaient à peine à fleurir. En chemin, Hanako avait exprimé le désir de visiter le château de Wakayama et Hana, changeant ses plans, avait emmené sa petite-fille sur le chemin qui montait vers le donjon de l'ancienne forteresse.

On était dimanche après-midi et, sans être aussi encombrés que les temples et les sanctuaires les jours de fête, les alentours du château étaient le siège d'une certaine animation : des marchands ambulants proposaient des gâteaux de riz en forme de pommes de pin, des visiteurs se dirigeaient vers le zoo et des enfants couraient sur le terrain de jeux.

— Regardez ce tigre, grand-mère, dit Hanako, s'arrêtant brusquement.

Un tigre de bronze grandeur nature se dressait devant elles, comme s'il venait de sortir d'un fourré.

— Ah ! j'ai compris ce qui m'intriguait : c'est les pattes !

En effet, les quatre pattes du tigre, bizarrement, avançaient en même temps.

— Bravo, Hanako ! C'est exact. On en a beaucoup discuté quand on a érigé cette statue pour commémorer l'ancien nom du château, qui s'appelait : « Château du tigre tapi dans un enclos de bambous. »

— Alors, pourquoi n'a-t-on rien fait? Il faut corriger les erreurs et non les perpétuer, n'est-ce pas grand-mère?

Hana répondit avec sérieux à la question que posaient les yeux graves de l'enfant:

— Il y a des gens qui s'amusent d'une erreur aussi sotte.

— Oui, pourquoi pas? C'est amusant et ça ne fait de mal à personne.

Hanako découvrit ses dents blanches en un sourire joyeux. La grand-mère fut ravie de constater le don d'observation et l'indulgence de sa petite-fille. Elle n'avait rien de l'intransigeance de Fumio. Hana se prit à souhaiter qu'il lui soit donné d'élever elle-même cette enfant pour lui donner une culture riche et harmonieuse, ainsi que le souvenir lointain de sa grand-mère Toyono l'y incitait.

La deuxième porte donnant accès au donjon du château leur apparut au moment où elles atteignaient le terrain plat. Là, pour reprendre haleine après leur escalade de l'escalier grossièrement façonné de pierres et de bois, elles s'assirent sur un banc. Le château de Wakayama avait été construit haut au-dessus de la ville, de façon à ne pas craindre les inondations. Tout en bas, en dessous d'elles, les cerisiers en fleur le long d'une allée apparaissaient comme une longue tache blanche aux contours imprécis.

— C'est ça, les cerisiers en fleur?

Hanako semblait déçue. Pour elle qui avait été élevée dans un pays étranger, les fleurs de cerisier, symbole du Japon, que ses parents, ses maîtres d'école et ses livres d'images avaient tant vantées, auraient dû être plus spectaculaires. Accoutumée à la luxuriance des floraisons tropicales, elle trouvait assez insipides ces pétales d'un blanc rosé, signal d'un printemps commençant.

— Les cerisiers à fleurs doubles seront dans leur plein éclat après le milieu du mois. Nous reviendrons les voir à ce moment-là, dit Hana pour consoler sa petite-fille.

Elle traversa la cour pour aller acheter deux tickets d'entrée et elles pénétrèrent dans l'escalier sombre qui montait en haut du donjon.

Le donjon qui avait été construit uniquement pour la défense avait une architecture sans charme ; les grosses poutres qui se croisaient dans l'obscurité de la tour manquaient totalement de raffinement. Les rayons de soleil pénétrant par les petites ouvertures carrées révélaient des volutes de poussière soulevées par le pas des visiteurs.

— Quelle affreuse poussière ! J'ai peur d'avoir encore mal à la gorge.

— Dépêchons-nous de monter jusqu'au sommet. Nous découvrirons tout Wakayama à nos pieds.

Pendant l'escalade de l'escalier Hana eut tout le temps de se repentir d'avoir si impulsivement décidé de venir. La promenade était trop fatigante pour ses soixante-deux ans et les neuf ans de l'enfant. Hanako, de constitution délicate, était livide en arrivant au troisième étage et Hana sentait ses jambes vaciller sous elle. Cependant le magnifique panorama qui se révéla à elles justifiait l'effort. Par temps clair on voyait toute la plaine jusqu'à l'embouchure du Ki.

— Quelle verdure splendide, grand-mère !

Hanako était frappée par la délicatesse du vert printanier de Wakayama, elle qui ne connaissait que l'éternel été des tropiques. La grand-mère et la petite-fille firent le tour du donjon en se tenant par la main. Au nord-ouest coulait un ruban d'un bleu céramique qui séparait l'agglomération de la vaste étendue de forêt au-delà.

— Regarde, Hanako, c'est le fleuve Ki.

L'eau du fleuve était d'une couleur si différente de celle des rivières de Batavia que la petite fille en était émue.

— Et par là, c'est Musota où est née ta maman.

Hanako regarda dans la direction indiquée par sa grand-mère et s'intéressa au dessin du village au milieu des rizières paisibles. Brusquement elle demanda :

— Et moi, où suis-je née ?

— À l'hôpital de la Croix-Rouge, en ville, comme ton petit frère.

— Ce n'est pas passionnant !

Elle n'ajouta rien et Hana ne comprit pas ce qu'elle voulait dire au juste.

Elles étaient si épuisées que, sur le chemin du retour, elles n'échangèrent pas une parole. Hana pensait à la situation très particulière de sa petite-fille qui observait le Japon avec les yeux d'une étrangère découvrant sans cesse des choses nouvelles, comme la nuance de la verdure, la couleur du fleuve, les fleurs du pêcher ou du cerisier. Et pourtant ce n'était certainement pas une étrangère, simplement une Japonaise déracinée.

— Vous avez raison, mère, dit plus tard Fumio.

Elle n'est même pas habituée aux saisons d'un climat tempéré.

— Je commence à comprendre pourquoi Eiji a laissé Kazuhiko au Japon. Quand vous rentrerez à Java cet été, Hanako oubliera les fleurs de cerisier, la pauvre !

— N'allez pas croire qu'elle est à plaindre. (Fumio était tout à coup en colère.) Les Japonais qui vivent à l'étranger ont une conscience particulièrement vive de leur nationalité. Les consulats et les ambassades nous répètent sans cesse de penser qu'on nous observe, que nous devons nous montrer dignes de notre pays. Les écoles japonaises à l'étranger veillent à faire naître chez les enfants le véritable esprit du Japon et la fierté de leur identité. Il n'y a pas de raison de s'apitoyer sur Hanako !

Les deux femmes, assises sur la véranda du côté sud baigné par les rayons du soleil, étaient en train de coudre des ceintures « Mille points » destinées aux soldats. Hana venait de fixer avec soin une pièce de cinq sen sur l'une d'entre elles. Elle tira sur l'aiguille et noua le fil rouge avant de répondre lentement :

— Tu as sans doute raison.

Fumio, irritée du refus de discuter de sa mère, lui retira des mains la ceinture sur laquelle elles cousaient toutes deux. Bien qu'elle fût aussi maladroite à l'aiguille que par le passé, Fumio travaillait à ces ceintures comme toutes les femmes de l'époque. Il suffisait de piquer l'aiguille dans le point marqué en rouge, d'enrouler le fil autour de l'aiguille et de tirer pour faire une autre boule rouge. Hana, qui était à la tête de l'Association des femmes patriotes, se voyait demander tous les jours de nouvelles ceintures talismans pour les mobilisés. Chaque femme ne pouvait coudre qu'un point par ceinture sauf celles qui avaient eu la chance de naître l'année du Tigre. Hana faisait appel à toutes les femmes qu'elle rencontrait et gardait les pièces perforées de cinq sen[1] pour les fixer sur les ceintures.

— Ces pièces de monnaie sont aussi des talismans, tu sais.

— Ce n'est pas une question de chance, mère. Les pièces protègent contre les éclats d'obus, c'est tout.

Hana soupira doucement, attendant patiemment que Fumio ait terminé son nœud. Puis elle ramassa les ceintures et se leva :

— Comment va Hanako ?

— Elle va mieux, mère.

— Bon, alors je vais lui demander de mettre un point aux ceintures.

Dès son retour du château de Wakayama, les amygdales de Hanako s'étaient enflammées et elle avait eu beaucoup de fièvre. Fumio, pensant au fils qu'elle avait perdu et à la fragilité de Hanako, était folle d'inquiétude. Mais au bout de trois jours la fièvre était tombée et Fumio avait retrouvé son calme.

— Alors, je vous demanderai de lui tenir compagnie, mère. Je vais sortir avec Kazuhiko. Nous allons au château.

---

1. Le mot *shisen* qui signifie « quatre sen » peut, si l'on emploie deux caractères différents, vouloir dire : « La frontière de la mort. » Une pièce de cinq sen peut être considérée comme le signe qu'on a franchi sans mal la frontière de la mort.

Fumio, qui rêvait toujours d'escalades, avait été prise d'une violente envie de monter au donjon dès qu'on lui avait raconté l'excursion de Hana avec sa petite-fille. Trois mois plus tôt, elle avait eu un accouchement difficile. L'enfant, cette fois, était né après terme. Mais le doux printemps de son pays natal retrouvé après une si longue absence l'avait aidée à se remettre rapidement. Elle partit donc en compagnie de Kazuhiko qui, avec sa sensibilité à fleur de peau d'adolescent, paraissait plutôt gêné par l'enthousiasme puéril de sa mère.

> *Dors, mon enfant, dors*
> *Tu feras merveille*
> *Habillons de soie rouge l'enfant qui dort*
> *Habillons de coton rayé l'enfant qui veille.*

C'est la fille d'un paysan de Musota, qu'on avait fait venir pour garder le nouveau-né, qui chantait ainsi. Fumio lui avait interdit de porter trop souvent Akihiko dans ses bras pour qu'il n'en prenne pas l'habitude. Aussi la jeune fille, désœuvrée, chantait-elle pour passer le temps. Dans cette maison qu'elle connaissait mal elle ne pouvait, malgré son envie, aider les domestiques qui s'affairaient autour d'elle.

Après être passée devant la pièce où était le bébé, Hana, les ceintures talismans dans les bras, suivit le corridor jusqu'à la chambre où reposait la petite fille. Tout en faisant glisser la porte coulissante, elle appela Hanako. L'enfant ouvrit les yeux et regarda sa grand-mère d'un air étonné.

— Oh, je suis désolée de t'avoir réveillée.

— Non. J'avais les yeux fermés mais je ne dormais pas. J'écoutais la chanson. Qu'est-ce que vous avez là ?

Tandis que sa grand-mère lui expliquait la signification des ceintures, Hanako s'assit sur son lit. Son pyjama de flanelle imprimée de dessins représentant des oursons, ses cheveux bouclés tout ébouriffés et son visage pâle, sur lequel ressortait le rouge des lèvres, la faisaient paraître beaucoup plus jeune que d'ordinaire. Hana lui apprit à faire un point noué sur les ceintures.

— Sur certaines il y a un tigre dessiné, grand-mère. Pourquoi ?

— On dit que les tigres peuvent parcourir mille kilomètres et revenir sans faute à leur point de départ. C'est pourquoi, aussi, seules les femmes nées dans l'année du Tigre ont le droit de mettre sur les ceintures un nombre de points égal aux années de leur âge.

— Ah bon ? Ces tigres-là ont des pattes normales qui leur permettent de courir.

Elles se mirent à rire toutes deux au souvenir du tigre de bronze dans le parc du château.

Keisaku avait été retenu à Tokyo par ses affaires. Deux jours avant la date fixée pour son retour, le téléphone sonna bruyamment dans la maison de Masago-chô où tout le monde était endormi. Hana, saisie d'un terrible pressentiment, se leva précipitamment et prit le récepteur des mains du domestique qui lui dit qu'on l'appelait de Tokyo.

— Ici, l'auberge Muraki-ya. Je voudrais parler d'urgence à Mme Matani. M. Matani a eu…

— Je suis Mme Matani. Qu'est-il arrivé à mon mari ?

— Il est tombé malade brusquement. Il est très mal.

Keisaku avait eu une crise cardiaque à l'auberge où il descendait régulièrement. Hana assembla à la hâte le minimum indispensable et se fit conduire en voiture à Osaka où elle prit le premier train pour Tokyo le lendemain matin. Mais elle arriva trop tard pour assister aux derniers moments de son mari. Tomokazu lui-même, leur second fils, qui travaillait dans une grosse entreprise à Tokyo, n'était pas au chevet de Keisaku quand il mourut, emporté par un arrêt du cœur, à soixante-six ans.

Les journaux de Wakayama annoncèrent en première page le décès de Matani Keisaku, l'un des plus anciens hommes politiques locaux. On put même voir sur certains d'entre eux une photographie de Hana s'essuyant les yeux avec cette légende : « Mme Matani en larmes. Elle est arrivée trop tard. » Dans le texte qui suivait on lui faisait dire : « Je ne peux pas y croire. C'est un cauchemar. » Mais les mots, privés des intonations de la voix de Hana, de son accent de Wakayama, semblaient impuissants à exprimer ce qu'elle ressentait vraiment.

Kôsaku, accouru à la hâte dès qu'il avait su la nouvelle, se chargea de recevoir les visiteurs venus présenter leurs condoléances à Masago-chô. Le contraste entre ses cheveux blancs et son kimono noir de deuil frappait comme un symbole de la tristesse soudaine de cette maison qui avait toujours été gaie et animée. Keisaku, sur son portrait exposé dans l'alcôve, paraissait à travers la fumée de l'encens observer l'assistance avec le calme de l'au-delà.

M. Otake, ancien secrétaire de Keisaku quand il était président du conseil préfectoral et maintenant lui-même membre de cette assemblée, prit en main l'organisation des obsèques officielles. À la maison, Fumio s'agitait au milieu des servantes, peut-être plus pour s'occuper l'esprit que pour leur donner des ordres. Le spectacle de cette grande femme en costume occidental qui courait de droite et de gauche, portant divers objets nécessaires aux rites funéraires, avait de quoi surprendre les yeux habitués à l'ambiance, ordinairement paisible et élégante, de cette maison.

— Grande sœur, avez-vous préparé votre kimono de deuil? demanda Utae, qui venait d'arriver d'Osaka et s'inquiétait de la tenue de sa sœur.

— Non, je n'en ai pas. Oh! j'en emprunterai un.

— Mais ce ne sera pas facile de trouver quelqu'un de votre taille!

— Cesse de me harceler. La chose importante, c'est que père est mort, ce n'est pas ce que je vais porter.

Sur quoi Fumio disparut au milieu des hommes et des femmes qui allaient et venaient dans les pièces. En fait Fumio qui venait de rentrer d'un long séjour à l'étranger et qui ne s'était jamais intéressée aux choses du ménage, était plutôt encombrante qu'utile – Utae le savait. Mais, avant qu'elle

247

ait pu rappeler sa sœur, Kôsaku l'arrêta d'un geste de la main :

— Laisse-la, dit-il, c'est sa façon à elle d'exprimer son chagrin.

Le corps de Matani Keisaku arriva le lendemain à la gare de Wakayama dans un wagon funéraire qu'on avait accroché au train de Tokyo. Le visage de Hana, vidé de toute expression tandis qu'elle s'avançait derrière le cercueil de son mari, frappa tous ceux qui attendaient sur le quai pour saluer le défunt au point que personne n'osa lui présenter de condoléances. Mais Hana s'inclina profondément devant ceux qu'elle reconnaissait.

Le cercueil fut déposé dans la maison et toutes les dispositions prises pour le service qui devait avoir lieu dans l'intimité de la famille, cette nuit même. Puis on décida que la réception funéraire officielle aurait lieu trois jours plus tard. Ensuite Hana appela Utae :

— Qu'a-t-on prévu pour les vêtements de deuil de Fumio ? demanda-t-elle.

Fumio portait un tailleur de laine noire. Elle ne l'avait pas quitté depuis plusieurs jours et, à force de s'asseoir sur les tatamis et de porter des meubles, elle avait complètement déformé la jupe droite qui faisait maintenant des poches dans le dos et aux genoux.

Hana, qui n'avait pour ainsi dire pas dormi depuis trois jours, avait de grands cernes sous les yeux et la nuque lasse. On l'installa dans une pièce éloignée et on la força à se coucher. Mais, quand Fumio, inquiète, vint la voir, elle ne la trouva pas dans son lit. Elle se précipita jusqu'à la chambre

248

de Hanako, que le bruit de la porte coulissante réveilla immédiatement.

— Je suis désolée, dit Fumio affolée. Tu ne saurais pas où se trouve ta grand-mère?

— Je n'en ai pas la moindre idée.

— Tant pis. Il est tard. Ne te tourmente pas. Dors.

Fumio sortit en toute hâte de la pièce. Elle voulait éviter d'alerter tout le monde, mais personne ne savait où était Hana. Se partageant la tâche avec Utae, elle entreprit de fouiller la maison. C'est alors qu'elle aperçut de la lumière dans la réserve où normalement il ne devait y avoir personne. Elle ouvrit doucement la porte et découvrit sa mère, assise, le dos courbé.

— Mère, que faites-vous là? On vous cherche partout!

Fumio, se penchant par-dessus l'épaule de Hana, vit la boîte à couture ouverte devant elle et le kimono de soie noire étalé sur ses genoux.

— C'est pour toi. Je suis en train de le mettre à ta taille.

— Mère, je le ferai moi-même. Je vous en prie, allez dormir, reposez-vous.

Elle criait presque, la voix pleine de colère. Des larmes se mirent à ruisseler sur son visage comme elle relevait Hana, lui arrachant des mains le kimono de deuil. Brusquement le chagrin que son agitation lui avait permis de contenir jusque-là prenait possession d'elle. Hana, toute pâle, la regarda un moment sans rien dire puis se glissa sans bruit hors de la réserve.

Le service funèbre se déroula sous le soleil brumeux d'une journée de printemps. L'officiant était le prieur de Daidôji qu'on avait fait venir de Musota. À la tête du comité chargé de l'ordonnance des obsèques se trouvait le baron Nanaura. Une assistance composée de centaines de personnes et l'abondance des couronnes de fleurs envoyées par des hommes politiques de toutes tendances, parmi lesquels on notait Nakajima Chikuhei, président du Seiyûkai, en firent une cérémonie grandiose. Les arrangements floraux dus à diverses associations et organisations syndicales dans lesquelles Keisaku avait joué un rôle actif débordaient l'enceinte de la clôture et s'alignaient tels un bosquet de verdure des deux côtés de la rue où passait le tramway.

Matani Seiichirô, le fils aîné de Keisaku, en jaquette (avec brassard de deuil) et pantalon rayé, était assis, l'air guindé et mal à l'aise, à côté de Hana sur un des sièges réservés aux principaux membres de la famille. Sa femme Yaeko se tenait modestement en retrait derrière lui. La beauté de Yaeko l'avait fait remarquer parmi les nombreux partis proposés avant le mariage et le kimono noir qu'elle portait la mettait en valeur. Malgré cette beauté qui la détachait de l'ensemble de l'assistance, personne n'aurait pensé à l'appeler « la Dame » bien qu'elle fût la nouvelle maîtresse de la maison, parce qu'elle n'était que l'épouse d'un employé de banque habitant Osaka. Ils étaient entourés par les autres membres de la famille. Il y avait Kôsaku et son fils aîné Eisuke. Umé, tenue au lit depuis un an par une maladie des reins, était absente. Tomokazu, le second fils de Keisaku, âgé de vingt-huit ans, était un peu plus loin, vêtu d'un costume bleu marine qui lui donnait l'air de n'importe quel salarié d'une grosse entreprise. Il était depuis peu fiancé à la fille d'un membre du Parlement, de la circonscription de Kyoto. Utae regrettait d'avoir amené son fils aîné, un garçonnet turbulent. Elle soupirait d'envie en regardant Kazuhiko, le fils de Fumio, assis sagement à côté de sa mère.

Hanako, un pansement blanc autour du cou, était habillée d'un costume marin d'écolière acheté précipitamment la veille. Comme les couleurs sombres ne lui allaient pas à cause de son teint pâle, elle n'en portait jamais. Aussi n'avait-elle rien qui pût convenir pour la cérémonie. Les manches du vêtement tout fait étaient trop courtes pour elle qui, très élancée, avait de longues jambes et de longs bras. Elle ne cessait de tirer sur le liséré blanc qui les bordait. Son col la gênait et le nœud blanc qu'elle avait sur la poitrine l'agaçait. La mort d'un grand-père, trop pris par ses charges pour qu'elle ait eu beaucoup d'occasions de le rencontrer, ne l'affectait guère ; elle était plus occupée de l'inconfort de son vêtement. Pour rappeler à l'ordre sa fille qui s'agitait, Fumio dit d'un ton sévère :

— Hanako, regarde bien autour de toi. Rappelle-toi qu'avec la mort de ton grand-père prend fin l'ère Meiji et Taisho des Matani.

Ces mots ne s'adressaient pas uniquement à sa fille – sans doute se parlait-elle aussi à elle-même. Mal à l'aise dans son kimono noir d'emprunt, sans se soucier de son visage non fardé offert à tous les regards, elle gardait les yeux fixés sur la photographie de son père, encadrée de noir, qui avait été placée sur les draps blancs recouvrant la table funéraire. Elle ne pensait pas à ce qu'il faudrait dire à tous ces gens venus brûler l'encens rituel.

Hanako brusquement prit conscience de la solennité de l'instant. Elle qui avait jusque-là toujours été protégée se trouvait pour la première fois confrontée à la mort sans pouvoir, en petite fille gâtée, chercher à s'accrocher à la manche du kimono de sa mère.

La cérémonie dura bien au-delà de l'heure prévue car beaucoup de résidents de Wakayama sans liens avec la famille s'étaient joints aux amis et connaissances pour brûler de l'encens. Le souvenir de la fumée blanche s'élevant interminablement, mêlée à l'incantation grave et majestueuse des sutras, s'inscrivit pour longtemps dans la mémoire de Hanako.

Mais ses liens avec la famille Matani étaient sur le point de se défaire une fois encore tandis que se dissipait la fumée de l'encens. Une nature fragile comme celle de Hanako était particulièrement sensible aux émotions, et le choc des funérailles de son grand-père ne pouvait manquer de lui donner la fièvre. Déjà affaiblie par son amygdalite, elle dut garder le lit par suite d'une grave pneumonie. Elle ne put même pas assister à la cérémonie marquant le quarante-neuvième jour du deuil. Quand enfin elle fut rétablie, ce fut pour apprendre que sa grand-mère avait quitté la maison de Masago-chô pour retourner à Musota. Le jour approchait du départ des Harumi, qui devaient regagner Java où

Eiji les attendait. Hanako s'étonna que sa grand-mère ne soit pas venue les voir partir quand leur bateau quitta le port de Kobe.

Fumio, surprise par la question de sa fille, lui dit :

— Mais nous reviendrons dans deux ans au Japon. Nous ne nous séparons pas pour longtemps !

— Vraiment ?

— Si tu te fais du souci pour ta grand-mère, pourquoi ne pas lui écrire ? Maintenant qu'elle va être moins occupée, elle te répondra sans doute.

Hanako regarda sa mère en souriant. Le même jour, elle commença à tenir un journal de voyage qu'elle orna de dessins. À leur arrivée à Batavia, Fumio en fit un paquet qu'elle envoya à sa mère.

Hana, revenue vivre dans la vieille maison de Musota qu'elle avait quittée dix-sept ans plus tôt, choisit pour s'y tenir la pièce aux huit tatamis où, autrefois, elle noircissait les dents de Yasu. Quand elle avait des visiteurs, elle laissait grandes ouvertes les portes coulissantes et, si c'était un proche, elle ne manquait pas de montrer le journal de Hanako.

— La voilà en train de se livrer à un jeu appelé « golf miniature » où, malgré sa santé fragile, elle a gagné un premier prix, dit Hana à Kôsaku.

Kôsaku était assis sur un coussin placé sur le seuil séparant la pièce de la véranda.

— Elle faisait équipe avec sa mère. Elle n'a pas décroché le prix toute seule.

— C'est probablement Fumio qui aura marqué les points. Encore maintenant, c'est un garçon manqué. J'espère que l'exercice et l'air marin vont rendre des forces à Hanako. Qu'en pensez-vous, Kôsaku-san ?

— Oui. Si on la couve trop, comme le fait sa mère, elle n'aura jamais une bonne santé.

— Vous savez, Kôsaku, maintenant que j'ai vu Hanako, je suis vraiment rassurée.

— Pourquoi, sœur aînée ?

— J'ai toujours eu peur qu'en grandissant elle se révèle être une rebelle comme Fumio. Mais j'ai trouvé en Hanako une petite fille tout à fait normale.

Kôsaku se mit à rire, montrant l'absence d'une incisive dans sa dentition. Son kimono blanc à petits dessins bleus, trop large pour lui, couvrait ses épaules maigres comme une robe de cérémonie au contour angulaire et raide. Un faux pli partant du col descendait tout le long du dos. Hana, sachant qu'Umé était tenue au lit par la maladie, se demanda si Kôsaku avait enfilé le kimono sorti d'une malle sans prendre le soin de l'aérer. Il venait très souvent rendre visite à Hana depuis qu'elle s'était réinstallée à Musota. Peut-être pour oublier un peu l'atmosphère triste qui régnait chez lui. Hana se sentit obligée d'essayer de l'égayer :

— Hanako est une si gentille enfant. Regardez ces dessins !

— « Des fleurs dont je me souviens. » Quel titre poétique pour une petite fille !

— C'est par un jour de tempête qu'elle a fait ce dessin. Elle était plongée dans ses souvenirs du Japon. Pour qu'on ne confonde pas les fleurs du cerisier et celles du pêcher, elle a employé des couleurs différentes. Regardez, Kôsaku.

Kôsaku, qui n'était pas présent le jour où Hanako avait découvert ces fleurs, ne s'intéressait guère au dessin et il s'en détourna sans écouter sa belle-sœur :

— Maintenant que votre mari est mort et qu'il n'y a plus personne dont vous puissiez vous vanter, est-ce de votre petite-fille que vous allez vous faire gloire, sœur aînée ?

Les paroles de Kôsaku parurent cruelles à Hana et elles la blessèrent profondément. Elle se demanda s'il avait voulu dire que le fils aîné était loin de valoir le père. La mort et les grandioses funérailles de Keisaku avaient obnubilé Hana au point que, pendant des mois, elle avait vécu dans une sorte de brume. À présent, cependant, elle prenait conscience avec tristesse qu'en effet il ne lui restait plus rien qui fût vraiment à elle.

Elle s'était séparée de la demeure de Masago-chô sans hésitation à la mort de Keisaku et pourtant elle aurait pu la garder. Elle aurait alors conservé tout ensemble la confiance que lui accordaient les dames de la bonne société et les tâches qu'elle avait su se faire confier. Bien que la plus grande partie des biens hérités de ses ascendants ait été dispersée pour assurer ses élections successives et ses autres charges, Keisaku lui avait laissé une propriété qui rapportait suffisamment pour garantir son confort sa vie durant. Elle ne s'en était pas moins retirée immédiatement à Musota. Elle n'avait jamais juré que par Keisaku et elle ne voulait pas lui survivre dans le monde qu'il s'était forgé. Elle ne pouvait accepter de devenir une de ces femmes des temps nouveaux qui prétendaient s'affirmer. Accomplir quelque chose par elle-même au lieu de tenir son pouvoir du fait qu'elle était l'ombre de son mari lui paraissait aller contre toutes ces vertus féminines auxquelles elle croyait si fermement. Il lui semblait inconcevable qu'elle pût, alors qu'elle était veuve, devenir quelqu'un d'important dans des groupes de femmes. D'après elle une femme, même forte et intelligente, qui n'avait pas d'homme au côté duquel se tenir, était inévitablement condamnée.

Mais elle avait aussi une autre raison pour vendre Masago-chô. Si elle avait pu penser qu'un jour cette vaste demeure serait d'une utilité quelconque à Seiichirô, elle ne se serait pas séparée d'un lieu si plein des souvenirs de son mari. Kôsaku n'avait pas eu tort de dire qu'elle n'avait plus rien dont elle pût se glorifier à présent. Depuis longtemps elle avait perdu tout espoir de voir se manifester en son fils aîné une partie de sa propre force.

Seiichirô avait quarante ans. Il travaillait au siège de la banque Sumitomo à Osaka et il menait une vie parfaitement heureuse avec sa chère épouse Yaeko, bien qu'ils n'eussent pas d'enfants. Fumio et Utae avaient des enfants. Hana ne manquait donc pas de petits enfants, mais aucun d'eux ne s'appelait Matani. Seiichirô ne lui semblait pas le moins du monde souffrir de la stérilité de son union – récemment il avait dit qu'il souhaitait que le fils de Tomokazu hérite de tous ses biens.

Hana qui avait consacré toute sa vie à sa famille ne pouvait se faire à l'idée que le fils d'une famille patrilinéaire pût ne pas avoir d'héritier naturel. Seiichirô, en tout cas, ne se tracassait pas ; pas plus d'ailleurs que son épouse qui visiblement n'acceptait pas l'idée que le premier devoir de la femme du fils aîné était de mettre au monde des enfants. Seiichirô ne demandait à sa femme que d'être belle. Yaeko s'appliquait donc à s'habiller de façon à mettre en valeur sa beauté et elle se plaisait à raconter que, quand elle allait dans les magasins à travers les rues austères du temps de guerre, elle était bombardée de tracts de l'Association nationale des femmes pour la défense de la patrie qui dénonçaient le luxe comme étant l'ennemi.

Quand Hana était entrée dans la famille Matani, sa belle-mère Yasu s'était gardée d'intervenir, laissant Keisaku entièrement aux soins de Hana. Hana avait apprécié cette attitude à tel point que, depuis le mariage de son fils aîné, elle s'était imposé d'en faire autant. Si Seiichirô avait choisi de n'être qu'un simple employé de banque, Hana ne pouvait cependant en faire porter totalement la responsabilité à Yaeko. Seiichirô semblait dénué d'ambition et Hana ne parvenait pas à le comprendre.

Eiji, lui aussi, était employé de banque. Hana pensait parfois que la façon qu'il avait de se vanter de ses espoirs et de ses rêves n'était pas de bon goût. Mais, du moins, il insufflait à Fumio ses propres ambitions. Il n'y avait rien de tout cela chez Seiichirô. Il n'avait pas la moindre intention de se construire un avenir dans le monde politique en s'appuyant sur la base laissée par son père, pas plus qu'il ne souhaitait réussir dans le monde des affaires, évitant ainsi le danger d'être éclipsé par la célébrité de Keisaku. Hana était désorientée, ne sachant vers quoi canaliser cette force vitale qu'elle avait toujours consacrée à son mari.

Penchée sur son passé, Hana n'avait pas l'audace d'essayer d'évaluer la part qu'elle avait prise au succès de son mari. Elle s'estimait simplement heureuse d'avoir eu pour époux un homme comme Keisaku qui avait voué sa vie entière à une cause : l'intérêt général de sa région. Les femmes sont irrésistiblement attirées par ce genre d'hommes.

Hana se souvenait d'avoir jadis éprouvé une vague attirance pour Kôsaku. Maintenant que ce sentiment était entièrement dissipé, elle essayait, observant Kôsaku, d'imaginer ce qu'aurait pu être sa vie si elle avait été l'épouse d'un homme aussi introspectif et amorphe. Kôsaku était perspicace, il était même, en un sens, plus intelligent que son frère. Il s'était acharné à faire planter des arbres dans les montagnes qui lui étaient revenues en héritage et il avait énormément augmenté la valeur de la terre. C'était un homme subtil. Toute sa vie il avait beaucoup lu – ce qui l'avait rendu beaucoup plus apte que son frère à prévoir les grands changements du monde autour d'eux. Mais il n'avait vécu que pour lui-même.

Umé, la seule femme de la vie de Kôsaku, n'avait certainement pas connu la satisfaction et l'épanouissement dont Hana avait joui. Pendant toute la durée de l'existence de son mari, Hana avait surveillé attentivement son comportement avec son beau-frère au point de réussir, à un moment, à se convaincre qu'elle avait de l'antipathie pour lui. Mais la séduction contre laquelle elle s'était défendue n'existait absolument plus. La mort de Keisaku la laissait sans la moindre ambition. Elle n'en voulait même pas à Kôsaku de sa remarque sarcastique.

Elle se demanda comment Kôsaku interprétait le silence qui se prolongeait entre eux. Brusquement, il se leva et annonça qu'il partait.

Sur la marche de pierre de l'entrée il retrouva ses socques de bois, soigneusement nettoyées et bien disposées à quelques centimètres l'une de l'autre. Kôsaku, qui était très exigeant, remarqua le soin qu'on en avait pris :

— Il semble que vous ayez une domestique très efficace.

Hana acquiesça avec satisfaction :

— En effet. Laissez-moi l'appeler pour qu'elle vous présente ses respects.

Elle frappa dans ses mains :

— Oichi-san ! cria-t-elle.

Une petite femme entre deux âges sortit à pas pressés de la cuisine et s'inclina en voyant Kôsaku. Elle avait le teint clair et quelque chose d'un peu trop raffiné pour une servante.

— Je suis assez nouvelle dans le métier, mais je sers Madame de mon mieux, dit-elle d'une voix posée et agréable.

Même Kôsaku, si prompt à critiquer, n'aurait rien pu trouver à lui reprocher.

Parmi les nombreuses femmes qui étaient venues proposer leur aide au moment des obsèques de Keisaku à Masago-chô, il y en avait une dont la remarquable efficacité avait retenu l'attention de Hana. Hana n'avait pu oublier cette femme dont l'obi était noué de manière si soignée et si élégante. Elle s'était renseignée sur elle et avait appris qu'elle s'appelait Oichi et qu'elle était née en ville. Ses parents étaient des commerçants qui avaient fait faillite au moment où elle était en âge de se marier. Elle était restée célibataire et vivait de travaux de couture où elle excellait et de leçons de couture qu'elle donnait aux jeunes filles de son quartier. Quand Hana lui proposa de venir travailler chez elle, Oichi accepta immédiatement, ajoutant qu'elle n'aurait jamais aucun regret de se mettre au service d'une dame comme Mme Matani. Dès le premier abord les deux femmes semblaient avoir eu le coup de foudre l'une pour l'autre. Oichi, dans la vie de laquelle il n'y avait jamais eu d'homme, était extrêmement méticuleuse en tout, ce qui était tout à fait du goût de Hana. Même quand elle lui eut dit qu'il s'agissait d'aller habiter Musota, Oichi n'avait pas changé d'avis. Elle n'était pas femme à hésiter.

Hana avait accompagné Kôsaku jusqu'à la porte de l'enclos pour lui raconter cette histoire.

— Vous avez beaucoup de chance, dit Kôsaku d'un ton très grave. Nous allons traverser des temps très difficiles. Aussi faut-il avoir autour de soi des gens à qui l'on puisse se fier.

L'incident de Nomonhan venait juste de se produire, mais le peuple japonais n'avait pas encore été informé que son invincible armée avait essuyé une défaite totale lors de son affrontement avec des troupes russes motorisées. Hana n'avait qu'une vague conscience de l'atmosphère menaçante que faisait régner la situation internationale.

— Vous le pensez vraiment, Kôsaku-san ?

— Bien sûr, sœur aînée.

— Vous croyez donc à la guerre ?

— Nous sommes déjà en guerre contre la Chine.

Le gouvernement Hinamura n'a plus la situation en main. C'est très bien de lire le journal de voyage de Hanako, mais vous devriez aussi vous intéresser à la presse pour vous tenir au courant.

Sans même un dernier regard pour Hana, il franchit la porte de l'enclos. Le vent gonfla son kimono de soie légère, arrondissant sa silhouette, mais les chevilles maigres, qui apparaissaient sous le vêtement retroussé pour faciliter la marche, lui donnaient une allure encore plus attristante.

— Oichi-san?

— Oui, Madame?

— Kôsaku dit qu'il va y avoir la guerre.

— Il a probablement raison.

— Qu'est-ce qui vous fait dire cela?

— À mon avis, un homme intelligent qui vit dans l'oisiveté voit mieux l'avenir que les gens ordinaires absorbés par leur travail. Vous ne le croyez pas, Madame?

— Vous êtes donc aussi de cet avis?

Kôsaku avait raison. Dès le mois de septembre l'Angleterre et la France déclaraient la guerre à l'Allemagne et la Seconde Guerre mondiale commençait officiellement. Des répercussions immédiates se firent sentir dans le monde politique japonais. En 1940, dès que Mitsumasa Yaneuchi, à la tête de la marine, eut accédé au pouvoir, Saitô Takao fut véhémentement pris à parti pour son discours antimilitariste et, au bout de peu de temps, les hommes politiques durent s'incliner devant l'état-major de l'armée. Une alliance tripartite fut signée entre l'Allemagne, l'Italie et le Japon. Les partis politiques dissous furent intégrés au sein d'un grand rassemblement formé autour de la droite et des hauts fonctionnaires, lequel n'était qu'un simple organe de gouvernement. La guerre s'annonçait sans erreur possible. Hana constatait avec une peur grandissante que l'équilibre politique n'existait plus au Japon. En ce moment crucial où il fallait décider d'entre ou non en guerre contre deux nations aussi puissantes que les États-Unis et la Russie, tout le pouvoir était entre les mains des militaires et c'était là ce qui l'inquiétait.

Hana s'inquiétait aussi de sentir les Harumi à Java, et elle faisait part de ses sentiments sur la situation internationale dans ses lettres à Hanako. Fumio, dans ses réponses, lui parlait de l'hostilité de plus en plus grande manifestée par les Hollandais aux Japonais et lui expliquait qu'Eiji avait de plus en plus de mal à négocier des devises. Elle parlait aussi du sentiment antijaponais qui commençait à se faire jour chez les autochtones.

Fort heureusement Eiji fut transféré au siège de la banque centrale de Tokyo au début de l'année suivante. Fumio, dans une lettre à sa mère, lui annonça qu'ils avaient acheté une maison à Tokyo, une maison beaucoup plus grande que celle qu'ils avaient acquise à Omori avec l'aide des Matani. Fumio, incorrigible, invitait Hana à venir voir sur place la réussite de son mari, un homme qui s'était fait lui-même, sans héritage familial.

Hana ne s'offensa pas de la puérile vanité de Fumio. À peu près au même moment Java se trouva au centre de l'encerclement stratégique ABCD constitué par les forces américaines, britanniques, chinoises et néerlandaises[1] et tous les avoirs japonais en Asie du sud-est furent gelés. Les négociations nippo-américaines n'aboutirent pas. Enfin, le 8 décembre, un communiqué du quartier général annonça que l'armée et la marine impériales étaient depuis l'aube de ce même jour en état de guerre contre les forces américaines et britanniques dans le Pacifique ouest :

« Nous, par la grâce du ciel, empereur du Japon, placé sur le trône à la suite d'une lignée ininterrompue depuis les temps immémoriaux, nous adressons en ces termes à nos braves et loyaux sujets :

« Nous déclarons ici même la guerre aux États-Unis d'Amérique et à l'Empire britannique. Nous comptons sur les officiers et soldats de notre armée et de notre marine pour se donner de toutes leurs forces à la poursuite de la guerre. Nous comptons sur les fonctionnaires pour mener les tâches qui leur sont dévolues avec fidélité et diligence et sur tous nos autres sujets pour accomplir leur devoir. Il faut que la nation tout entière fasse d'un même cœur appel à toutes ses forces unies pour que rien ne soit négligé dans la poursuite de nos objectifs de guerre. »

Le rescrit de l'empereur fut reçu avec émotion par le peuple japonais. Les pacifistes se virent contraints de se conduire désormais en fidèles et braves sujets.

Tomokazu, qui devait se marier dès la fin de la période de deuil, avait déjà reçu son ordre de

---

1. Néerlandais se dit *Dutch* en anglais.

mobilisation. Devenu élève-officier de l'école de formation de l'Intendance, il se maria en uniforme d'officier au centre militaire de Kudan au cours d'une cérémonie sans faste. Le costume de la mariée, simplifié pour s'accorder aux circonstances, consistait en un kimono à manches très longues, noir, uniquement orné de dessins dans sa partie inférieure. La photo des époux emplit Hana de tristesse longtemps, d'autant plus que l'absence du père du marié s'y faisait cruellement sentir et que l'assistance y était beaucoup moins imposante qu'elle ne l'aurait été du vivant de Keisaku. Elle voyait là aussi l'atmosphère typique du destin d'un fils cadet et il lui était insupportable de penser que cette cérémonie austère était le mariage d'un membre de la famille Matani.

— Vous êtes complètement dépassée, mère ! Vous ne vous rendez pas compte que le Japon est en guerre. Il est temps d'ailleurs que cette institution qu'est la famille soit balayée.

Fumio, portant le pantalon qu'elle s'était confectionné en transformant une culotte de golf de son mari, paraissait bizarrement exaltée. Elle était chargée par son comité de quartier d'organiser la préparation des colis pour les soldats au front et de communiquer aux familles la circulaire concernant les exercices d'évacuation en vue d'éventuels bombardements aériens. Elle qui avait été jadis une libérale invétérée s'était transformée en une courageuse patriote faisant tout son possible pour la cause du Japon. Mais Eiji, qui avait passé de nombreuses années à l'étranger, était très pessimiste quant à l'issue de la guerre :

— Tout le monde parle de la sphère de coprospérité du grand Sud-Est asiatique, mais les pays sous le contrôle de l'armée japonaise ont leur économie complètement désorganisée. Franchement, nous ferions mieux de parler de la sphère de copauvreté du grand Sud-Est asiatique !

— Nous vivons des temps terribles. L'enchaînement des circonstances était fatal.

— La guerre ne durera pas, mère.

— Pourquoi dites-vous cela ?

— Si je disais ce que je pense en dehors de cette maison, on m'accuserait d'être un traître, mais je sais que le Japon sera battu.

— C'est donc vrai, alors ?

— Quelqu'un d'autre vous a dit la même chose ?

— Oui, Seiichirô. Et aussi Kôsaku qui, pour sa peine, a failli être roué de coups par les membres de l'association de jeunes du village.

— Ça ne me surprend pas.

— Fumio n'est pas la seule femme qui espère que la guerre se terminera par notre victoire. Il est plus courageux de faire de son mieux pour qu'on la gagne plutôt que de rester à ne rien faire en attendant qu'on l'ait perdue.

Eiji, la regardant avec étonnement, se dit que cette femme était bien la mère de Fumio. Fumio avait cette même force de caractère. Depuis qu'elle avait épousé Eiji, elle s'était vouée à la tâche d'aider son mari à devenir, en donnant le meilleur de lui-même, le mari idéal, plutôt que de s'attarder à observer et évaluer les limites de l'homme qu'elle avait choisi. Malgré sa révolte contre sa mère, elle tenait bien d'elle.

Hana était venue à Tokyo pour le mariage de Tomokazu et elle logeait chez les Harumi. La nouvelle maison était incontestablement plus grande que celle d'Ômori. Les domestiques ayant été réquisitionnés pour le travail dans les usines, la maison était mal tenue. La chambre qu'on lui avait préparée à l'étage, à la hâte, offrait un spectacle lamentable. Le vase de porcelaine dans l'alcôve était désolant, sans fleurs. C'était pourtant une pièce de qualité. Avec son fond blanc crémeux et son décor bleu indigo, il lui rappelait l'époque Sung de Chine ou la porcelaine coréenne de la dynastie Yi.

— C'est une porcelaine Sawankhalok, grand-mère, expliqua Hanako. Le marchand nous a dit que ce vase venait d'une tombe ancienne de Java. Quand mes parents l'ont acheté, c'est moi qui leur ai servi d'interprète en malais.

Comment Fumio, si résolue à se couper des traditions, pouvait-elle avoir une fille qui manifestait un tel intérêt pour les choses du passé ? se demanda Hana. La dépression dans laquelle elle était plongée depuis le mariage de son fils se dissipa brusquement.

— Hanako, tu entres à l'école secondaire l'année prochaine, c'est cela ?

— Oui, je termine ma dernière année à l'école primaire cette année. Mais, grand-mère... je suis un peu désorientée.

— Pourquoi ?

— À Java, les professeurs ne cessaient de nous rappeler que nous devions avant tout nous conduire en Japonaises. Tout au long de mes études

je n'ai donc jamais perdu de vue que j'étais japonaise…

— Oui, et alors?

— Mais, maintenant que je suis ici, tout le
monde est japonais. Je me sens perdue. Je ne sais
plus ce que je dois faire….

Hana fut désolée pour sa petite-fille, mal à l'aise
avec ses condisciples grandis au Japon. Pour la
consoler, elle proposa:

— Sortons ensemble, Hanako. Il va falloir que
je quitte bientôt Tokyo. Allons acheter un kimono.

— Un kimono, grand-mère?

Le visage de Hanako s'illumina. En partie parce
qu'elle avait passé toutes ces années à l'étranger, en
partie parce qu'à cause des principes de sa mère,
elle n'avait jamais porté de kimono. Elle avait souvent envié ses amies depuis qu'elle était au Japon.
Mais le pays était en guerre. Et, pour gâtée qu'elle
fût, elle n'avait pas l'habitude de harceler ses
parents pour se faire acheter des vêtements.

La proposition de sa grand-mère l'emplit donc
de joie. Le rayon des kimonos du grand magasin
Mitsukoshi, malgré les restrictions imposées par les
consignes d'austérité, lui parut mériter un examen
minutieux: c'était le premier qu'elle voyait. Pourtant les crêpes de soie et les fins brocarts avaient
disparu des étalages, dissimulés dans des recoins
obscurs. Seuls, quelques kimonos d'un subtil tis-
sage de grand luxe avaient échappé à l'attention
des inspecteurs – peu connaisseurs – en raison de
leurs couleurs éteintes.

Hana, qui n'était pas connue dans les magasins
de la capitale comme elle l'aurait été à Osaka, dut

se contenter d'acheter un métrage de soie où des pivoines blanches se détachaient sur un fond d'un rose soutenu. Le rose du tissu drapé sur Hanako donnait de l'éclat à ses joues pâles. Hana acheta ensuite une coupe de pongé Hôshima destinée à la confection d'une veste assortie au kimono. Le pongé coûtait dix fois plus cher que le crêpe mais Hanako, dans son ignorance, s'était prise de passion pour le tissu aux pivoines qu'elle tint serré sur son cœur pendant tout le trajet du retour.

Tandis qu'ayant quitté le grand magasin par la porte flanquée de deux lions de pierre elles descendaient paisiblement la rue et approchaient du carrefour Nihonbashi, elles furent arrêtées par une femme entre deux âges brandissant une banderole sur laquelle était inscrit : « Association des femmes du Grand Empire. » La femme, qui portait un kimono presque noir et avait les cheveux tirés en une sorte de petit chignon, leur tendit un tract et leur dit d'une voix sèche :

— Lisez !

Sur le papier, de la taille d'une carte postale, était écrit en caractères décidés :

« Nous devons nous battre jusqu'à la victoire.
Raccourcissez immédiatement les manches
de votre kimono ! »
L'Association des femmes du Grand Empire
Section de Tokyo

Hanako essaya de lire mais sa grand-mère secoua la tête et glissa le papier dans son obi :

— Rentrons, Hanako, dit-elle.

Dans le taxi qu'elles prirent ensuite Hanako retrouva le souvenir de la voiture particulière de son père, à Java, et se plongea avec plaisir dans l'atmosphère de luxe ainsi évoquée. Mais Hana, attristée, sortit d'une des longues manches traditionnelles de son kimono un mouchoir qu'elle se mit à plier et à déplier, plongée dans ses pensées. Elle ne voyait vraiment pas à quoi pouvait servir le fait de couper un morceau de ses manches. Un acte gratuit aussi dénué de sens et contraire à toute une tradition d'élégance la révoltait.

Eiji était si sûr de la défaite rapide du Japon qu'il n'avait pas cru nécessaire d'envoyer sa femme et ses enfants se réfugier à la campagne. Cependant la guerre s'intensifiait de jour en jour et l'armée japonaise résistait plus longtemps qu'il ne l'avait cru. Le jour où Tomokazu, depuis peu sous-lieutenant, lui confia que le Japon ne disposait plus d'un seul porte-avions, Eiji dont le pessimisme n'avait cessé de croître dit, tout pâle :

— Il faudra donc nous battre sur le sol national ?

— Oui, l'armée de terre y est bien résolue malgré l'opposition de la marine.

Les troupes du front de l'océan Pacifique sud se repliaient déjà en direction de l'archipel du Japon. Le communiqué de l'état-major qui représentait le retrait des forces de la région de Guadalcanal comme une manœuvre stratégique laissa deviner à beaucoup de gens la véritable situation. Peu après, l'écrasement des unités japonaises défendant l'île d'Attu fut rendu public.

Partout retentissaient des slogans hystériques appelant à se battre jusqu'au dernier souffle sur le sol de la patrie, à sacrifier, s'il le fallait, les cent millions de Japonais. C'est à la fin de l'automne 1943 que, finalement, Eiji et Fumio se décidèrent à mettre leurs enfants à l'abri à la campagne. Déjà, la moitié des condisciples de Hanako avaient été évacués en province. Kazuhiko, son frère, étudiant en lettres à l'université impériale, s'attendait à être mobilisé d'un jour à l'autre car on venait de supprimer les sursis. Fumio, qui avait toujours refusé les traditions de la famille patriarcale et en particulier les privilèges inhérents à la position de fils aîné, n'en résolut pas moins de rester à Tokyo avec Kasuhiko, tandis que Hanako et Akihiko, alors âgé de quatre ans, partaient pour Musota. Quand elle les amena chez sa mère, elle trouva là les enfants de sa sœur Utae qu'on y avait envoyés d'Osaka depuis un mois.

— Mère, je me demande bien ce que c'est que la famille, dit-elle brusquement à Hana.

— Moi aussi, je me le demande parfois, répondit Hana qui depuis longtemps évitait toute discussion sur ce sujet avec Fumio.

Et elle continua à s'occuper de coudre des sacs destinés à contenir du sable pour lutter contre les incendies. La jeunesse du village avait été en chercher au bord de la mer et l'avait entassé devant la mairie et l'école. Depuis le premier bombardement américain d'avril 1942 on avait organisé des exercices d'alerte, même à la campagne.

— Seiichirô a abandonné sa maison d'Osaka, continua Fumio. Il s'est installé chez les parents de sa femme à Kishiwada – il fait tous les jours la navette pour aller travailler à la banque. La femme de Tomokazu est partie dans sa famille avec son bébé. Les enfants du frère aîné d'Eiji sont réfugiés dans la famille de leur mère. Vous ne trouvez pas ça bizarre ? Ici, chez les Matani, il n'y a qu'Utae et moi, vos filles, et ceux de vos petits-enfants qui ne portent pas le nom de Matani. Mère…

— Inutile de crier, je t'écoute !

— Mère, ne croyez-vous pas que le système matriarcal de la société primitive était plus conforme à la nature ? C'est à la famille de la femme qu'on fait appel en cas de besoin.

Frappée par ce qu'avait dit sa fille, Hana la regarda. Fumio venait de l'éclairer sur le sentiment de solitude qui l'accablait. Elle avait cru que le regret d'avoir perdu son mari en était la cause unique. Mais, en fait maintenant, elle supportait mal de voir son fils aîné se réfugier de préférence dans la famille de sa femme. De peur de se faire traiter de belle-mère jalouse, elle s'était résignée à se taire et à se persuader que Kishiwada était plus près d'Osaka que Musota, donc plus commode. Malgré cela, elle ne pouvait s'empêcher d'avoir l'impression que Yaeko lui avait volé Seiichirô. En outre, elle avait beau se rendre compte que Tomokazu avait cédé à la pression des circonstances, elle n'était pas heureuse qu'il ait choisi d'entrer dans l'armée. Et la fille de Tomokazu, le premier Matani parmi ses petits-enfants, avait été emmenée par sa mère dans sa propre famille. Fumio avait raison : le fils aîné, le cadet et leurs familles étaient ailleurs. Au moment où la guerre les menaçait tous direc-

271

tement, elle n'avait autour d'elle que ses filles et leurs enfants.

La descendance par la ligne maternelle. La famille de la femme. Hana avait constaté, elle aussi, le phénomène mais elle n'avait pas été capable de l'exposer aussi clairement que Fumio. Elle avait toujours cru à ce précepte – et elle l'avait appliqué toute sa vie – qu'une femme, une fois acceptée dans la famille de son époux, devait rompre tous les liens qu'elle tenait de sa naissance. Dans sa jeunesse jamais elle n'aurait eu l'idée de retourner chez ses parents en emmenant son mari avec elle, même si une calamité naturelle l'avait chassée de Musota.

Incontestablement les choses avaient évolué et cette évolution l'entraînait elle aussi. Mais l'éducation qu'elle avait reçue l'empêchait de marcher avec son temps comme le faisait Fumio. Sans doute la maison qui avait abrité la famille conforme aux concepts patriarcaux était-elle secouée par la tempête des temps nouveaux, mais il n'était pas permis à Hana de la quitter. Elle resterait tranquillement installée dans la grande pièce jusqu'à ce que les grosses poutres s'effondrent sur elle et que la demeure soit réduite en cendres.

Au milieu de ses cinq petits-enfants de cinq à quatorze ans : Hanako et Akihiko (les enfants de Fumio), Goro, Yoko et Etsuko (ceux d'Utae), Hana de nouveau avait des journées bien remplies. De plus, comme les paysans étaient partis à la guerre, leurs femmes ne venaient plus aider au ménage.

En dehors des vieillards habitant les dépendances Hana n'avait plus à son service qu'Oichi.

— Jamais je n'aurais pensé que la maison deviendrait une crèche, disait en riant Oichi qui à aucun moment ne manifestait la moindre mauvaise humeur.

Hanako, inscrite à l'école secondaire de Wakayama, partait pour la ville tous les matins, sa trousse de secours d'urgence en bandoulière à droite, et à gauche son capuchon de protection en cas de bombardement aérien. L'école était celle qu'avaient fréquentée autrefois sa grand-mère et sa mère. Hana, cinquante ans auparavant, suivait les classes vêtue d'un kimono à manches longues; Fumio, avec son hakama vert bordé d'un liséré blanc, avait emprunté, il y avait vingt ans, ce chemin que suivait maintenant Hanako, portant le pantalon de paysanne qu'avaient généralisé les circonstances.

Les élèves commençaient leur matinée en s'alignant sur le terrain de jeux : elles répondaient à l'appel, regardaient hisser les couleurs et écoutaient la lecture du rescrit impérial déclarant la guerre. Puis, en rangs comme des soldats, elles gagnaient leurs classes où il n'y avait ni manuels ni cahiers. Elles étaient toutes enrôlées dans les groupes d'étudiants au service de la patrie. Jour après jour, dans la salle de cours transformée en atelier de confection, Hanako devait coudre des cols sur des uniformes. Un travail à la chaîne : certaines ne cousaient que des manches, d'autres des poches, des boutons ou des boutonnières. Toute la journée se passait à ce travail.

Hanako, de santé fragile, n'avait jamais réussi à

rester une semaine entière en classe sans manquer pour cause de maladie même quand elle était à Tokyo. Elle avait horreur de la tâche qui lui était imposée à Wakayama et, chez elle, le dégoût se traduisait généralement par de la fièvre. Pour cette raison, elle ne put se rendre en classe trois jours de suite. Quand elle se présenta de nouveau à l'école, son professeur lui adressa une sévère réprimande. On lui dit que, si elle avait été dans l'armée, elle aurait fait de la prison. Hanako était la seule de son équipe à coudre des cols, si bien qu'en son absence une centaine d'uniformes sans col s'étaient accumulés. La maladie n'était pas une excuse. En temps de guerre, et surtout à ce stade crucial du combat, la maladie n'était que le signe d'un relâchement moral.

Hanako, parce qu'elle était peu résistante, avait été gâtée par ses parents. À Java elle avait pris l'habitude d'être servie. Tout cela lui rendait intolérables les règles strictes qu'on lui imposait à l'école :

— Grand-mère, je ne veux plus y aller. Si on ne m'y autorise pas, je rentre à Tokyo !

— Tu n'as pas peur des bombardements aériens ?

Hana, toujours faible avec sa petite-fille, cette fois ne pouvait pas céder.

— Non. Tout plutôt que l'atelier de confection ! J'en ai assez de coudre des cols. J'aime encore mieux mourir sous les bombes incendiaires à Tokyo !

— Hanako, s'écria sa grand-mère, toute la nation participe à l'effort de guerre. Comment peux-tu te permettre de tels enfantillages ?

— Je suis malade. J'ai la fièvre.

— Si tu es faible à ce point, effectivement tu ne peux servir à rien. Alors, vas-y, meurs ! Mais peu importe que tu meures ici ou à Tokyo, le résultat sera le même. Meurs ici, je t'assisterai.

Hanako, toute pâle, dévisagea sa grand-mère avec incrédulité puis, étouffant un sanglot, elle sortit en courant de la chambre.

— Madame, vous ne croyez pas que vous avez été trop sévère avec elle ? dit Oichi qui, inquiète, faisait le va-et-vient entre la chambre de Hana et la réserve où Hanako s'était enfermée. Elle pleure toujours à fendre l'âme !

— Laissez-la, répondit Hana, insensible aux supplications.

Hanako, éperdue, s'était réfugiée dans l'obscurité de la réserve dont par hasard la porte était ouverte. Fuyant la lumière qui pénétrait par la petite fenêtre près du toit, elle s'était étendue entre des coffres alignés contre le mur. Elle se sentait prise au piège. Dans son désespoir elle pleurait si fort qu'on l'entendait dans toute la maison et qu'on avait l'impression que les objets fragiles entassés là depuis des années risquaient de se briser en mille morceaux. La réserve, ignorée d'habitude, était devenue brusquement comme le centre d'un cyclone en formation :

— Madame, elle pleure depuis deux heures.

— Oichi, cessez de vous inquiétez. À en juger par le bruit qu'elle fait, elle ne doit pas être si malade.

Oichi, rassurée par le raisonnement de Hana, regagna sa cuisine et entreprit de préparer un bol de riz supplémentaire. Après une telle dépense d'énergie, Hanako aurait sans doute davantage d'appétit, elle qui mangeait si peu en général. Hanako faisait vraiment un bruit terrible ! Sa grand-mère devait avoir raison, se dit Oichi, en hochant la tête.

Au printemps de 1945, la maison qu'Eiji avait achetée à Tokyo, atteinte par les bombes, brûla entièrement. La famille se réfugia précipitamment chez une tante d'Eiji, où leur parvint l'ordre de mobilisation de Kazuhiko.

— Mère, je lui ai recommandé de ne pas chercher à se distinguer, de ne penser qu'à revenir vivant à tout prix.

Fumio racontait à Hana, à Musota, ce qu'elle avait dit à son fils au moment de son départ pour la guerre. Eiji, lui, était resté à Tokyo, estimant de son devoir d'employé de tenir la banque jusqu'à la fin. Quant à Fumio, une fois sa maison rasée et son fils aux armées, elle s'était finalement décidée à partir pour Musota.

— Tu as eu parfaitement raison. Je ne dis pas autre chose aux jeunes appelés qui viennent nous faire leurs adieux. Qui pourrait choisir d'envoyer quelqu'un à la mort ?

— Mère, que va devenir le Japon ? On vit encore paisiblement à Wakayama, mais à Tokyo c'est l'enfer !

Fumio évoqua brièvement ce qu'elle avait vu à Tokyo devant Hana, Oichi, et Kôsaku qui se trouvait là. Ensuite elle sombra dans un sommeil profond sur la couche préparée pour elle entre celles de Hanako et d'Akihiko – sommeil dont elle ne sortit qu'au milieu de la journée du lendemain. Après l'incendie de sa maison et les alertes incessantes elle avait désespérément besoin de repos.

Au bout de quelques jours, ayant retrouvé ses forces, Fumio put enfin avoir une longue conversation avec Hana :

— Mère, je suis surprise de voir Hanako en si bon état. À Java elle se fatiguait si vite qu'on avait choisi pour elle une école tout à côté de la maison. Quand je pense que maintenant elle fait un tel trajet tous les jours !

— Tu le faisais bien, toi…

— Oui, mais j'étais un garçon manqué. Et puis, à cette époque-là, il fallait bien marcher puisqu'il n'y avait pas de moyen de transport. C'est sans doute l'air de la campagne qui lui réussit.

Hana ne parla pas à Fumio de la scène au terme de laquelle elle avait dit à Hanako de mourir. Étant donné les circonstances, mourir n'était pas un mot que l'on pouvait prononcer à la légère.

Fumio avait déclaré que l'on vivait paisiblement à Wakayama. Mais, dès le début de juin, la ville devint fréquemment une cible pour les avions ennemis. Et dans la nuit du 10 juillet elle subit une attaque massive au cours de laquelle elle fut presque complètement rasée. Ce fut une nuit de panique, jusqu'à Musota.

— Ne vous mettez pas à l'abri ici ! Prenez vos affaires et fuyez dans la montagne !

Les chefs des équipes de défense passive, affolés, parcouraient le village et appelaient les habitants par leur nom, essayant de les diriger vers des endroits sûrs. Hana, la main de Hanako serrée dans la sienne, et Fumio et Oichi, entraînant chacune deux enfants, prirent la fuite entre les rizières en direction des montagnes du nord au-delà du Nouveau Lac.

— Regardez, la ville brûle !

— Ça paraît tout près. L'incendie va-t-il gagner Musota ?

— Comment savoir ?

Vue de Musota, Wakayama apparaissait comme une mer de flammes. Le château qui se détachait en noir sur ce fond rouge s'empourpra quand le feu vint lécher la tour.

— Oh ! le château ! s'écria Fumio.

Et au même instant Hana vit le donjon se transformer en une torche immense dressée vers le ciel, puis brutalement tout l'édifice s'effondra.

— Grand-mère, cria Hanako, terrifiée.

Hana, qui lui tenait la main, venait de chanceler et tombait à genoux.

— Tout va bien, ne t'inquiète pas, dit Hana d'une voix étrangement ferme.

La capitulation du Japon changea totalement le sort des propriétaires terriens : ils avaient été épargnés par le feu, mais ils se virent confisquer une grande partie de leurs biens fonciers. Et dans les villes ravagées par la guerre les habitants durent immédiatement se débattre pour trouver des moyens de survivre.

Utae, dont la maison à Osaka avait échappé aux bombardements, vint tout de suite chercher ses enfants et repartit avec un sac de riz sur le dos. Eiji, qui n'avait plus de toit, ne put rappeler sa femme et ses enfants à Tokyo qu'au printemps suivant. Quant à Kazuhiko, il n'avait été employé à l'armée qu'à creuser des tranchées sur une plage de la péninsule de Bôsô en prévision d'un débarquement ennemi et il rentra sain et sauf dans sa famille. Eiji fit partie du comité de gestion de la banque Shôkin qui avait été dissoute par l'armée d'occupation. Avec l'inflation et le blocage des comptes en banque il connut des jours difficiles et finalement perdit tout ce qu'il possédait.

Des jus de fruits et du sucre fournis par l'armée américaine étaient distribués à la place du riz mais, pour se procurer la nourriture de base indispensable, il n'y avait d'autre solution que le troc. Fumio, Kazuhiko et Hanako en étaient réduits à assurer leur survie au jour le jour. Les coupons de soie achetés par Hana pour sa petite-fille au moment du mariage de Tomokazu, puis transportés de Tokyo à Musota et de Musota à Tokyo, étaient intacts : on n'avait jamais eu le temps d'en faire des vêtements. Ils se transformèrent finalement en nourriture.

Au marché de Nerima, à l'ouest de Tokyo, Hanaka vit sa mère échanger le crêpe de soie rose aux pivoines blanches contre du blé. Pendant que les doigts sombres, durcis par le travail des champs, de la paysanne tripotaient le tissu délicat, Hanako en silence appelait sa grand-mère à son secours. Elle aurait désespérément souhaité garder ce souvenir de leur visite du temps de guerre au rayon des kimonos du magasin Mitsukoshi. Les vases de

Sawankhalok n'étaient plus que des débris épars mêlés aux cendres de leur maison et, maintenant, ce précieux cadeau de Hana lui était pris pour passer dans des mains étrangères! Il ne lui resterait plus rien en dehors de la trace dans sa mémoire des moments passés avec sa grand-mère.

Fumio, courbée sous son sac tyrolien plein de blé et de légumes, cherchait à consoler Hanako:

— Les gens mettent sur le même plan l'habillement, le vivre et le couvert mais n'oublie pas, Hanako, que la nourriture est ce qu'il y a de plus important.

Hanako ne voulait pas l'écouter:

— Je me demande ce que grand-mère ferait à votre place.

— Naturellement, si nous étions à Musota, il y aurait bien d'autres choses à vendre. Si tu y étais restée, tu n'aurais pas connu les rigueurs de notre existence.

Hanako acceptait mal ces rigueurs qui l'obligeaient à porter un sac bourré de blé et de pommes de terre. Elle souhaitait entendre sa mère déplorer d'avoir été obligée de vendre quelque chose qui appartenait à sa fille et regrettait que Fumio n'ait pas une sensibilité féminine assez développée pour comprendre le chagrin que Hanako éprouvait d'être privée de cette parure. Hana, elle, aurait été triste. Elle aurait compris sa petite-fille.

Fumio épiait furtivement le profil fermé de Hanako. Elle avait vendu le métrage de soie parce que la guerre avait réduit les Harumi à l'indigence; elle y avait été contrainte mais elle trouvait la situation gênante et triste. Mais, peu coquette de nature, elle ne percevait pas la désolation de sa fille. Elle était simplement accablée à l'idée que des parents, au lieu de procurer à leurs enfants les choses dont ils avaient besoin, en venaient à les en dépouiller.

Fumio, par la suite, évita d'informer Hanako des transactions de cet ordre. Elle souffrait cruellement de la pauvreté qui la réduisait à cette nécessité, mais elle était incapable d'exprimer ses sentiments.

Avant la guerre, se rappelait Hana lisant les journaux à Musota, elle aurait été en mesure de faire parvenir à Fumio non seulement du riz, mais des vêtements et de la literie. Ce qu'elle apprenait des difficultés que connaissaient les Harumi lui donnait tristement conscience du déclin des Matani. Les terres cultivables avaient été confisquées et les métayers libérés de leurs obligations les exploitaient pour eux-mêmes. Les propriétaires terriens qui ne cultivaient pas eux-mêmes le riz avaient simplement droit aux mêmes rations que les citadins. Seiichirô et Utae venaient jusqu'à Musota acheter du riz, mais ils en trouvaient difficilement car les villageois ne voulaient pas pratiquer avec eux les prix exorbitants du marché noir et on ne leur en cédait donc que de petites quantités.

— Vous ne trouvez pas que c'est intolérable, Madame ? On dit que le fils de Matsu a cinq montres-bracelets !

Oichi ne pouvait contenir son indignation.

— Ce sont probablement les gens de la ville qui les ont troquées contre du riz.

— Mais qu'est-ce qu'un paysan comme lui a à

faire de cinq montres? Pour qui se prend-il? C'est ridicule!

— Les paysans ne donnent du riz aux gens de la ville que parce que ceux-ci les supplient. On ne peut pas reprocher au fils de Matsu de s'être fait payer en montres.

— Je ne reproche rien à personne. J'estime simplement que nous vivons dans une époque absurde. Bien sûr, nous sommes juste avant la récolte, mais que la Dame de Musota en soit réduite à manger du riz mélangé de blé, c'est insensé!

— Le Japon a capitulé, Oichi. Aujourd'hui des noms autrefois importants comme celui des Matani ne comptent plus. Quand je pense à ceux dont les bombes incendiaires ont réduit la maison en cendres, à ceux qui ont perdu des membres de leur famille ou qui ont connu la bombe atomique, je me dis que je ne suis vraiment pas à plaindre.

— Mais Musota n'a subi aucun dommage du fait de la guerre. Bien au contraire, Musota n'a fait que prospérer! Comme nous sommes à proximité de la ville et des montagnes, on vient acheter ici le riz et le bois de construction à n'importe quel prix. Ceux qui gagnent de l'argent, à présent, sont ceux-là-mêmes qui étaient fermiers sur les terres des Matani. Et, en plus, ces nouveaux riches, ils prétendent que les propriétaires étaient des exploiteurs!

— Fumio disait déjà cela il y a trente ans. L'idée n'est pas nouvelle, Oichi.

— Mais pourquoi attaquer uniquement leurs anciens propriétaires? Prenez le cas de votre beau-frère. Il y a une telle demande pour le bois de ses

montagnes qu'il gagne tout ce qu'il veut. Le blocage des comptes en banque ne le gêne pas, lui.
Et il se fait beaucoup plus d'argent que n'importe
quel fermier. Il en a prêté à Hachi pour construire
son moulin, à un très gros intérêt.

— Kôsaku est un homme intelligent.

— Si vous voulez mon avis, il est surtout retors.
Il a dépouillé la branche principale de ses montagnes et quand, une fois par hasard, il vous apporte
quelques poissons, il s'y entend pour faire valoir
ses cadeaux.

Hana s'était résignée sans drame à sa nouvelle
condition, mais Oichi trouvait toujours quelqu'un
à qui s'en prendre. On aurait dit que la colère
qu'elle éprouvait lui fournissait l'énergie qu'elle
dépensait toute la journée à faire le ménage. L'absence de domestiques lui imposait la lourde tâche
de l'entretien de la maison et, en plus, comme le
riz auquel leurs rations leur donnaient droit n'était
pas décortiqué, elle devait s'occuper de le faire
débarrasser du son par un paysan du voisinage.

— Bonjour, quel temps magnifique, n'est-ce
pas?

C'était Kôsaku, la seule personne maintenant à
venir rendre visite à Hana.

— Entrez, je vous prie, dit Hana.

Elle était assise sur la véranda, absorbée dans sa
lecture. Il jeta un coup d'œil un peu malveillant
sur le livre qu'elle venait de poser : *Le Dit des Heike*,
mais, se gardant de tout commentaire, il retira ses
socques et entra dans la maison.

Comme Oichi refusait de se montrer quand Kôsaku était là, Hana se leva pour lui offrir un coussin. Elle se préparait à aller faire du thé quand Kôsaku lui dit :

— Sœur aînée, épargnez-moi votre thé. Je préfère manger des kakis de votre jardin. C'est une bonne année pour les kakis, ils sont d'une couleur superbe.

Il lui tendit deux fruits qu'il avait cueillis en entrant dans l'enclos. Hana alla demander une assiette et un couteau de cuisine à Oichi puis, après avoir essuyé les kakis avec une serviette, elle se mit à en peler un avec soin de façon à détacher toute la peau épaisse en une longue spirale. Kôsaku en prit un morceau et commença à le mâcher. Il avait soixante-dix ans mais, comme il avait vieilli très tôt, il n'avait guère changé depuis une dizaine d'années. Il semblait cependant avoir des difficultés avec son dentier et il mit un temps infini à avaler le morceau de fruit.

Hana pela le second kaki mais se retint d'y mordre. Elle ne voulait pas se donner en spectacle : seul un fruit très mûr et très mou aurait pu convenir à la vieille femme qu'elle était à présent. Ce kaki qui avait poussé sur l'arbre greffé avec une branche venant de Kudoyama n'était plus pour elle, il était trop dur. C'était là un des signes du triste passage des années. Kôsaku, toujours occupé à mâcher, regardait pensivement le livre abandonné par Hana. Il semblait chercher quelque chose à dire.

— Vous lisez les classiques ? Vous comparez le déclin des Heike à celui des Matani, sœur aînée ?

— Non. Mais je ne sers plus à rien, ma seule occupation est la lecture.

— On publie maintenant une quantité de magazines nouveaux. Je vous en apporterai à ma prochaine visite.

— Merci. Je vous en emprunterai volontiers.

Le lendemain Kôsaku revint, chargé de deux paquets qu'il déposa sur la véranda. Parmi la douzaine de publications que contenait le premier Hana reconnut *Réforme* et *Débat public* qui avaient recommencé à paraître, mais il y avait aussi des titres nouveaux comme *Monde, Humanité, Perspectives,* et autres. La vitalité de la presse dont témoignait cette abondance fit moins d'impression sur Hana que la preuve qu'elle y vit des ressources financières de Kôsaku. Le prix qu'elle lut à l'envers d'une des couvertures lui parut très élevé. À Musota elle avait moins souffert de l'inflation que les habitants des villes.

— Vous avez l'air surpris. Pourquoi, sœur aînée?

— Comme ces magazines sont chers!

— Attendez de les avoir lus. Leur contenu vous surprendra bien davantage. Nous allons connaître des temps encore plus pénibles que la guerre.

Avant de s'en aller, Kôsaku défit le second paquet:

— J'ai acheté beaucoup d'œufs. Ce serait stupide de les laisser pourrir chez moi.

C'était sa façon de présenter les choses qui rendait Kôsaku insupportable à des gens comme Oichi. Il ne pouvait ignorer que Hana avait du mal à joindre les deux bouts et il s'efforçait de lui venir en aide mais il fallait qu'il accompagne son geste de propos désagréables.

— Reprenez des forces avant de lire ces magazines. Pour digérer leur nourriture spirituelle il faut commencer par absorber des nourritures matérielles. Il faut maintenir un bon équilibre entre le corps et l'esprit, vous savez !

Touchée par le souci qu'il lui manifestait, Hana accepta sans protester les cadeaux de Kôsaku. L'existence terne qu'elles menaient, Oichi et elle, seules dans cette grande maison risquait de la diminuer physiquement et intellectuellement. En un temps où les jeunes devaient se consacrer entièrement à assurer leur subsistance, elle comprenait la sollicitude de Kôsaku : il pensait que les gens âgés devaient se soutenir entre eux.

Après le départ de son beau-frère, Hana prit un des œufs et en perça la coquille avec un ornement de jade qu'elle retira de son maigre chignon. Le trou étant fait, elle brisa la membrane du bout de l'ongle et porta l'œuf à ses lèvres. Elle savoura le goût du blanc et du jaune qui se mêlaient dans sa bouche et s'imagina sentir, avec cette substance, se répandre en elle les calories dont, un instant plus tôt, parlait Kôsaku. Elle recommença avec un second œuf avant de se plonger dans la lecture des magazines.

— Madame, il fait presque nuit. Vous oubliez l'heure !

Oichi alluma l'électricité avant de poser devant Hana le plateau du dîner. Les difficultés de l'existence avaient réduit le fossé séparant jadis la maîtresse de maison de son employée. Oichi s'adressait à Hana avec moins de formes qu'avant la guerre, et Hana était beaucoup plus polie avec elle qu'il n'eût été normal de la part d'une dame parlant à sa servante. Hana, en fait, se sentait coupable de ne pouvoir payer Oichi comme elle s'y était engagée quand elle l'avait prise à son service. Oichi, pour sa part, voyait en cette femme qui vieillissait avec élégance une amie dont elle devait s'occuper avec affection et tendresse.

— Oichi, Kôsaku m'a apporté tout ça.

— Ce ne sont que de vieux magazines.

— Oui, mais je ne pourrais pas me les payer.

Sur le plateau de Hana il y avait un plat de pâte de soja, une soupe de petits poissons et d'herbes, du cresson et de petites aubergines macérées dans la saumure. Oichi, qui s'accordait parfois des libertés dans ce qu'on aurait attendu d'une domestique, refusait cependant de prendre ses repas avec Hana et la servait à table dans toutes les formes.

— Kôsaku nous a apporté des œufs.

— Vous voulez que je vous en fasse frire ?

Hana hésita à avouer qu'elle en avait gobé deux :

— Non, j'ai tout ce qu'il me faut, se contenta-t-elle de dire. Vous en mettrez demain dans la soupe de soja.

— Comme vous voulez. Moi, je n'en mangerai pas.

— Vous êtes aussi têtue que Kôsaku, Oichi ! Ce n'est pas un mauvais homme, contrairement à ce que vous pensez. Il se tourmentait à l'idée que ces magazines pourraient me choquer. Aussi il m'a apporté des œufs pour que je reprenne des forces avant de les lire. Il est plein d'attentions et, si vous continuez à être aussi peu aimable avec lui, je serai vraiment très gênée.

Hana cherchait plus à défendre Kôsaku qu'à faire des remontrances à Oichi. Mais celle-ci était bien décidée à se faire entendre :

— C'est répugnant, dit-elle d'un ton sec. Voilà un veuf qui apporte des œufs à une veuve vivant seule, et qui lui dit qu'elle a besoin de reprendre des forces !

Hana faillit lâcher ses baguettes. Elle était glacée. Un spasme lui contracta l'estomac et elle crut qu'elle allait vomir les œufs qu'elle avait mangés.

— Vous n'avez pas l'air bien, Madame. Mon dîner ne vous a pas convenu ?

— Ce n'est pas le dîner. C'est la prose de ces périodiques qui me paraît indigeste. J'en suis tout étourdie.

Sans terminer son repas, Hana demanda à Oichi de lui préparer son lit. Elle n'avait pas exagéré : les magazines regorgeaient de littérature pornographique où les plaisirs de la chair étaient décrits en termes crus. Hana avait été affreusement choquée par le manque d'élégance de tout cela.

Dans son effort pour comprendre le Japon de l'après-guerre elle poursuivit sa lecture. Mais elle se sentait déconcertée par ce tourbillon de choses nouvelles, agressives. Elle était à la fois stupéfaite et peinée à l'idée que Kôsaku achetait des publications de cet ordre. La différence de niveau qu'elle constatait entre la valeur intellectuelle des essais critiques et la médiocrité de la fiction contenue dans ces pages lui semblait impardonnable. L'élégance et le raffinement auxquels elle avait été si attachée toute sa vie paraissaient totalement absents du Japon moderne. Elle se sentait vidée de tout courage pour poursuivre son effort.

Umé était morte deux ans après la capitulation. Kôsaku vivait maintenant avec son fils Eisuke qui s'était marié et avait plusieurs enfants. Étendue dans son lit, Hana se mit à penser aux changements qui s'étaient produits dans la famille, aux disparitions et aux naissances. Brusquement, elle se demanda ce que Hanako était en train de faire à Tokyo, car Hanako était la seule des enfants dont elle s'était occupée pendant la guerre qui continuât à lui écrire régulièrement. Eiji, payant finalement pour la consommation excessive d'alcool qu'il avait faite tout au long de sa vie, était mort subitement l'été précédent. Il n'avait pas eu la force de continuer à faire face aux difficultés de l'après-guerre.

« Chère grand-mère,

« Comment allez-vous ? Chaque fois que je prends la plume pour vous écrire de notre petite maison au cœur de la pauvreté, à Tokyo, je me demande pourquoi je pense avec tant de nostalgie aux jours que j'ai vécus à Wakayama. Pendant ces affreuses années de guerre et après la capitulation, on avait déjà bien du mal à trouver de quoi manger, même à Musota. Et je n'aimais pas tellement les travaux de confection d'uniformes, de déblayage des ruines ou de culture de patates douces pour lesquels j'étais réquisitionnée. Je n'ai pas eu la moindre occasion de connaître les plaisirs réservés à la jeunesse en temps de paix. Malgré cela, je ne cesse de penser à Wakayama avec amour. Est-ce parce que j'y suis née? Ou bien parce que, malgré une vie aussi difficile qu'ici à Tokyo, à Musota au moins on était en pleine verdure? Je sais, en tout cas, que ce n'est pas parce que j'ai oublié combien nous avons souffert en ce temps-là.

«Si j'étais tellement heureuse à Musota, c'est sans doute parce que j'étais avec vous. Peut-être est-ce là aussi une des causes de mon affection pour cet endroit, bien que ce ne soit pas la cause majeure. L'attachement que j'éprouve pour vous m'intrigue car – comme ne cesse de le répéter maman – vous êtes avant tout une incarnation vivante de la famille Matani.

«À l'inverse de mère, cependant, je n'éprouve aucune hostilité à l'égard de "la famille". Mère a été si évidemment une rebelle que vous n'avez pas à redouter que je l'imite.

«Grand-mère, j'ai récemment médité sur le mot "atavisme". À cause de mère j'ai eu la possibilité d'être plus proche de vous qu'aucun de mes cousins. Vous l'avez souvent dit vous-même.

«Comme vous le savez, je suis inscrite au département d'études anglaises de l'Université féminine de Tokyo, la vieille université de maman, mais j'imagine que mon comportement est très différent du sien. Je dois me débrouiller toute seule. Depuis la mort de père j'ai une bourse et j'ai un emploi à temps partiel pour payer mes cours et mes vêtements. Je n'en tire pas gloire: c'est considéré comme tout à fait normal à Tokyo à présent. J'en parle simplement parce que mère est pleine de remords à l'idée que, malgré l'argent que vous dépensiez si généreusement, grand-père et vous, pour ses études elle se révoltait contre vous.

« En étudiant la littérature anglaise je suis tombée sur un passage de T.S. Eliot où il s'en prend violemment à la "tradition". La définition qu'il en donne ne me plaît pas beaucoup, mais quand il dit que maintenir la tradition c'est nécessairement renier tout ce qui a précédé comme le fera tout ce qui doit suivre, il m'éclaire. Il me semble voir ce qu'il veut dire quand je pense au lien qui nous unit, vous et moi. La "famille" est comme un flot qui a coulé de vous à mère et de mère à moi.

« Ne vous moquez pas de moi. Un jour je me marierai, j'aurai une fille et cette fille se révoltera contre moi et sera pleine d'affection pour sa grand-mère. Les gens ont vécu dans le passé lointain et, pour qu'ils continuent à vivre dans les temps à venir, si difficile que puisse être pour moi le présent, je dois le vivre pour que demain existe.

« Maintenant je sais pourquoi le souvenir de Wakayama m'emplit de nostalgie. Je n'aurais pu faire cette découverte ni connaître cette paix de l'esprit et ce bonheur si je n'avais jamais été proche de vous. »

Pour répondre à sa petite-fille Hana utilisa un pinceau et de l'encre. Cependant, au lieu de rédiger sa lettre sur du beau papier japonais, elle écrivit sur un papier moderne tout à fait ordinaire. Elle n'essaya même pas d'expliquer le lien spécial qui existait entre Hanako et elle. Elle se contenta de décrire l'emploi de ses journées en petits caractères convenant au format réduit de sa feuille. Le message était bref, mais la beauté de la calligraphie donna à Hanako l'impression qu'il contenait une quantité de nouvelles.

À sa sortie de l'université, Hanako trouva du travail dans une maison d'édition et décida de mettre de côté une partie de son salaire.

— Mais, en plus de la nourriture, il va falloir que tu dépenses plus pour ton habillement que tu ne faisais étant étudiante! protesta Fumio avant de demander à sa fille l'usage qu'elle réservait à ses économies.

— C'est pour un aller et retour Tokyo-Wakayama.

— Et quand as-tu l'intention de t'offrir ce voyage?

— Il n'y a pas de date précise, mais j'aimerais y aller un jour.

Kazuhiko, qui travaillait dans les affaires, était marié. Fumio ménageait le plus possible son compte en banque et sa pension de veuve, très réduite par la dévaluation brutale de la monnaie japonaise. Il lui fallait vivre très chichement tant qu'Ahikiko n'aurait pas fini ses études universitaires et trouvé une situation. C'était pour elle une épreuve. En pensant à sa propre jeunesse, elle souffrait de ne pouvoir acheter à ses enfants ce dont ils avaient besoin. Pis encore, elle devait de temps à autre avoir recours à leur aide financière.

— Mère, ça ne sert à rien de vous mettre dans cet état.

— J'ai réfléchi. L'hostilité que j'éprouvais à l'égard des propriétaires terriens venait de ce que je plaignais les gens que nous employions. En d'autres termes…

— Oui, la raison en était que, fille de propriétaire, vous n'aviez pas à travailler. Mais moi je travaille, alors je ne vois pas pourquoi je devrais plaindre des gens parce qu'ils font comme moi.

— Je ne voulais pas te faire la leçon.

Fumio avait plus de cinquante ans. Elle avait connu des temps difficiles, perdu son mari après la défaite du Japon, et tout cela l'avait fait vieillir brusquement. Elle n'avait plus sa vitalité d'autrefois et elle n'avait pas envie de discuter avec sa fille qui exprimait si carrément ses opinions.

Peu après cette époque on leur fit savoir que Hana avait eu une attaque. Fumio, poussée par ses fils, se précipita au chevet de sa mère pour en revenir dix jours plus tard, rassurée sur l'état de Hana. Elle devait avouer par la suite qu'elle n'avait pu supporter de voir ce que les dix années écoulées depuis la guerre avaient fait de la maison Matani. Seiichirô y habitait maintenant avec Hana et Oichi. Trois ans plus tôt, après la mort de sa si belle épouse, il avait donné sa démission de la banque et, à un peu moins de soixante ans, il s'était retiré là, espérant ainsi, semblait-il, rendre à une vieille famille un peu de sa dignité.

— J'avais l'impression d'être en présence des ruines fantomatiques d'une ancienne demeure, dit Fumio.

Quand Hana eut une seconde attaque, Utae et Tomokazu avertirent Fumio que, cette fois, son état était grave. Comme le voyage était trop cher pour elles deux, Fumio délégua Hanako à sa place :

— J'y suis allée la dernière fois. C'est ton tour, Hanako.

— Très bien, mère. J'ai assez d'argent pour payer ma place.

On était au milieu de l'été – le plus chaud depuis dix ans – et les rues de la ville étaient brûlantes sous le soleil de midi. Hanako, partagée entre la tristesse que lui causait la mort sans doute proche de sa grand-mère et la joie de retourner au pays natal, quitta Tokyo par un train de nuit et, après un changement à Osaka, se retrouva le lendemain en fin de matinée sur le petit chemin rustique menant de Wakayama à Musota.

À Tokyo des immeubles modernes jaillissaient partout et l'aspect de la ville changeait du jour au lendemain. Mais à Musota tout était semblable à ce que Hanako avait connu pendant la guerre. Les eaux de la rivière Yu, un affluent du Ki, murmuraient comme elles l'avaient toujours fait en coulant entre les rizières, emplissant les canaux d'irrigation que Keisaku avait voulu qu'on creuse pour prévenir les inondations. Il faisait aussi chaud qu'à Tokyo. Hanako sentait le poids du soleil sur sa nuque et elle avait l'impression que les flaques d'eau allaient se mettre à bouillir. Mais, quand elle trempa sa main dans l'eau vive et claire de la Yu, elle lui parut aussi froide que de la neige fondue. En chemin elle dépassa un bœuf au museau protégé par un panier, mais ne reconnut pas l'adolescent qui le menait. Après tout, un enfant né en 1945 aurait maintenant treize ans. Hanako réfléchit que pendant toutes ces années elle n'avait pas revu sa grand-mère.

L'ancienne porte de bois de la propriété des Matani était soigneusement fermée. Hanako, qui était grande, comme sa mère et sa grand-mère, dut pencher la tête pour passer par la petite porte de côté qui s'ouvrit sous sa poussée. Quand elle se redressa, elle ne vit que de la verdure. Il lui sembla que les feuilles vertes du kaki, transparentes dans la lumière, lui souhaitaient la bienvenue. La chaleur l'avait accablée mais, à présent, pleine de vigueur, elle traversa la cour et entra en courant dans la maison.

— Il y a quelqu'un ? C'est moi, Hanako, appela-t-elle avec force, entendant remuer à l'intérieur. Puis-je entrer ?

Utae apparut sur le seuil. Aux questions de Hanako elle répondit que Hana avait tout le côté droit paralysé. Ce n'était plus qu'une question de temps, hélas. Le médecin ne pouvait rien faire d'autre que lui conseiller de se reposer. Mais elle ne distinguait même plus la nuit du jour.

Hanako constata que, contrairement à ce que lui avait dit sa mère, les tatamis étaient neufs et qu'un air d'opulence régnait dans la maison, assez sombre sous son vieux toit. On sentait qu'on avait récemment dépensé de l'argent pour remettre les choses en état. Hana, après sa première attaque, consciente de la précarité de sa santé, avait commencé brusquement à vendre le contenu de la réserve à un antiquaire. Oichi seule était au courant de la transaction. Avec l'argent, Hana avait réparé le bâtiment et même acheté des coussins neufs pour les invités. Hanako trouva Oichi dans le couloir du fond. Oichi, de dix ans la cadette de Hana, avait maintenant soixante-dix ans et elle était courbée par l'âge.

— Puis-je entrer? Puis-je la voir? demanda Hanako.

— Bien sûr. Elle parle tout le temps de vous et elle s'ennuie toute seule. Venez.

Les deux femmes pénétrèrent dans la pièce au bout du corridor, autrefois un salon, mais qui maintenant était la chambre de Hana. Malgré la saison, les portes coulissantes étaient complètement fermées et de lourds rideaux tendus tout autour de la pièce filtraient la lumière. Hanako fut frappée par l'odeur d'hôpital. Dans la faible lueur d'une petite ampoule électrique elle aperçut Hana, couchée sur le côté dans une pénombre si épaisse qu'on ne distinguait même pas le blanc des draps. Le visage de Hana, petit, fripé, lui rappela une momie vue dans un musée.

— Madame, c'est Hanako qui arrive de Tokyo, annonça Oichi d'une voix forte.

— Oh! vraiment, elle est là? dit Hana sans bouger la tête. Hanako, comme c'est gentil d'être venue! reprit-elle, les yeux fixés dans le vide. Quel âge as-tu à présent? Vingt-sept ans? Jamais tu ne trouveras un mari toute seule. Ta mère croit qu'elle a fait un mariage d'amour, mais en fait elle s'est laissé prendre au piège des adultes qui l'entouraient. Une femme ne doit pas se consacrer à un métier et rester célibataire.

— Je n'ai rien contre le mariage.

— Ta mère avait vingt-sept ans quand tu es née et elle en a fait des histoires, même devant les infirmières ! Ce n'était pas la peine de tant parler de se battre pour la liberté, de prétendre s'opposer à des coutumes féodales, pour pleurer pendant l'accouchement ! J'ai su alors que jamais elle ne pourrait se mesurer à ces femmes de jadis qui supportaient stoïquement leurs souffrances.

Le visage de Hana montrait les ravages du temps mais sa voix était ferme. Hanako craignit que sa grand-mère se fatigue à trop parler – elle interrogea Oichi du regard.

— Elle est comme ça dès qu'elle a les yeux ouverts. Je vous en prie, asseyez-vous à son chevet un moment.

Oichi adressa quelques mots à l'infirmière qui, assise près du lit, massait les pieds de Hana, puis elle sortit de la pièce.

Quand les yeux de Hanako se furent habitués à la pénombre, elle fut frappée de voir que sa grand-mère ne paraissait pas ses quatre-vingt-un ans. Malgré ses rides, son visage gardait encore des traces de la beauté de ses traits et de son teint. Comme elle avait beaucoup maigri, son dentier qui ne tenait plus la gênait pour parler.

— Grand-mère, vous ne croyez pas que vous devriez enlever votre appareil ?

— Oh non ! c'est déjà bien assez, d'être vieille, si en plus je n'ai pas de dents ce sera affreux.

Comme elle avait dû être coquette, pensa Hanako, pour se soucier encore de son apparence ! Elle se rappela que, pendant toute la guerre elle n'avait jamais cessé de porter des kimonos de soie, aux longues manches intactes, jusqu'à la fin.

— Fumio, pourquoi es-tu partie si précipitamment ? demanda Hana.

— Grand-mère, mère n'a pas pu venir cette fois.

Hana dévisagea sa petite-fille d'un regard étrange :

— Ah ! c'est toi, Hanako, dit-elle.

Maintenant que le passé le plus lointain revivait pour elle avec tant de force, les événements récents lui semblaient irréels. Depuis sa première attaque elle s'était remise à dépenser aussi largement que du vivant de Keisaku. Elle offrait des cadeaux à tous les visiteurs. À Kawaguchi Norio qui, après avoir succédé à Keisaku, était devenu membre du Parlement et ministre d'État l'année précédente, elle avait prétendu faire donner par Oichi, au cours d'une des visites du ministre, une somme de cinquante yens comme contribution à sa campagne électorale. Quelqu'un ayant essayé de lui expliquer que la valeur de l'argent avait changé, elle s'était entêtée, refusant d'écouter ce qu'on lui disait.

Quand Hanako n'était pas à son chevet, Hana se mettait en colère. Comme elle somnolait dans la journée, la nuit elle ne dormait pas et elle s'impatientait de voir les autres gagnés par le sommeil. Si quelqu'un qu'elle avait réclamé ne venait pas tout de suite, c'était un drame. Elle débitait alors les noms de tous ceux auxquels elle pouvait penser, exigeant qu'ils se succèdent auprès d'elle. Parmi ceux qu'elle demandait le plus souvent et renvoyait très vite il y avait Seiichirô et Tomokazu. Seiichirô la déprimait et Tomokazu, qui débordait de bonnes intentions, ne réussissait qu'à l'agacer. Au lieu d'écouter Hana en silence, il lui faisait la leçon pour essayer de l'empêcher de parler autant.

— Pourquoi veux-tu que je me taise ? demandait Hana, agressive.

— Mais c'est pour votre bien. Vous allez vous épuiser, mère. Pourquoi ne pas vous reposer tranquillement ?

— C'est un effort de faire le vide dans son esprit, il faut y être formé. Crois-tu que quelqu'un d'aussi malade que moi peut se plonger dans la méditation religieuse ? protestait Hana avec colère.

Le médecin avait alors conseillé, pour éviter qu'elle ne s'énerve, de lui faire la lecture. Toutes les personnes rassemblées dans un salon voisin de la chambre – les enfants de Hana, des parents, d'anciens fermiers et des propriétaires qui avaient eu des liens avec Keisaku, sans compter Eisuke qui remplaçait son père Kôsaku, mort deux ans plus tôt – avaient accepté cette tâche. Tomokazu s'était opposé à ce qu'on lui lise les romans à la mode, que Hanako avait apportés. Utae avait été d'accord avec lui :

— Mère aime bien lire les romans contemporains que les critiques ont accueillis avec faveur, mais ce serait un trop grand effort pour elle de se concentrer pour suivre l'histoire.

Quelqu'un avait suggéré qu'on ait recours aux classiques. L'idée avait paru excellente, mais ils ne savaient quel livre choisir. Ce fut Seiichirô qui, finalement, proposa de lui lire des ouvrages comme *Le Roman de Genji* ou *Le Dit des Heike*.

À l'idée de devoir affronter des textes en japonais

classique tous semblèrent contrariés. Un certain nombre d'entre eux ne connaissaient *Le Roman de Genji* que par ouï-dire, mais ils avaient l'impression que c'était terriblement difficile. Seiichirô alors suggéra un ouvrage historique, *Masukagami*, que Hana avait commencé avant de tomber malade. Il y eut quelques hochements de tête approbateurs qui firent croire à ceux qui n'avaient pas lu l'ouvrage que les autres le connaissaient et que le texte était d'une lecture facile. La décision fut donc prise sans plus de discussion. Le visage de Hana s'éclaira d'un de ses rares sourires quand on lui annonça la nouvelle.

Un simple coup d'œil au livre, que Seiichirô était allé chercher sur le bureau de Hana, leur fit regretter à tous leur approbation hâtive. Le vieux maire d'un village voisin déclara alors qu'il était un ancien paysan, comme le confirmaient ses mains marquées par le travail des champs ; on ne pouvait lui demander de faire la lecture à Hana, c'était évident. Finalement on convint que Seiichirô, Tomokazu et Hanako se partageraient la tâche. Hanako se résigna de bonne grâce à se charger de la nuit.

Les premières pages du livre étaient extrêmement ennuyeuses, mais Hana semblait prendre beaucoup de plaisir à les écouter. Hanako, qui avait un diplôme de littérature anglaise, n'était pas particulièrement armée pour la lecture des textes japonais classiques. Mais elle était curieuse d'en savoir davantage sur l'auteur et le contenu du livre, aussi prenait-elle son rôle au sérieux. Quand elle butait sur un passage qu'elle ne comprenait pas, elle respirait profondément et se lançait à toute vitesse.

— Hanako, je crois que tu as fait une erreur.

D'une voix forte et distincte, Hana n'hésitait pas à interrompre sa petite-fille. Au bout de vingt minutes Hanako se rendit compte de la difficulté de son entreprise. Non seulement le texte était loin d'être simple, mais encore Hana n'entendait pas laisser escamoter le moindre détail.

— Je suis complètement épuisée. Permettez-moi de me reposer un peu.

— Mais bien sûr, dit Hana, qui était raisonnable par moments.

Comme l'infirmière avait quitté la chambre, Hanako ne pouvait laisser sa grand-mère seule pour aller se préparer du thé; elle se contenta donc de poser le livre. Ne sachant que faire, elle se mit à examiner sa grand-mère qui paraissait ne pas dormir bien qu'elle eût les yeux fermés. Ses cheveux étaient tout ébouriffés. Hana, par le passé, assise devant son miroir, avait pris grand soin de peigner ses cheveux de manière qu'il n'y ait pas une mèche à dépasser l'autre. À présent on avait l'impression qu'il y avait des semaines qu'elle ne s'était pas coiffée.

— Grand-mère, voudriez-vous que j'arrange vos cheveux?

— Oui, volontiers, ils sont terriblement secs, dit Hana, acceptant la proposition avec joie.

Ses cheveux blancs, raides comme des baguettes de tambour, refusaient de rester en place même après avoir été soigneusement démêlés avec un peigne de buis. Hanako se rappela avoir vu dans le cabinet de toilette une pommade dont, se servait Seiichirô et courut la chercher. Quand elle revint,

Hana lissait ses cheveux de sa main gauche. Fascinée, Hanako observa le va-et-vient du bras maigre
allant du front à la nuque. Quelle vitalité elle avait
encore !

Et son odorat était aussi vif qu'autrefois. Quand
Hanako se fut étendu un peu de pommade au
creux des paumes, Hana demanda :

— Qu'est-ce qui sent mauvais comme ça ?

— De la pommade. J'ai pensé que ça ferait tenir
vos cheveux.

Hana ne protesta plus et se laissa enduire les
cheveux d'une bonne quantité de corps gras.

— Est-ce qu'on ne se servait pas d'un produit
spécial autrefois ?

— Si, et il ne sentait pas bon non plus.

Hanako, avec beaucoup de douceur, peigna sa
grand-mère comme si elle essayait de lui rendre
la beauté de sa jeunesse. Hana, tout heureuse, se
lança dans un long monologue où elle confondait
Hanako et Fumio :

— Tu as plus de cinquante ans et c'est la première fois que tu me peignes, Fumio. Je t'ai toujours laissée dire ce que tu voulais et te conduire
à ta guise. Jamais je ne t'ai refusé d'argent quand
tu étais étudiante et même une fois mariée. Ça ne
t'empêchait pas de faire de grands discours sur l'indépendance et la liberté ! Hanako rirait bien si je lui
racontais ça ! Kazukiko et Hanako sont des enfants
vraiment merveilleux, tu as dû être une bonne
mère après tout. On ne peut jamais juger de la
réussite d'une femme tant qu'on n'a pas vu ce que
donnent ses enfants. Fumio, tu t'es toujours révol-
tés contre moi et pourtant j'aurais tellement voulu

302

que tu restes à mes côtés ! On ne pouvait compter sur Seiichirô. Et Tomokazu s'est toujours servi du fait qu'il était le second fils pour laisser sa femme mener sa barque. Quelle tâche déprimante de veiller seule sur la maison Matani ! Quand une femme vieillit, elle aspire par-dessus tout à dépenser sans compter. C'est vraiment ce qui m'avait manqué pendant ces dernières années. Et c'est pourquoi je me suis livrée à tant d'extravagances quand, après ma première attaque, je me suis rendu compte que je n'en avais plus pour longtemps. Tu n'es peut-être pas au courant des folies que j'ai faites après avoir changé les tatamis. À présent bien des gens viennent me voir quand ils apprennent que je suis malade parce qu'ils savent que je suis généreuse. La vieille coutume qui veut qu'on échange des cadeaux t'a toujours déplu, mais c'est si amusant !

Hana eut un petit rire de gorge :

— La fortune de la famille a commencé à se réduire à partir du moment où ton père s'est mis à dépenser à sa guise. Même s'il n'y avait pas eu la guerre et si j'avais vécu chichement, il ne serait rien resté pour la génération de Seiichirô. Cette famille que tu as fuie n'est plus qu'un souvenir dans les livres d'histoire. Regarde dans la réserve, tu n'y trouveras plus que quelques objets sans valeur. Elle est vide maintenant. Fumio, tu as si souvent répété que tu ne pouvais supporter de voir une femme dépendre si complètement de son mari et de son fils aîné ! Tu as dit aussi que se soumettre était ridicule. Mais je n'ai jamais eu l'impression de me soumettre à eux. Simplement, je me suis donné autant de mal que je pouvais pour eux. J'ai été la

303

meilleure épouse possible du président du conseil préfectoral, puis du membre du Parlement. Et quand Seiichirô est entré à l'Université impériale de Tokyo, je suis devenue la meilleure mère possible pour un étudiant de l'Université impériale. J'ai vraiment fait tout ce que j'ai pu pour Seiichirô jusqu'à ce que je me sois rendu compte qu'il serait jamais qu'une pâle imitation de votre père. Il n'y avait plus rien à faire !

Quand Hanako eut arrangé bien soigneusement les cheveux de sa grand-mère en un chignon, elle retourna à sa place habituelle. Elle utilisa plusieurs feuilles de papier de soie pour essuyer ses doigts qui gardaient l'odeur tenace de la pommade. L'air froid de la nuit la fit frissonner.

— Un jour ton père a dit qu'il regrettait que tu ne sois pas un garçon. Seiichirô l'a déçu relativement tôt. Après cela je me suis efforcée de veiller à ce que Seiichirô ne déshonore pas la famille. Fumio, je me suis sentie si seule quand j'ai vu que tu ne prêtais pas attention à mes efforts !

Dans les temps difficiles qui avaient suivi la capitulation du Japon, Fumio n'avait pas accordé une seule pensée au berceau des Matani. Il lui avait semblé normal de demander de l'argent à Hana et de lui donner ses enfants en garde, ce qui avait maintenu l'apparence d'un lien naturel entre une mère et sa fille. Seulement l'apparence. La jeune Hanako avait bien du mal à comprendre complètement l'intense sentiment de solitude qui avait accablé sa grand-mère.

— C'est pour cela que je me suis tant réjouie quand on nous a confisqué nos terres. J'ai su alors qu'il serait à tout jamais impossible de restaurer la fortune des Matani. Donc, qu'il n'y avait aucune raison de se sentir coupable aux yeux de nos ancêtres. Au lieu d'être accablée parce que tous mes efforts avaient été vains, j'ai été transportée de joie et j'ai eu envie de crier ton nom. Sous prétexte de me procurer de l'argent pour les impôts, j'ai vendu toutes les choses de valeur. À présent que je n'avais plus à me soucier de ce qui se passerait après ma mort, je me suis sentie soulagée d'un grand poids et remplie de bonheur.

Hana, de nouveau, se mit à rire :

— Après ma mort vous recevrez des tas de cadeaux de funérailles. Mais vous ne pourrez rien donner en échange. L'idée que vous serez complètement affolés après mes obsèques m'amuse.

Son rire plein de gaieté emplit la pénombre. Hanako se sentit transpercée par le froid de la nuit :

— Laissez-moi continuer ma lecture, dit-elle.

— Oui, s'il te plaît. Lis-moi le dix-septième chapitre du dernier volume.

— « Chapitre dix-sept : la séparation au printemps.

« À partir de la fin du quatrième mois, l'état de l'ancien empereur devint critique et le monde entier en fut attristé. Son Altesse impériale en fut profondément affligée. On intensifia les prières et les incantations, mais on ne put déceler de signe qu'elles avaient le moindre effet. La condition de l'ancien empereur ne cessant de s'aggraver régulièrement, jour et nuit les gens venaient prendre des nouvelles de sa santé. De jeunes courtisans, portant des coiffures pliées, se précipitaient en tous sens. De nuit comme de jour, ils pressaient leurs montures, qu'ils avaient obtenues du bureau des chevaux, en direction du lointain Sagano. Quand on sut dans quel état critique était l'ancien empereur… »

Hanako, levant son regard du texte, vit que les yeux de Hana, enfoncés dans leurs orbites au creux des rides profondes du visage, étaient ouverts et, sans ciller, réfléchissaient la faible lumière de la lampe. Elle éprouva une étrange sensation à la pensée que le sang de Hana coulait dans ses propres veines. L'esprit de la famille Matani était présent en elle. Un lien puissant attachait Toyono à Hana, Hana à Fumio et Fumio à Hanako. Elle eut l'impression que les battements du cœur de sa grand-mère résonnaient dans sa propre poitrine et elle renonça à pénétrer le sens du texte plein de mystères qu'elle était en train de lire. Les prêtres bouddhistes qui, pendant des milliers d'années, avaient entonné les sutras devant la statue de Bouddha, objet du culte de centaines de milliers d'hommes et de femmes, avaient-ils ressenti une émotion similaire ? Hanako avait cessé d'être une petite fille dévouée en train de lire un texte pour sa grand-mère. Persuadée d'accomplir là ce qui était nécessaire pour hériter de Hana la vitalité des innombrables femmes qui avaient vécu et étaient mortes dans la famille, elle lisait comme une possédée sans avoir conscience d'avoir élevé la voix.

La porte à glissière coulissa et le visage indistinct, aux paupières gonflées, de Tomokazu apparut dans l'entrebâillement :

— Hanako, tu vas épuiser mère à lire comme ça !

Un jour, Hanako qui s'était éveillée bien après midi se mit brusquement, alors qu'elle se lavait le visage avec l'eau froide du puits, à penser qu'il y avait bien longtemps qu'elle avait quitté Tokyo. Se sentant complètement à bout de forces, elle réfléchit à la vie qu'elle avait menée pendant tout ce temps où elle était restée là à attendre la mort de sa grand-mère. Elle croqua un morceau du délicieux radis à la saumure qui était une des spécialités locales et se dit qu'elle ne pouvait pas indéfiniment s'absenter de son travail.

Oichi, qui faisait tout dans la maison, était en train de tirer de l'eau puis elle alla remettre du bois sur le feu dans le fourneau. Un visiteur se présenta à la porte. Tous les jours, des gens venaient voir Hana et, après lui avoir rendu visite, s'attardaient à bavarder avec les autres membres de la famille. Comme on leur offrait généreusement du saké et des rafraîchissements, ils repartaient chez eux visiblement désorientés. Même les membres de la famille à qui Hana avait donné l'ordre de servir les rafraîchissements paraissaient décontenancés. L'état de Hana semblait stationnaire mais ils craignaient toujours qu'il ne se détériore brusquement. En attendant, ils ne savaient trop à quoi se prendre. Seule Oichi ne chômait pas, toujours à sortir, ou à laver, des bouteilles de saké, des bols en laque et des assiettes Kutani.

Oichi apparaissait de temps à autre dans la cuisine pour servir Hanako, en train de manger assise devant la table, mais elle était trop occupée

307

à prendre dans les placards ou sur les rayonnages des assiettes et des bols à thé pour bavarder avec elle. Hanako connaissait bien ces objets. Ils lui étaient devenus familiers pendant les années de guerre. Hana y tenait beaucoup et, dans cette maison plongée dans la pénombre, chacun d'eux semblait comme imprégné de l'atmosphère d'attente. Les assiettes et les verres dans la maison de Hanako à Tokyo avaient tous l'aspect paisible d'objets inanimés, mais ici chaque bol à thé paraissait frémir d'une vie intérieure, de quelque chose à raconter. C'était vrai aussi des éléments mêmes de la maison : les piliers trapus aux reflets sombres, le plafond, les portes à glissière aux montants solides et les profondes rainures dans lesquelles elles coulissaient, et même les murs d'un brun jaunâtre tout éraflés. Tout ce que Hanako voyait semblait lui parler dans un murmure.

Elle se rendit dans la réserve et y choisit une robe aux couleurs vives. Elle n'avait apporté de Tokyo que des vêtements sombres et elle était lasse de les porter l'un après l'autre. La seyante robe de coton imprimée de fleurs tropicales s'accordait positivement à son humeur joyeuse.

Les membres de la famille réunis dans le salon avaient visiblement épuisé tous les sujets de conversation.

— Oncle – Hanako s'adressait à Seiichirô qui, le visage détendu, semblait se tenir à l'écart – voulez-vous venir marcher un peu avec moi ?

— Oui, pourquoi pas ? dit-il à la stupeur générale.

Le contraste entre Seiichirô qui se levait lentement et Hanako dans sa robe bariolée était frappant. À Tokyo il aurait été un peu trop tôt dans la matinée pour se promener, mais là l'air, sans trace de fumée et de poussière, était d'une fraîcheur revigorante et le soleil dispensait une agréable chaleur. Seiichirô avançait en silence, insensible apparemment à l'allure décidée de Hanako.

— Oncle, quel âge avez-vous ?

— Quatre ans de plus que ta mère, cinquante-neuf ans, bientôt soixante, répondit Seiichirô comme à regret : sans doute aurait-il gardé indéfiniment le silence si Hanako ne lui avait pas adressé la parole.

Ils allaient à pas lents vers le nord, longeant le chemin entre les rizières. Hanako, prenant une profonde inspiration, eut l'impression que le ciel bleu et le feuillage à l'entour pénétraient dans ses poumons. Il lui semblait que son corps plongeait dans l'air parfumé, chauffé par le soleil d'été.

— Et quand allez-vous vous remarier ? demanda-t-elle.

— Tu veux rire ! À mon âge aucune femme ne voudrait de moi.

Son oncle, marchant à côté d'elle, avait sans doute un physique qu'on pouvait admirer mais il n'avait pas de caractère. Il était veuf et n'entendait pas se remarier. Ce bel homme n'avait rien fait, jamais, pour empêcher le déclin des Matani – et ne ferait rien. Hanako se retint difficilement de le secouer.

Du coin de l'œil elle observa Seiichirô qui regardait droit devant lui, l'air buté. Sur le ton de la plaisanterie, elle demanda :

— Et vous passez toutes vos journées, oncle, à ne rien faire ? Et vous ne vous ennuyez pas ?

— Si, de temps en temps.

Hanako attendit, espérant qu'il allait ajouter quelque chose. Mais, comme rien ne venait :

— Que rêviez-vous de devenir, oncle, quand vous étiez jeune ? interrogea-t-elle. On ne peut pas toujours faire ce que l'on veut, mais vous deviez bien avoir une ambition quelconque ?

Après un long moment de réflexion, Seiichirô dit :

— Non, je crois n'avoir jamais eu une ambition quelconque.

Il gagna le bord du chemin et se tourna vers la rizière. Lentement, il releva les pans de son kimono. Les bois et les montagnes, au loin, se fondaient dans les couleurs douces de l'horizon ; la terre et le ciel se mêlaient dans la lumière diffuse. Gênée, Hanako lentement rebroussa chemin, s'efforçant de ne pas entendre ce qui se passait derrière elle. Elle se rendait compte que le chef de la famille était incomparablement moins affecté que les femmes par le déclin des Matani.

À leur retour à la maison, ils furent accueillis par un grand vacarme venu de l'enclos où se trouvaient les enfants. Comme c'était les vacances d'été, Utae et Tomokazu avaient amené leurs fils et filles pour qu'ils soient avec leur grand-mère pendant ses derniers jours. Les cousins qui ne s'étaient pas vus depuis un certain temps ne pensaient guère à la malade et s'en donnaient à cœur joie de jouer ensemble. Mais le bruit en provenance du jardin dépassait le niveau normal :

— Je me demande s'il est arrivé quelque chose?

— On le dirait.

Seiichirô, lui aussi, avait conscience de quelque chose d'anormal. Quant à Hanako, elle partit en courant vers l'enclos:

— Que se passe-t-il? demanda-t-elle.

Elle regarda à ses pieds. Un serpent blanc s'agitait faiblement par terre devant la grange. Il avait bien six pieds de long. Il était difficile de savoir s'il était vraiment blanc ou si, simplement, la mue l'avait dépouillé de ses couleurs en même temps que de sa peau. Rampant dans la gouttière entre la grange de l'est et celle de l'ouest, il était tombé: c'est Hideo, l'aîné des enfants de Tomokazu, le petit-fils si longtemps attendu par Hana pour perpétuer le nom des Matani, qui l'avait trouvé là en train de mourir. Le petit Hideo, qui n'avait que quatre ans, s'était vigoureusement attaqué au serpent avec un bâton.

Les yeux rouges du serpent blanc, vides de toute expression, regardaient fixement le ciel vide. L'histoire du serpent blanc de la grange des Matani était ignorée des enfants. Ils faisaient cercle autour de l'animal agonisant avec l'inconsciente cruauté de leur âge. Hanako remarqua soudainement qu'il y avait quelqu'un à la porte du jardin. C'était sa mère qui, un sourire timide sur les lèvres, se tenait là sur le seuil, portant un sac de toile et un paquet enveloppé dans une écharpe.

— C'est moi, murmura Fumio avec une gaucherie d'écolière, passant sa main dans ses cheveux gris.

Et de nouveau elle sourit.

Ce même jour, Hanako reprit le chemin de Tokyo. Quand elle franchit le pont de Musota, elle eut l'impression que son corps tout entier vibrait en écho au bruit profond du fleuve Ki, plein jusqu'au ras des berges alors qu'on manquait d'eau à Tokyo. C'étaient les flots sortis du barrage, qu'on voyait plus haut sur le cours, qui faisaient trembler les poutrelles. En direction du sud-ouest, s'élevant vertigineusement vers le ciel, on distinguait la tour d'un blanc éblouissant du château de Wakayama, récemment reconstruit. Depuis la guerre, le développement industriel de la préfecture de Wakayama était sous le contrôle d'Osaka, la capitale régionale ; aussi les plans prévoyaient-ils de faire de la ville de Wakayama un centre touristique. Trois ans plus tôt, on avait pris la décision de reconstruire avant toute chose le donjon du château.

Trente minutes plus tard, Hanako entrait dans le parc du château de Wakayama et gravissait rapidement la pente menant au donjon. La deuxième porte, repeinte de frais, n'était pas encore sèche. Comme autrefois, on vendait des tickets à l'entrée.

L'éclairage à l'intérieur de la tour, jadis si déficient, était grandement amélioré. La tour elle-même était en béton armé. Le sol était recouvert de linoléum et, dans de grandes vitrines, étaient exposés des objets d'intérêt historique ayant appartenu aux shoguns Tokugawa. Il y avait aussi des produits célèbres de la province du Ki. Hanako, après un coup d'œil rapide aux vitrines, monta à la plate-forme d'observation du troisième étage, se rappe-lant sa première visite en ces lieux vingt ans plus tôt avec sa grand-mère. Wakayama se déployait très bas en dessous d'elle, perdu comme jadis dans la verdure.

Elle repéra dans un coin de la plate-forme un télescope dont, pour une somme de dix yens, les touristes pouvaient se servir pour observer le pano-rama. Elle attendit son tour, glissa sa pièce dans la fente et se hâta de regarder dans la lunette. Fina-lement, elle réussit à repérer Musota et même à distinguer la maison des Matani. Ce n'était guère qu'un point mais on ne pouvait s'y tromper.

De ce côté de Musota, le fleuve Ki semblait lisse et tranquille comme si ses eaux s'étaient figées en une coulée immobile d'un bleu vert. Lente-ment, elle tourna le télescope vers l'aval ; la cou-leur était la même. Les hideuses cheminées près de l'embouchure du fleuve entrèrent dans son champ de vision. La gigantesque usine des pro-duits chimiques Sumitomo, montée avec des capitaux d'Osaka, s'étendait légèrement au nord du fleuve. Keisaku, lui, avait rêvé de protéger la région de Wakayama contre l'envahissement par des intérêts venus d'ailleurs en développant l'irri-gation et l'agriculture. Mais la guerre était passée par là. Hanako, déçue de voir ce magnifique pay-sage gâché par l'énorme complexe industriel, se détourna du télescope. La forêt des cheminées s'effaça et, à l'horizon, il n'y eut plus que l'océan.

Hanako poussa un soupir de soulagement et, au même moment, avec un déclic, un cache couvrit la lentille du télescope. Elle resta un instant immobile, fascinée par l'immense et mystérieux océan à la couleur changeante dans le soleil qui dansait sur les vagues.

DU MÊME AUTEUR

Au Mercure de France

KAÉ OU LES DEUX RIVALES, 2015 (1re éd. Stock, 1981).

LES DAMES DE KIMOTO, 2016 (1re éd. Stock, 1983), (Folio n° 6552).

LE CRÉPUSCULE DE SHIGEZO, 2018 (1re éd. Stock, 1986, sous le titre LES ANNÉES DU CRÉPUSCULE).

Chez d'autres éditeurs

LE MIROIR DES COURTISANES, Philippe Picquier, 1998.

Composition : Entrelignes
Impression 🦁 *Grafica Veneta*
à Trebaseleghe, le 28 mars 2019
Dépôt légal : mars 2019
1ᵉʳ dépôt légal dans la collection : octobre 2018

ISBN : 978-2-07-279375-2./Imprimé en Italie